U0530354

酷威文化
图书 影视

蒹葭记

JianJia Ji

著 桃子奶盖

天津出版传媒集团

天津人民出版社

图书在版编目（CIP）数据

蒹葭纪 / 桃子奶盖著 . — 天津：天津人民出版社，2024.1
 ISBN 978-7-201-20039-2

Ⅰ.①蒹… Ⅱ.①桃… Ⅲ.①长篇小说—中国—当代 Ⅳ.① I247.5

中国国家版本馆 CIP 数据核字（2024）第 016505 号

蒹葭纪
JIAN JIA JI
桃子奶盖 著

出　　版	天津人民出版社
出 版 人	刘锦泉
地　　址	天津市和平区西康路35号康岳大厦
邮政编码	300051
邮购电话	022-23332459
电子信箱	reader@tjrmcbs.com

责任编辑	玮丽斯
特约编辑	赵丽杰　张开远
封面设计	白砚川
插画授权	阿珍　公羊子　阿ya柚　西希浮
制版印刷	天津旭丰源印刷有限公司
经　　销	新华书店
开　　本	880毫米×1230毫米　1/32
印　　张	9.25
字　　数	223千字
版次印次	2024年1月第1版　2024年1月第1次印刷
定　　价	42.80元

版权所有　侵权必究
图书如出现印装质量问题，请致电联系调换（022-23332459）

◇目录◇

◇引子◇　　　　　001

◇第一章◇　诸事不宜　　007

◇第二章◇　平林漠漠　　021

◇第三章◇　譬如朝露　　039

◇第四章◇　昨日之日　　063

◇第五章◇　镜中怜影　　089

◇第六章◇　道阻且长　　105

◇ 第七章 ◇ 寝梦佳期　　135

◇ 第八章 ◇ 山雪为竭　　159

◇ 第九章 ◇ 重过阊门　　173

◇ 第十章 ◇ 似此星辰　　193

◇ 第十一章 ◇ 朔雪乱花　　221

◇ 第十二章 ◇ 云胡不喜　　239

◇ 第十三章 ◇ 三五年时　　263

◇ 番　外 ◇ 八声甘州　　279

引 子

顾家有女名佳期,顾将军膝下的独女,耆夜王亲聘的王妃。如今是即将被沉塘的顾贵妃。

引　子

　　大雪天气，长京城大明宫中已遍地银装素裹，唯有太液池平滑如镜。微风间或掠过，檐角便泛起阵阵铃音，绯红金紫的鲤鱼随之摆尾，池面上便又散开一圈圈涟漪。

　　池边跪着一列宫装女子，皆被蒙住头脸，宦官将为首的一个轻轻一推，女子就沉下水去。因手上绑着青砖，女子入水即沉，连水花都不见一个，唯有等到口鼻下了水，水面上浮起一串水泡。其余人虽看不到眼前景象，却也知道状况，都瑟缩着发不出声，周身只剩恐惧的颤抖。

　　景象虽静，却有种惨烈的骇人，连执行的宦官们都吓白了脸。不过当朝皇帝嗜杀成性，当权的郑皇贵妃也是狠毒之辈，他们早已见惯了如此场面，只得一个接一个将人沉下去。

　　一个新进宫的小宦官抖着手腕将年轻的嫔妃扯起来，在她手腕上系上青砖。他原本低垂着眼强作镇定，然而手指不经意碰到她的掌心时，他心中一惊——她掌心滚烫。抬眼再看，她衣领下露出的苍白皮肤上蒙着一层不正常的绯红。

　　郑皇贵妃素来善妒，将后宫管束得极严，这些年轻妃嫔平日都不得在御前随意走动，宦官们更是将妃嫔们的体质、病症记得清清楚楚，谨慎准备着，一有什么突发情况便将人送往冷宫去。唯有近日，皇帝病得有些不祥，宫里人心惶惶，这才看守得松了些，于是顾贵妃得风寒的事便被几个懒怠多事的宦官瞒了下来。

顾贵妃生得好，招得皇贵妃疑神疑鬼，以至于顾贵妃进宫三年都不曾见过龙颜，近一年更是被严加看守，可掐指算算，如今她不过十七。

十七岁的少女身量未成，腰带虚虚地系着一把细腰，越发显得她身段娉婷。人在病中，手脚无力，绑了重物又被人这么向前推着，步子多少有些虚浮。

小宦官不知为何，心中有些难过，却不敢停下，仍是将人推着一步步踏进太液池。

池水寒冷刺骨，她一声没吭。大概是因为病得厉害，她双腿发软，一脚踩空便跌了下去，溅起些水花。

蒙白的池水溅起，几滴水珠扑了小宦官一脸，他合上眼，迷茫间想起了些陈年旧事。

顾贵妃是已故定国大将军顾量殷的女儿。

早几年，长京城里人人都叫得出她的乳名——"谁不知道，顾家有女名佳期，顾将军膝下的独女，耆夜王亲聘的王妃，顾佳期啊——"

这个即将被他沉塘的人是顾佳期。

这念头来不可遏，去不可止，在他麻木的脑海里炸开一条缝，缝隙里蓦然冒出森森的寒气，连带着翻涌出那王朝烂到骨子里时泼天的潮腐气息：他也曾读横渠四句，也曾踌躇满志，也曾挑灯苦读，想着终有一日能够金榜题名，开太平盛世。奈何佞臣当道，顾将军死了，将军府九族尽灭，朝堂上再也没有忠直之士，就连他这样的升斗小民都无处容身，做了伥鬼。眼下皇帝终于要驾崩了，可是小太子才十岁，眼见又是一个提线傀儡。这些年江山枯槁，如今就连顾佳期都要被沉塘了，谁还记得以前的好日子？

这念头浑如一记闷棍骤然敲到了他汗津津的头上,他站在冬风中怔了一霎,突然再也无法承受住满腔恨意,抹了一把眼睛,咧嘴大哭起来。

年轻人的哭声突兀刺耳,老宦官连忙将人扯了回来,一群人将他连拖带拽地扯开。他被拖到院角处捆着,眼睁睁看着他们将妃嫔们和顾佳期全推了下去。单是想到顾佳期,他便心口闷疼,没来由地哭得上气不接下气。不知是不是幻觉,他隐隐听到远处传来声响,哭嚎求饶,马蹄敲地,刀剑相抗,随即是长长的寂静。

他哭得大声,是以太液池边的宦官们并未听到远处那些异常的动静。水面上渐归沉寂,宦官们拖来麻袋,等着收尸交差。众人出神的出神,打哈欠的打哈欠,直到纷乱的人声径直传到了耳朵里,一列黑甲兵将太液池围了个水泄不通,有兵士甚至跳下水去,将嫔妃一个个捞起来,解去手上砖石。

一人立在岸边,抽出匕首,弯身缓缓挑开那些蒙面的黑布,美艳青春的面孔逐一露出。

不少人已死了,不知是被冻死的还是被淹死的。

那人脸色森然,薄唇紧抿,握着匕首的手指近乎机械地上挑。他挑开一张黑布,随意望了一眼便要伸手去拆下一张蒙面巾,但又眼瞳一眨,蓦地愣住了,而后移回视线,木然地望着她。

他望得痴然,隔了片刻,持刀的那只手忽然剧烈颤抖起来。匕首失了准头,在手下少女湿淋淋的颈上划出一道浅浅的血痕,稀薄的血色更衬得那张脸毫无生机。灰淡的日光下,少女的脸上现出某种病态的苍白,硕大的雪片飘飘悠悠地落下,压在睫毛上,像是悬着一片小小的云。

满庭寂寂,只剩下淅沥的水声。水流沿着池边落回水中,激得鲤鱼一阵阵骚乱。小宦官看到那陌生男人的嘴唇动了动。

似乎是一句无声的"佳期"。

众人纷纷围上去，医官钻进人群，小声叫着："殿下莫急，先松开娘娘……"

小宦官突然认出了这男人。

"是了。"他在心底冷笑了一声，"耆夜王回来了，你们等着吧。"

◇
第
一
章
◇

诸事不宜

这太后的位子,顾佳期已坐了近七年。七年下来,她在裴琅面前连一点微薄的体面都没能留下。

时近初秋，天亮得渐渐晚了，禁苑里赤红描金的灯笼虽然长明不熄，但眼下在天光的衬托下，终究失了神采，懒怠怠地被秋风推来扯去。

　　顾佳期做了个梦。梦里她还是十岁出头的年纪，拉着一个人的手，懒懒散散地坐在将军府的高墙上。极目远望，长京落雪，连片清白。

　　触目所及都是白雪，一时有些刺眼，她看不真切，身旁的少年笑着往她头上扣了顶风帽。

　　帽檐遮去了半片雪光，她终于看清了，于是伸长了脖子望。府外街巷不知什么时候变成了一处阔大的庭院，月洞门外缓慢行来一群人。殿宇外的青竹叶子上攒了整片的雪，叶子簌簌摇晃，遮蔽之下看不清楚来者的身影。

　　那一行人走进了月洞门，脚步声惊扰了竹叶，竹叶上的雪终于不堪重负，猝然落了下去。

　　坐在顾佳期身边的人似看到了什么最恐怖、丑陋的东西，他突然敛了笑容，像张箭在弦上的弓，背脊缓缓绷紧了。

　　顾佳期也僵住了。

　　楼下缓步走来的女子身材娇小，窄薄的肩上披着玄底厚氅，上头密密匝匝地绣着青云海棠和扶桑交错的繁复图样，领口镶了一圈漆黑的细长狐毛。这一身越发衬得她身形小得像个娃娃，格外惹人怜惜。可她这么端然立着，无形中却有股沉静威然的气势。

那人戴着风帽，阴影遮住了大半脸颊，看不清五官，只露出个小小的水滴似的尖下巴。

顾佳期知道自己不认识这个人。

这个人有那样多的宦官、宫女、侍卫，他们个个弓腰侍立，毕恭毕敬地搀扶着她的袖角，好似她一个人站不稳，要这样小心翼翼才能不摔倒。

这样的排场顾佳期是见过的，只有宫里的太后才有。

但不知为何，顾佳期能听见自己鼓动的心跳声。身边那人慢慢握紧了她的手，像是不这么抓紧，她就会变成一阵风飘走似的。

顾佳期想跳下墙去，想从这地方逃开，但是手脚动弹不得，心里轰然响起个念头，就像是人在最恐惧的时候的祈求："不准抬头，不准看我，不准，不准！"

但楼下那人定定注视了一阵将军府的牌匾，还是缓慢地仰起头。帽檐下的阴影散开，天地之间雪光晶莹，映出那张脸。

她长得真像个娃娃，像个木头雕成、丹漆涂就、不会说话又锦绣加身的娃娃。

"娃娃"注视着顾佳期，顾佳期也望着她。

她实在称得上美丽，五官鲜明非常，两道眉生得格外好看，眉痕深长，如绵绵远山。

顾佳期见过这个人，每天都见。

这就是她自己，这是另一个顾佳期。

顾佳期几乎要忘了自己究竟是谁。她是在疆场上长大的女儿，将来是耆夜王的妻子，她总是张牙舞爪，记不住长京城的规矩……她怎么成了太后？

顾佳期先是觉得十分荒唐，以至于嘴唇无意识地抽动了一下，随后她不可抑制地发起抖来，慌乱去抓身旁的人，却抓了个空。

那少年不知何时早已消失了，她失魂落魄地叫了一声："夜阑！"

余光里，楼下有人盯着她。她狠狠擦了把眼睛向下看去，就在另一个"顾佳期"身旁看到了他。

他高了，依旧是那样顾长风流的模样，却换了身黑漆漆、沉甸甸的爵服，眉眼间也铺上了一层阴沉沉的桀骜。还是他，还是似笑非笑的样子，不过看着令人生畏。

顾佳期看着看着，突然再也不能忍受，她要跳下去找他问个清楚。

她一转身，抓住墙檐就要往下跳，耳朵边炸开"咚"的一声，像有什么东西撞到了额头。她疼得"哎"了一声，同时也醒了，原来是她在梦里翻来翻去，从榻上头朝下栽到了地上。

她摔得眼冒金星，半晌才缓过来爬回榻上去，在心里暗暗骂了自己一声："笨死算了。"

顾佳期年纪不大，记性却不好。

其实这个太后的位子，她已坐了近七年了。

她虽然是太后，听起来是要日理万机的样子，但幸在皇帝尚未婚配，所以平日并没有后妃之流来她这里晨昏定省地找麻烦。若是运气好，她还能有几日松闲。

因此，太后娘娘多睡一小阵也不是不行。

日光照进来，她本想合上帘帷，翻个身继续睡，却被按住了手腕，是身边的侍女青瞬来叫她起床。

青瞬朝她小声说道："娘娘，陛下和摄政王来了。王爷……王爷请您出去用膳。"

方才那一下摔得结结实实，顾佳期一时想不起"王爷"是哪个，与青瞬对视了半晌，才终于醒了一半，愣愣道："啊，他来了。"

摄政王裴琅受先帝遗诏看顾年轻的小皇帝，不免要常常进出后宫禁苑，也就偶尔要来太后这里请个安，吃个饭。

青瞬点点头，递给顾佳期一杯茶。

明日是天子到西郊祭天的大日子，细枝末节一早都已敲定了，因此今日朝中便是一副懒怠之气，早朝散得极早。小皇帝裴昭素来勤谨孝顺，下了朝就径直往成宜宫来，但是今日可能诸事不宜，小皇帝不知是哪步路没走对，在路上招惹了摄政王。

摄政王这个人脾气坏得很，一面恨不得顾佳期这个便宜太后赶紧驾鹤西去，一面又要逼着顾佳期在他跟前做小伏低。归根结底，还是因为他恨透了顾佳期。

爱屋及乌，恨乌则未免烧屋，摄政王在太后这里一点就着，连带着成宜宫的人都常挨他的骂。青瞬羡慕不来顾佳期八风不动的好脾气，生怕摄政王气头上来闯进寝殿吹胡子瞪眼，连忙又推推顾佳期："太后，王爷真来了。"

佳期有心睡死过去，但眼下若她不出去，想必又有一顿苛责。

顾佳期从来不敢忤逆裴琅的意思，只得爬起来，被青瞬连推带拉着洗漱穿衣。她梳了高高的发髻，穿了层层叠叠的衣裳，整个人被压得四平八稳，像一尊雕像似的走了出去。

小皇帝裴昭年纪还不到十七，身量瘦高。他虽不是顾佳期生的，但日日相处下来，长得却和她越来越像，眉睫既黑且浓，看起来总有心事，皮肤也透着一种近乎病态的苍白。这两个生凑到一起的母子，看着真有些联相。

裴昭抬眼看看顾佳期，问了她额上的淤青是怎么来的，也没笑她，还让出上座给她，问道："母后今日可好些了？早膳用什么？"

他生母早逝，自小被先帝的郑皇贵妃敲打欺瞒，直到十岁登了基，才有了顾佳期这么个便宜母后。

那时顾佳期也才十七，"母子"二人在宫中举步维艰，一桩桩、一件件都要从头做起，裴昭怕麻烦旁人，一向是顾佳期吃什么他也吃什么。

青瞬见怪不怪，将早膳传了来。一时间宫人安置碗碟，林林总总摆了一桌。摄政王裴琅负手站在桌旁，他一身玄色衣袍，身躯硬挺如铁，一副不可侵犯的样子，宫人端菜倒茶都得绕过他，虽然嫌他碍事，但是不敢怒也不敢言。

顾佳期也是不敢怒，不敢言，全当没看见他。但他就像尊神像似的，仗着顾佳期个子矮，居高临下将她打量了一圈。

他那目光里夹着刀子，刮着骨头缝能转得人头晕。目光在她额角上的淤青处一停，他忽然"哧"地一笑。

偏生这场景就像雪花入水似的，顾佳期早就习惯了，一张小脸上涟漪都不溅一个。她在桌边坐下，颔首道："王爷早。听闻前日王爷遇刺，刺客可逮着了？"

摄政王当得如此遭人恨，倒也有趣。听顾佳期这么编派他，他稍微一哂，索性看都懒得看她了。

宫人照例试过了毒，裴昭举筷用了几口，见裴琅不动弹，抬头问道："皇叔不喜欢这碗箸？"

裴琅既然要来蹭饭，就该有一副蹭饭的样子。眼下他却干坐着不动手，摆明了是给人看脸色。

顾佳期暗自腹诽，但照旧当看不见，洗了手，抿了半盅粥，权作未闻。

裴琅倒也不见外，向青瞬微微一笑，吩咐道："不喜欢你们的菜，没一个能吃的。上次的银雪面可还有？"

他这么一笑，一脸凶戾气息消失得无影无踪，越发显得眉眼乌黑发亮。唇角上挑时，还会挑起一个不大明显的酒窝，就仿佛他还是当年那个贵气的少年金吾卫似的。

耆夜王裴琅当年是长京掷果盈车的美少年，他带着金吾卫大摇大摆走一圈集市，能硬生生攒出半个月的军饷来。

可惜世殊时异，这位摄政王早就性情大变，如今阖宫上下最招人怕的就是他。他这么一笑，青瞬非但没看出什么泼天美色来，还凭空生了半两鸡皮疙瘩，当即把头一低，应了一声出去叫面。

见他在这儿大摇大摆地吩咐，裴昭便皱了皱眉。裴琅抱臂一靠，扬眉笑出了声："蹭陛下一口面，陛下有这般不情愿？"

裴昭脸色未变，摇头道："皇叔尽拣费事的菜色。"

裴琅瞟了一眼顾佳期，见她只管低头吃粥，笑道："陛下嫌臣吃的面费事，可是还有什么事要着急赶客？陛下人住宫中，有所不知。这天还未大亮，臣若是即刻就回，恐怕府里的厨子还未起，臣自小虽不比陛下娇生惯养，饿坏了肠胃却也麻烦，只好在宫里叼扰一口了。"

此人刻薄惯了，裴昭性子温和，最烦事端，平日听了这些话都当没听见，今日却是笑了。不但笑了，还放下筷子，他看着裴琅，四平八稳道："皇叔嫌朕上朝敷衍，那就直说好了，做什么要在母后这里夹枪带棒？"

顾佳期瞟裴昭一眼，见他笑意只在唇边，就知道他不高兴，便猜度着大约是今日朝上又有什么不愉快，不由得心里打鼓。裴昭虽然大了，可坐在精瘦颀长的裴琅身边，照旧显得文弱且稚嫩，更何况裴琅此人是最不好惹的，他昔日刀下亡魂无数，如今更是权倾朝野，谁见谁怕。

裴琅今日倒好脾气，像是家中小辈难缠似的，揉揉眉心，无奈地笑道："这可真是说者无心,听者有意了,臣冤枉。何况这朝也是陛下的朝,哪轮得到臣子来嫌?"

顾佳期低头吃粥,在心里默默写了"无耻"二字。眼看裴昭要回话,她抬起头来,指节无声地叩叩桌面,提醒道:"陛下,君子端方。"

顾佳期觉得自己偶尔运气也好,裴昭自十岁起承她庭训,竟当真死心塌地地将她当作太后恭敬,听她这么说,他当下"是"了一声,低头吃饭,不再理会裴琅。

银雪面也上来了,裴琅拿起筷子就要吃,顾佳期却突然吩咐道:"试。"

试毒的宫人走上前来:"王爷?"

试毒原本是极寻常的,寻常得就像用鼻子呼吸一般,但缺了这个寻常,日后有什么差错就说不清。何况摄政王看她不顺眼,他那边的那帮人更是个个都嫌她碍事,没准那帮人哪天就会撺掇摄政王来一出苦肉计,一股脑儿地栽赃她谋害摄政王,好借机把她拖出去砍了。

所以顾佳期认为,裴琅若是因为这个生气,实在是很没道理。

但裴琅听了这话,像是听到了什么最令人愤怒的字句似的,恶狠狠地盯着她,不但不动弹,还死死霸占着那碗面。

顾佳期行得端,坐得直,而且实在怕死,只好任由他看,由着他把自己盯出个窟窿来。最终裴琅败阵,冷笑了一声,向后一靠,跷起腿来,让宫人把银筷子伸出来。

顾佳期对裴琅素来提防,裴昭也看惯了,用完早膳,就放下碗箸出去找人牵马。

大约是因为自小被管得严,裴昭一向性子冷淡,素来只对眨着大眼睛的小马才有几句体己话说。可惜御前的金吾卫将他看管得严,生怕他从马上摔下来出个长短,只有顾佳期睁只眼,闭只眼,他便在成宜宫后养了几匹小马,所以他每日下朝就来成宜宫,其实跟太后没什么关系,外头传的"孝顺"其实都喂了马。

成宜宫的殿宇原本就大而空旷,眼下裴昭一走,少了一个人,就越发安静得让人发慌。

顾佳期做完了方才那一出,知道自己把裴琅惹毛了,现在极尽安静之能事,连调羹都不敢碰到碗沿,生怕弄出什么动静来让裴琅注意。

她正聚精会神,只听裴琅叫了她一声:"好了?"

她"嗯"了一声:"好了。"

"不过是个风寒,拖了这好些日子。"

顾佳期知道他的言外之意,那股熟悉的焦躁感又顺着脊梁骨爬了上来,她却抬眼冲他点了点头,顾左右而言他道:"碰上秋老虎着凉罢了。"

她一向是问什么不答什么,裴琅也习惯了她敷衍自己,收了脾气,挑起一筷子面:"知道秋老虎凉,还要往外跑什么?"

这便是在说正事了。

前几年皇帝年纪小,祭天事宜都是太后和摄政王代行,今年是皇帝头一遭亲自祭天,顾佳期也打算一同去。裴琅素来恶形恶状,常给皇帝难堪,想必也嫌太后在场时总是搅浑水,碍手碍脚。

顾佳期放下碗筷,好声好气地说:"陛下还小,今年是他头一次出宫,西郊又不算近,难免——"

"得了。"他扫了一眼顾佳期瘦削白皙的脸,目光还是像刀子,在她颈间那道极其浅淡的旧伤痕上一顿,继续说道,"你是太后,想去就去,犯不上跟本王交代。"

他伸出手来替她拉了一下领口,顾佳期这才意识到他刚才那个眼神的意思,原来是叫她遮住伤疤,她不由得怪自己愚钝。

他的声音懒散了些:"去也行,只是自己得留神,可别添乱,外头麻烦得很,你要有个三长两短,你那宝贝陛下可全要疑到本王头上来。"

不知是不是幻觉,顾佳期不禁想起之前种种,直如兜头浇了一盆冷水,连忙向后躲避。

裴琅素来嫌顾佳期太笨。原本他没觉得什么,但她这样做贼似的,反倒十分助兴,她简直是搬起石头砸自己的脚。

但她越是躲,他越是不松手,微笑着垂眸吃面:"本王又不是要你高兴才立你做太后的,外头没人还有什么意思?你这阵子倒会躲清净,可皇宫就这么一点大,你躲得到哪儿去?"

这人是个活阎王,脸上笑得风流好看,手上力道却是荒唐至极。顾佳期被掐得又酸又疼,又听得青瞬和裴昭在外头说话,声音渐近,她急得眼圈都红了。

裴琅挑了挑英挺的长眉,十足嚣张,眼睛仍笑着,声音里却透出冷来:"顾佳期,本王教了你七年,你怎么还是这样?"

顾佳期一噎,总算想起他最爱看她这样,她这样子其实反倒最助兴。

七年下来,她在裴琅面前连一点微薄的体面都没能留下,一想到这个她便心头一灰,连带着声音也弱气下去:"我……"

裴琅将筷子一搁,笑道:"怎么哑火了?不三贞九烈了?"

他说着便倾身过来,将她的下巴一抬,让她仰头直视自己。裴琅那双秀美的眼睛笑意盈盈,却象浸着层寒冰碴子。

其实她进宫后缺衣少食,原本算得上高挑的个子再也没怎么长过,如今虽然穿上了一层层严严实实的深衣,四平八稳地装大人,但看着始终有些稚嫩。对上旁人还好,对着高大的裴琅,总显得有些怪。

顾佳期在这里神飞天外，耳朵听见门窗外头青瞬正小声笑着，御马苑的内官正指点着裴昭骑马："这还是当年顾将军的法子……"

裴昭时不时问一句："母后也会这个？"

青瞬"唔"了一声，不知道答了句什么，话音散在风里。

顾佳期紧张至极，偏偏裴琅不打算放过她。

隔着屏风，外间的下人垂首侍立着。顾佳期的手指死死攀着桌沿，用力撑着上身，动也不敢动。

她的神情又急又怕，那样子实在惹人怜爱。裴琅叹息了一声，好像她还是他心尖上的小王妃。他在她耳边犹如恋人般低语："陛下可就要进来了。"

外间的说话声渐渐到了窗下，青瞬大约是被逗笑了："那怎么行？……陛下回去问太后娘娘，娘娘必定是不依的。"

说话声到了门外，顾佳期脖子上的手仍未松开，裴琅还在她耳边问："本王怎么教你的？又忘了？"

她已急得快哭了，口不择言地说："……明晚！"

裴琅英挺的五官上又铺满了恶劣的笑意，声音大了些："啊？说什么？臣耳朵不好，没有听清。"

隔着一堵墙，裴昭冷淡清越的声音传了进来："母后。"

裴琅还没有松手，顾佳期气恼急躁到了顶点，也不想挣扎了，尽让他的手指捏着。

他教的东西，顾佳期没有一件忘过。他教她做顾佳期和太后都不该做的每件事，反正他就是想要她难堪，想要她着急，想要她颜面扫地，因为他恨透了顾佳期。

裴昭推开了门。顾佳期只觉得全身发凉，额头又开始抽痛，她勉强挤出一个笑容来，迅速倾身过去，在裴琅唇角轻轻一咬，促声道:"我没忘。明晚、明晚我等你。"

  捏在脖子上的那只要命的手蓦地松开,顺手替她揉了揉喉咙。顾佳期如被抽了薪柴的灶火,骤然清凉下来,缓缓长出了一口气,慢慢坐直了。

  青瞬跟着裴昭走进来,笑道:"陛下说要骑围猎的马去西郊呢,太后娘娘依不依他?"

  裴昭在门边站住脚,面无表情地望过来。

  日头轻缓悠闲地升起来了,照得室内透亮清澈,桌前还是那两个人,一个肩宽腿长,正大马金刀地低头吃面;另一个垂首敛眉,美丽孱弱的小面孔藏在层叠深衣里,越发显得稚嫩与不相称,青瞬连珠炮似的告状,她闻言只是笑笑,轻轻抚了抚脖子。

◇第二章◇ **平林漠漠**

有句诗说"平林漠漠烟如织",像她这样的蠢人回看往事时就是如此,但愿如烟,不敢看清。

次日,踏着朝阳升起时连续不断的鼓声,长京城的九道城门次第敞开,迎接象征着王朝新生的少年帝王。

街巷里弄繁华得近乎梦幻,四处人头攒动,人人都想要一睹天子真容。

喧嚣声中飘着捕风捉影的传闻,不少话都有犯上之嫌,护送的金吾卫如临大敌,自然是将小皇帝捂回了銮舆中。

是以,裴昭最终也没能骑围猎的马去西郊。

顾佳期听了一耳朵外头那些话,正在出神,没留神车帘一动,裴昭弯腰进来,叫了声"母后",在她身边坐下。

顾佳期被他吓了一跳,忙问:"陛下怎么来了?"

裴昭从袖中摸出一杯东西来递给她:"青瞬在街边买给母后的。"见她不明就里,补充道,"说是暖胃安神。"

今日天未亮就要走,顾佳期自然没有吃好,于是笑眯眯地接了。那东西看着奇怪,黑糊糊混着白糊糊,裴昭见她要放到唇边,连忙道:"不知是什么东西,母后还是不要吃了。"说着就要拿回去。

见到少年那的一本正经模样,顾佳期随意抿了一口,"扑哧"笑了出来:"是芝麻糊混杏仁霜。"

裴昭没出过宫,自然也没见过这上不得台面的民间小吃,他"哦"了一声:"母后怎么知道?"

顾佳期笑起来眉眼弯弯，一侧的长眉挑了挑："哀家掀过的摊子可比陛下批过的折子还多呢。"

她有心活络两人之间的关系，裴昭虽然素来冷淡，倒也给面子地微笑起来："母后还有这样的本事，朕倒是不知道。"

"哀家还有许多陛下不知道的事。"顾佳期掀开车帘一角，指了个方向，"那是汤饼铺子，如陛下所见，来往的多是脚夫。旁边挨着的茶楼倒是富商云集，后头的地窖是储冰的，夏日宫里用的冰就是从那里来的。不过他们三家店的老板原是一家兄弟……"她想了想，"去年还是，如今不知道了。"

裴昭对外头这些人情风物兴致缺缺，不过还是很有耐心地听她絮叨。

顾佳期并不嫌自己烦，一来是当"母后"当惯了，二来是裴昭看似冷漠，实则十分细心，眼下看似是来侍奉她，实则是怕她听了外头那些关于摄政王和太后之间关系的传闻多想。

可顾佳期不难过，倒巴不得那传闻传得更盛些。往好里想，没准裴琅良心发现，就此撒手放过她；往坏里想，也许有英雄志士把事情闹大，逼得裴琅撒手放过她，倒都算得上好。

到西郊行辕时已经是夜里了，天空憋着雨，纵使是春日也令人气闷。

顾佳期下车往地上一站，便深吸一口气，想起昨天早上答应过裴琅的事，心里沉甸甸的，白日里那些温和快慰全随着夜游神飞上了夜空。

幽深如墨的深院中寂静无人，她把裴昭和青瞬打发出去玩，自己则留在房中发呆。

裴琅当然是会来的，伸头是一个裴琅，缩头也是一个裴琅，逃也没有用，还不如就这么等着。

桌上搁着各样妆奁，她闲得发慌，一一翻开来看，里头是花花绿绿的首饰和胭脂香粉。

从前的顾将军府当然不缺这些，顾量殷战功赫赫的那些年，哪怕他不在家，赏赐、礼品也总是像雪片一样飞来将军府。

顾佳期那阵子性子野，一度发愁屋里放不下，只好央求大哥顾楝出去把东西当掉充军饷。

军饷总是急缺的，和军饷比起来，这些东西不值钱。

不过现在她是太后了，太后要端庄矜持，一年到头穿着沉重的深衣，梳着高高的发髻。

顾佳期有时候在铜镜里看自己，感觉像看到了东瀛进贡来的人偶娃娃，美衣华服盖着细胳膊细腿，仿佛只有提线才会动，脸上始终没有表情。

天气又闷又热，顾佳期玩了一阵首饰胭脂，左等右等等不来裴琅，索性趴在桌上对着一副九连环出神。

窗子不知何时被风吹开了，夜风一阵阵拂在后颈上，凉丝丝的，十分舒服。不知舒服了多久，顾佳期趴在桌上睡着了。

夜风晃晃荡荡，梦也晃晃荡荡，她在那片飘摇颠倒的青砖上站了许久，才发觉那很可能是平帝四十六年的冬天。

那年她还是平帝的顾贵妃。平帝色迷心窍，驾崩前还惦记着后宫中那一群没能沾手的妙龄嫔妃，惦记到彻底发了疯，下旨将她们全部沉塘处死，好在九泉之下也有佳人在侧。

顾佳期也被扔了下去，可是没死成。她被人从太液池里捞上来，呛水呛得肺出了毛病，一连几日高热不退，已经烧得意识模糊。偶尔睁眼醒来，可连人脸都看不清。

偏偏事不遂人愿，越是看不清，听觉越是敏锐，有个半熟悉半陌生的声音在她榻边，带着笑意对她说："沉塘？我那荒唐皇兄临行倒也做了件好事。"

她有四年多没听到过那个声音了,如今听着有些陌生,但濒死的人总是格外的敏感,她一听就知道那是裴琅。

四年前还是她未婚夫的裴琅。

她想过裴琅会恨她,以为自己什么都准备好了,却没想到会那样难过。一转眼就难过了六年多,裴琅还是恨她,一丝未减。

身后凉丝丝的,大概是下起了雨。

顾佳期在梦里皱起眉头,隐约觉得那盏摇晃的灯似乎是被风雨浇灭了,铺天盖地的雨水淌成河水,潮水一寸寸涨起。

室内一片漆黑,顾佳期觉得胸中心腑向下沉了又沉,眼眶越来越酸烫,胸口一阵阵地抽紧,就像有人捏着她的心口要沥出血来一般。她勉力握拳去捶,却越捶越喘不上气,几乎窒息。

梦里逐渐蔓延开大片的黑暗,朔风扫荡过长京城,她回头望去,天还未亮,只觉得浩荡的天下只剩她孤零零一个人。

然后她跪在冰凉的砖地上,用力拍着那扇沉重的宫门,不知道想要叫谁来,只是不停地嘶哑着嗓音,本能地叫喊出声:"放我出去!我是顾佳期!我要见顾栋!我要见顾量殷!"

那时候顾栋和顾量殷都已经死了,她在里面关得久了,连这些都忘了。

这噩梦绵长得无穷无尽,顾佳期在砖地上跪着,不停地拍门。

她自认是个没出息的人,可是偶尔也有些刚烈,很不甘心就这么算了,她一直拍到手上鲜血淋漓,不知过了多久,终于有束光投进来。顾佳期被人从地上提起来,结结实实地在脸上抽了一巴掌。

顾佳期脸一疼,终于醒了过来。

她没在冷宫里,西郊行辕的桌上还放着副九连环,是宫人特地放在那里给她解闷的，桌上还供着两枝白梅。原来刚才都是梦，她如今是太后了。

外头果然下雨了，她趴在这里睡觉，没注意到窗户没关，雨飘进来打灭了灯柱，顾佳期身后也淋得透湿，看着像是只难看的落汤鸡。

裴琅的脸上透着怒气，抬手"砰"地将窗户合上，一只手像拎小鸡似的将她提起来。

他这样子十分凶狠，顾佳期抽噎着推他："你别、别动我。"

裴琅理都不理，脚下生风，几乎是将她拖到了榻上，松手一丢。随后他才拍了拍手，好整以暇地问她："哭了？哭什么？"

顾佳期在软绵绵的榻上躺下后，反倒一点也哭不出来了，总觉得心里像有个惊声尖笑的疯鬼，逼得她也发疯。

她蜷起身体，拢起手指捂住脸，闷闷地笑道："哭我命好。死都要死了，偏偏被王爷捞了出来。"

裴琅这人也怪，若说他脾气坏，的确什么事都能惹他生顿气，可他发火虽快，下火也快，往往还没等旁人琢磨清楚，他已经将事情抛到脑后去了。但若说他脾气好，他又有些真正难惹的地方，譬如他最讨厌她提那一天的旧事。听她这么说，他那张俊秀英挺的脸一下子黑了，双目像盯仇人一般盯着她。

顾佳期也不害怕，继续闷声笑着："你非要把我捞出来，捞出来也没什么，我大不了去冷宫就好了……都七年了，王爷还没有腻。王爷这般看重我，我可不是命好吗？"

她这一番话说下来，显然是要找事端，裴琅倒也不生气了，笑着搭她的茬儿："顾佳期，要怪就怪你自己，你那时候算计谁不好？偏要挑个心眼小的招惹。"

他弯下腰将她翻过来，像掰开刺猬似的掰开她捂脸的双手，眼对眼望着她："你发什么癔症——哟,这是思念臣了？"

他这才看见顾佳期头发解了,及腰的乌发散了一多半,像青云般衬在身下,头上只剩下个松松的髻,上头插着一支垂了碎流苏的玉兰簪,流苏宝石的光点像雨滴,摇摇晃晃地拂着她的眉尾。

顾佳期本来就生得好,不过十几岁时还未全长开。裴琅那时是金吾卫,他们那一帮人在风月场里混惯了,总觉得要长到歌伶们那样知情知趣的年纪才算得上是女人。那时候裴琅再怎么把顾佳期放在心尖上疼,心里也只当她是个小丫头,总觉得她小得吓人,仿佛戳一指头就能把她戳倒,至于别的,他更是想都没想过。他只是下了婚书,收了心,不急不慢地等她长大。

可如今过了七年,顾佳期还是那一张娃娃似的小脸,水滴似的下巴被衣领拥着,衣领上花纹繁复,朱砂、靛蓝、赤金、孔雀绿,令人眼花缭乱地在墨黑底色上交缠,非但没生出凌人的气势,反倒有种秩序井然的妖异。她就这么像个裹了绣服的瓷娃娃似的红着脸孔憨憨笑着,竟隐约有些艳光逼人。

裴琅一瞬间几乎有些窒息,一时没动,顾佳期却已把手搭在他颈后,眯眼笑了一下,浓长弯卷的睫毛似乎都掠过了他的鼻尖。

她香软的呼吸带着潮湿的雨气,也拂在他唇角。丹唇微启,轻吐着意外之语："是啊,王爷说对了,我思你。"

顾佳期今夜不知是怎么了,胆子格外大,眼看裴琅的目光一寸寸深沉下去,她还是不怕："王爷,我们重来一次好不好？两情相悦该有多好呢？"

裴琅眯眼笑了一声："你也知道？"

他扯着她的两只手腕大力拉到头顶,顾佳期疼得脸色一白,他继续说道："两情相悦就算了。整个长京城,也没几个女人比你还没滋味。"

顾佳期知道他今夜被激得动了气，裴琅提起往事的时候就是真的生气。她在这里心神不定，裴琅火气更大，捏住她的下巴一口咬下去，微笑道："我劝你知足，你虽然姓顾，可是顾家也没人了。若不是本王记仇，对你早就不在意了。若是没有本王，你又算个什么？不怕宝贝小皇帝过河拆桥吗？"

裴琅动气的时候说话特别难听，顾佳期也气急了，也不知道是疼的还是气的，身上一阵阵发抖，但愣是咬住嘴唇不肯出声。裴琅还咬住她的耳尖厮磨，哑着嗓子折磨她："说话啊。娘娘今夜不是牙尖嘴利得很吗？"

成宜宫的太后前些日子缠绵病榻，闭门谢客了好一阵，裴琅今天一定是不肯轻易放过她的。顾佳期又疼又困地迷糊起来，这时候她格外乖，怔怔地看着他，过了半天，才动了动嘴唇，不知是在说什么，裴琅凑近了，才听见她竟然是在说："夜阑。"

"夜阑"是他的表字。

裴琅顿了一下，胸口猛然有一股酸涩的戾气扎了上来，他突然发了狠："闭嘴，谁让你这样叫本王？"

她几乎像是在说梦话，声音低得几不可闻，似乎透着委屈："你让我叫的。"

他一手扳过她的脸："以前本王高兴让你叫，眼下不高兴了，听见了没有？"

顾佳期不想看他了，偏过头去，又被他大力扳回来，逼她看着他近在咫尺的面孔。

裴琅五官硬朗，眉长眼深，一双眼瞳格外漆黑。从前看只觉得俊秀轻佻，如今尽数化作了慑人的凶狠。再加上在朝堂上滚久了，那笑意里添了股隐隐的冷厉，叫人看了不知他打的是什么主意。

顾佳期终于清醒，想起来了——裴琅就是要折磨她，要她生不如死。

　　他本该是个意气风发的富贵闲人，偏偏被她算计了一道。那年她拿了耆夜王的婚书，转身就借着那个尊贵的身份进出宫廷，到平帝面前去摇尾乞怜，亲手往"耆夜王"三个字上泼了一桶污水。

　　可是裴琅是何等傲气的人，她那时就清楚不过。

　　他们二人都是烈性子，所以顾佳期懂得。换成被算计的是她，她多半会直接给那人一刀，所幸裴琅记仇，她才能活到现在，可活着还不如死。

　　可那时她有多少算计，有多少不得已，又有多少真心？

　　早不记得了。

　　顾佳期身上出了一层汗，汗涔涔地贴在腰背上，又渐渐风干。她觉得自己像离了水的鱼，渐渐喘不上气，攒了许久力气，才对他说："你杀了我好不好？"

　　裴琅问："凭什么？"

　　顾佳期瞪着通红的眼睛盯着他，浑然不知有大颗泪水正滚出眼眶："我想爹爹，还有大哥，还有姑姑。"

　　他像是很温柔地抚开她的乱发，极其残酷地提醒她："顾佳期，顾氏九族只剩你一个了。是你自找的。"

　　平帝昏庸狠毒，顾量殷的将军府功高盖主，锋芒太露。他在前线拼杀之时，后头早已冒出无数恶寒刀锋，等着将他斩落马下。

　　宫规森严，想要见皇帝一面难于登天。顾家用尽了心机也没能跟平帝说上话，等到顾佳期坐上了耆夜王妃的位子，终于有人想起了这身份的好处——他们能让平帝看见顾佳期那张尚未长开的漂亮面孔了。

　　顾佳期已记不清宫中派车马来顾家那夜的光景，只记得族人跪了一地，她茫然地攥着前线战报——潼关告急，裕河告急，军粮告罄,援军不足,将军重伤……

祠堂里的烛火在昏暗中跃动,四壁似乎都有风渗进来,满耳全是族人低泣的声响。

顾量殷教会她的只有一件事,即人的命数只能握在自己手中。

人人都有求不得,平帝求刀笔留情,皇贵妃求大权旁落,满朝文武求独善其身,顾家人求新的靠山,顾量殷或许只求一死,可顾佳期只求他活着。

她最终还是点了头。

顾佳期不是举棋不定、瞻前顾后的人,既然下定决心以色侍人,便不再回头去想裴琅。只是宫中情况远比顾家想象得恶劣,郑皇贵妃的爪牙如铜墙铁壁,她终究太嫩,没能在宫中激出一朵浪花。

到最后她才想明白,郑皇贵妃不过是条狗,准许她进宫的是皇帝,准许她被幽禁的也是皇帝,顾府和耆夜王翻脸时坐山观虎斗的还是皇帝。这是个好局,一箭双雕。

将军府的灾厄如期而至,不过两年,煌煌将军府便彻底失势,被鬣狗咬啮殆尽。

顾佳期嚼着缠绵的恨意,在黑暗的宫室里等了足足一年。一支玉堂春的木簪被她磨成了短匕,吹毛断发。她等着平帝召幸,等着把那锋刃送进昏君胸膛。

然而,她终于等到重见天日时,平帝竟已撒手西归。

她就像个终于长出了手脚的剑客,利剑出鞘,却四顾茫然。

有句诗说"平林漠漠烟如织",像她这样的人回看往事时就是如此,但愿如烟,不敢看清。

这个夜晚漫长得无休无止,顾佳期嗓子早已哑了,几乎是数着更漏声挨到了天边泛鱼肚白。直到陶湛在外头清了清嗓子,裴琅方才松手将她丢回榻上，起身问道："什么事？"

"上次派出去的人送回了信来。"

陶湛的声音一点波动都没有，他早习惯了这般情景。

这似乎是件要紧的事，裴琅起身披衣。

他是行伍出身，动作利落，三两下已穿戴齐整。回头看去，顾佳期正抱着枕头蜷身窝着，虽然闭着眼睛，但是刚才她哭得狠了，此刻浓黑的睫毛上还挂着点湿润，眼角也有些发红。按道理来说，这样子是十分香艳的，可她蜷在那儿连直起身的力气都没有，加上前几日病得厉害，看着越发瘦得可怜。

裴琅素来不是体贴的人，但顾佳期身份尊贵，一病就要多出许多麻烦，他也怕她再惹麻烦，此刻竟鬼使神差地弯下腰摸了一把她的额头。她的额头似乎又开始发烫，裴琅不由得"啧"了声："娇气成这样，还去淋雨。"

顾佳期毫无脾气，也不反驳，疲惫地闭上眼应付："我不是故意的。"

她不回嘴，只说些模棱两可的话敷衍他，变回了平日里四平八稳的样子，一半是因为醒了，还有一半是因为难受。裴琅站了半晌，脸上终是掠过一丝不忍，心知自己这次是把她折腾狠了，于是张口便叫陶湛去请医官，还低头关切地问她："哪儿疼？"

一听他说人话，顾佳期突然不知从哪里来了力气，猛地睁开眼，恶声说："不要。"

裴琅性子直，既然心里有愧，此刻也不介意她无礼，他笑眯眯地扯起被子将她盖住："不要什么不要？祭天可是要抛头露面的。小太后娘娘，有病就得看大夫，不然叫人看出毛病来，小皇帝可就下不来台了，是不是？"

他说话和气，装得像个好人似的。顾佳期起初没听懂，听到末尾，隐约明白了，原来这人还是在记恨她执意要陪同皇帝来西郊。

她挣扎着要从被子里钻出来，裴琅哪里肯让她顺心，顺手拿被子角打了个结结实实的死结，又把她一推，滚进床里，这才肯走。

顾佳期从被子里挣扎出来，翻过铜镜来看，果然看见颈上有大片瘀青，十分醒目。

裴琅还跟少年时一样，总是憋着坏，常会在这种时候给她使绊子。她气得往被子里一窝，打起精神，将他祖宗十八代刨出来骂了个遍。

结果三代往上尚未骂完，裴琅身边的医官便过来为她把了脉。医官也不多问，给了她一支药膏，随即照例不由分说地灌了她一剂药。

天色大明时青瞬过来伺候，见顾佳期竟已起身穿戴好了，十分惊诧："太后娘娘，今日起得这样早？"

平日里总要叫好几遍，顾佳期才起得来，青瞬见顾佳期不回答，也就明白是摄政王来过了，连忙换了个话头："娘娘穿这个也好看。"

顾佳期虽然个子娇小，身材却修长玲珑，并不显得矮小。虽然她比较瘦，但穿上这样又大又重又深的衣裳，倒衬得她肤白胜雪，鸦羽般的长发上密匝匝地坠着宝石坠，远看去倒真像个娃娃。

青瞬笑着调侃："娘娘昨日还嫌热，今日就不怕发疹子了？"

顾佳期紧了紧颈旁密密的一圈绒毛领，遮住一层层的痕迹，微微笑道："天冷了。"

昨夜秋雨洗过，今日倒是响晴的天，秋风一阵阵的，吹得青云尽数飞去，只剩穹庐一顶，碧蓝如漆。

裴昭穿了衮服在坛下站定，遥遥回头冲回廊上看去，不知是在看谁,神情古井无波。

青瞬小声说:"陛下看您呢。"

裴琅站在顾佳期下首,瞧得见她们咬耳朵。顾佳期低头听青瞬说话,还不忘拢一下衣领,遮住脖子。他看在眼里,打个哈欠,低笑一声,夹着轻慢。

顾佳期知道他笑什么,她不理他。

坛下的裴昭望着这里,周边一阵窸窣议论声便缓缓传开来,隐约有几句吹到了耳中:"……说到底还是个孩子,竟没主意。"

"太后不立规矩,才至于此,居心难说。"

顾佳期就当全没听见,向前站了一步,让裴昭能把她看清楚。她朝他稍微颔首,示意裴昭自己在这里看着他。

裴昭这才转回头去,向天一拜,身姿肃然,如松下风。顾佳期头一次察觉裴昭当真长大了,他倘若是世家的公子,在街上也是会面临掷果盈车的。

祭天礼冗长烦琐,加上天气有异,秋风渐紧,一阵冷似一阵,在场的人都急欲离开。裴琅哈欠连天地熬了一会儿,早早地抓了个空,带人下去喝茶吃点心。

皇帝身边的宦官来过一次,请太后也下去歇息,顾佳期却怕裴昭紧张,一直等到礼毕方才进屋。

裴昭亲自送上热茶来,顾佳期捧着抿了一口,小声长出了口气。她又想到身边都是人,还需要装出一副天伦之乐的派头来,于是道:"多谢陛下。"

她这么客气,裴昭听了却是不大高兴的样子:"母后不必说谢。"又说,"此处诸事不便,这便回宫吧。"

他说完,就真的转身叫人去打点车马,预备回宫。

一旁的裴琅坐在圈椅中跷着腿,手握着盏铜酒壶,竟是已经喝上了。看裴昭张罗，他笑眯眯地打岔："陛下，这天气冷得古怪，眼看日头都要落了，等会儿夜里可是更冷。在这儿将就一夜就得了，还闹着要回宫做什么？"

裴昭像是很不喜欢西郊，垂首检看着宫人要递给顾佳期的暖手炉，闻言头也不抬："要回。"

裴琅仍然笑眯眯地招了招手，叫陶湛去报信："哦，陛下要回，那你便去叫宫里的人候着陛下。叫他们将火炉子生起来，把夏日里凿冰的家伙也拿出来。"

他习惯开玩笑调侃身旁的人，顾佳期和裴昭都不理他，省得逼他把蔫招卖出来。

陶湛却当真配合，上前问道："王爷，生火炉属下明白，但要凿冰的家伙是为了什么？"

裴琅抓过他肩上的披风旋开披上，起身出门，挥鞭上马，甩下一句没头没脑的话："为了敲冰棍子。"

摄政王和皇帝虽说不睦已久，但若是在御书房或成宜宫，二人并不会表露太多。裴昭一向听顾佳期的，不管裴琅怎么找事，他不言语、不搭理就好。在人前这么挨裴琅的刺，倒还是头一回。

裴昭虽没说什么，顾佳期却能看出他脸上的不痛快来。上车走了一阵，她闷闷想了一阵，小皇帝嘴笨，让裴琅想奚落就奚落，恐怕是她教错了，看来得找人教教他吵架。她终究年纪小，有些想一出是一出，掀起车帘就叫："青瞬，你给我找个——"

外头那人却懒洋洋地应了声："青瞬没有，冰棍子倒有一根。太后有何示下？"

竟是裴琅。

腹诽了一路的人竟一直就在自己一壁之隔的地方，顾佳期哑然地张了张口，有些心虚似的应了一声："王爷，玩笑过了，哪有那么冷的?"

她这是嘴硬,其实现在天黑透了,确是冷极了。寒风萧萧瑟瑟,一阵阵地刮过,带下漫天黄叶,挂满星星的天幕又透彻又高远。

越是冷,就越是能闻见空气里弥漫着悠然的香。原来是街边人家酿了米酒,一坛坛摆在路边,齐齐整整的煞是好看。裴琅腰间的长剑上一片洁白,她原以为是皎洁的月色,细看才发现是剑端蒙着的一层薄霜。

顾佳期东想西想,看到这柄剑,又心想最近确实有些不安稳,不然裴琅怎么带着护卫还要佩剑?

她趴在马车窗口出神,直到裴琅一眼扫过来,她才猛地抽回目光。裴琅也察觉了她一脸尴尬,倒没有乘胜追击的意思,仅是抬手灌了口酒:"看什么?太后也想喝?男女授受不亲,这壶不行。"他指了指路边的米酒坛,"那个倒可以。本王去弄一坛来?"

他气定神闲地指着米酒坛,脸上挂着一层笑意,笑容明朗,但在顾佳期看来却像刀片挖进人心,要提醒她想起什么来。

顾佳期怔怔地打量了一圈,方才发觉再向前走几步,便正是顾将军府后巷。这地方她熟得很,从前年少荒唐,常跟裴琅在这里玩闹。裴琅指着的那种米酒她从前最爱喝,一口气可以喝一壶,也跟他做过几次"打家劫舍"的勾当。裴琅第一次亲她,也是在这里。

眼下街上摊位没人看着,顾佳期却只觉头顶里"轰"的一声,一团邪火卷了上来,她猛地一把摔回了帘子。

他偏要在这时提以前的事,就像拿着烧红的铁棍子往人心口上戳。顾佳期气得眼圈发红,一低头将脸埋进了膝间,狠狠地咬了咬牙。

车外的马蹄铁敲般地响着,十分有节律。隔了片刻,裴琅挥鞭催马向前奔去,声音渐渐远了,只有一声漫不经心的呼哨留在空气中。

过了半晌,车帘一动,是青瞬进来了。见顾佳期这样,她讶然地问:"太后娘娘怎么了?"

她是太后,一点差池都出不得,顾佳期不敢忘。她缓了一会儿,摆了摆手,哑声问:"到了吗?"

◇
第
三
章
◇

譬如朝露

"王爷,那条路我又走了一遍,可王爷还是舍不得杀我。王爷还喜欢我,是不是?"

摄政王早在半路上就回了摄政王府，回宫的一行人如他所言，当真冻成了冰棍。

顾佳期脖子上有印子，心里有鬼，更何况穿的是一副捂疹子的行头，早间还喝了一剂药，所以倒不觉得太冷。旁人却是纷纷冻坏了，裴昭下马便捂住口鼻打了个喷嚏，连忙退后了几步，跟顾佳期分开些距离，沙声道："母后风寒刚好，还是当心些的好。"

顾佳期自己是被顾量殷拿长剑、大刀、木棍子给揍大的，没人跟她说过该怎么养孩子。她推己及人，自然也就觉得普天之下的孩子都该当狼养。裴昭生母早逝，先帝将裴昭交给郑皇贵妃抚养。可是郑皇贵妃心胸狭窄，不肯让这小娃娃抢了象山王的风头，便打着慎养太子的幌子，对裴昭百般刁难，是以裴昭一直到十岁上连见光的机会都极少有——他因此生得十分白净，或者说肤色近乎苍白。

等到平帝驾崩了，封了太后的顾佳期才第一次见到小储君，只见是一只弱不禁风的小鹌鹑，就知道他受过的苦跟自己一样，心里不禁一叹。

从那往后，裴昭便依顾佳期的意思骑马练剑，身子渐渐康健起来，近几年已不曾生过什么病。所以这时候他虽然打了个喷嚏，顾佳期也并未担忧，只叫了太医来诊治。她看过方子，又看着宫人熬了药来，自己方才有空坐在榻前喝了口茶。

裴昭如今不是小孩子了，很不喜欢躺在被子里被人摆弄，李太医驼着背忙前忙后，他硬挺挺地坐着，端着药道："不过是个小喷嚏，不至于兴师动众。"

李太医从前伺候平帝，平帝晚年沉迷药石丹砂，他劝阻不下，反惹恼了平帝，被一贬再贬。如今他又能伺候裴昭了，于是恨不得掏出心肝脾肺肾来操心。听裴昭这么一说，他忠心耿耿地抹了把昏花的眼睛："陛下龙体有恙，事关国体，切不可掉以轻心！依臣看，陛下这并非只是吹了冷风，而是早就受了秋雨之凉，非同小可。太后娘娘都守着陛下，母子感情这般笃厚，陛下自己焉有不上心的理？"

也不知道李太医哪句话说错了，裴昭垂了垂浓密的睫毛，面上不知怎的，竟掠过一丝稍纵即逝的不快。他一抬头便将那神色抹了，只笑道："母后不必守着我。"

顾佳期也笑了："哎呀，是他们先兴师动众的，都闹成这样了，哀家也只好照着《列女传》上头说的做罢了，倒不打算真的守着陛下。"

李太医没料到煌煌礼教被太后弹得这般荒腔走板，一时脸都青了。旁的宫人则是知道太后性情，都低头抿嘴笑，连裴昭都牵了牵嘴角，那双猫似的眼睛弯了弯："原来母后不打算守着朕吗？"

顾佳期接过药碗来，递给宫人去留药渣子："陛下是大人了，认真算起来，都该选妃了。哀家要再把陛下当孩子，的确是不能了。"

裴昭原本低着头，正心不在焉地分丸药，听了她这一句，突然抬起头来，灼灼地看了她半晌，硬邦邦地吐出一个字："别。"

顾佳期将他逗出了孩子气，知道他心情还没差到不可救药的地步，便心满意足了，她"扑哧"一笑："好啦，哀家就算再无情，再冷漠，也不至于趁陛下生着病张罗选妃。陛下歇息吧，哀家这便回了。"

裴昭这才知道顾佳期是故意逗他，摄政王的坏心眼好防，顾佳期的坏心眼却不好防，他被她逗了这些年也没有长进，该上当还是要上当。

他被顾佳期逗完，隐隐有些闷闷的感觉，但还是温柔地看着她："那母后这便回了？《列女传》上头是这样说的吗？"

顾佳期披上大氅，随口道："《列女传》上头还说女子被旁人摸一摸就要自己砍掉手腕子呢，宫里人来来往往，磕碰多了去了，哀家有几条手腕子够砍？《列女传》想怎么说怎么说，哀家反正不认可这荒唐至极的说法。"

按照京中世家的眼光，顾家的这位独女从小算是不学无术，先后气跑了七八个先生。若不是顾量殷声名在外，莫说上门提亲，恐怕早就连上门来往的人都没了。眼下李太医听她大放厥词，气得眉头大皱，奈何不敢驳斥。不过裴昭还是被她逗得一笑，咳了两声："母后不守着朕也就罢了，歪理倒很多。"

顾佳期按着少年微烫的额头将他推回去，小声说："好了，其实是因为陛下大了，这里用不到哀家了。"

裴昭不置可否，闭眼翻了个身。

顾佳期抽身要走，忽听他说道："早知如此，朕该在小时候多生些病。"

大约是幼时被郑皇贵妃折磨得久了，裴昭一向寡言，一年都说不了这么多话，如今年纪长了一些，竟然跟她开起玩笑来了。

李太医一跺脚，大惊失色："陛下这是说的哪里话？"

顾佳期也累得很，嘱咐了宫人，抬脚便走出了昭阳宫。

043

李太医仍在絮叨，裴昭全当未闻，在床头靠住，揉了揉眉心："朕只是哄太后回去歇着，随口一说罢了。李太医，不必多心。"

李太医在榻边伺候了一阵，毕竟有些感动，忽然道："陛下虽非太后血脉，对太后却当真仁孝，如此有情有义，陛下当是明君，是我等生民之福。太祖倘若有知，必定也有所感。"

裴昭合上眼："不是这样。"

李太医没有听真："陛下说什么？"

裴昭不答，却是已经睡着了。

顾佳期叫人看顾着裴昭，自己也留着心。没想到裴昭这次像中了邪似的，说了那句"早知道就多生病"，竟然就当真病去如抽丝，一连发了数日低热。及至第六日，李太医跪在地上，跟顾佳期絮絮叨叨说了好几篇"之乎者也"。顾佳期总算明白过来，这老头子拐弯抹角，原来是在说小皇帝缠绵病榻都是劳心劳神累出来的，请皇帝保重龙体，今日别再去上朝了。

这倒不是什么大事，左右前头也有摄政王顶着，让裴昭告病，请摄政王上几天朝也是可以的。

顾佳期去偷看过裴琅替裴昭上朝的样子，只觉古人所言甚是。裴昭上朝是"君子和而不同"，皇帝虽冷着脸，臣子倒都倾盖如故；裴琅上朝则彻底是"小人同而不和"，摄政王跷腿在上头倚着，朝臣全低着头，等摄政王一本一本将驳回的折子丢下来，堂中鸦雀无声，十分吓人。

不过和和同同的，结果都大差不差，裴琅这个人虽然又凶又坏，并且行事铁腕，但落到实处时倒还算有一丝人味，把朝务打理得井井有条。

顾佳期看了又看，裴昭这日的确不大好，咳得嗓子都哑了，眼里已带了血丝。顾佳期没有办法，只得问了裴琅的去处，随即硬着头皮写了手书，将在东郊行猎正欢的摄政王召回来。她"之乎者也"地写了一通，最后落了太后的印。

她自己则跟太医们守着皇帝，看太医小心翼翼地落针在那少年的脖颈上，她只觉得看着都疼。裴昭虽然大了，但大人生病也是要怕疼的，何况裴昭七年前那副瘦削苍白的模样十分可怜，顾佳期担心他，把心提到嗓子眼，竟当真守了裴昭一夜。

次日天明时，裴昭趁着旁人忙碌，向她招了招手。

顾佳期走过去，裴昭比了个嘘声的手势，便拉过她的手去。顾佳期吓了一跳，却见裴昭只是翻过她的手心，修长的手指像有力的狼毫一般，一笔一画地掠过掌纹，在她手上写了一个"回"字。

顾佳期倒也确实想回，因为裴琅眼见就要下朝了。

裴琅少年时在军中野惯了，可如今做摄政王，平日里规矩也不少。本就少有放风的机会，这次好不容易扯了个假去东郊疯几天，却又被她凭空搅了，还不知要怎么阴阳怪气。

听闻摄政王是连夜赶回来的，他似乎连衣裳都没来得及换就上了朝，想必心里有不痛快，等会儿一散朝，他是一定要来做一做面子功夫的。说是给小皇帝请安，但他嘴巴坏，总是顺便给她添添堵。

顾佳期正发着愁，裴昭折起指节，用指骨轻推了推她的手。

顾佳期见他瘦了许多，骨骼温润的脸上透着经年累月擦不去的苍白，忍不住心里一软，小声说："我不回也行的。"

裴昭笑了笑，干涸的嘴唇有些裂开了，他又写道："皇叔只是来坐坐，朕没事。"

两人弄得好像真是母子情深似的，但其实顾佳期的母亲去世得早，她并不知道当娘的该是什么样，倒是勉强知道当皇帝的该是什么样——先看好平帝是什么样，然后反着来就是了。所以七年来她都是学着那些被她打跑的老先生的样子，把仁义礼智信往裴昭脑袋里灌，想要勉强灌出个人形来，结果竟然真灌出个谦谦君子，她自己都吓了一跳。

见他肯担着裴琅的脾气，顾佳期就放了心，披上大氅，带青瞬回成宜宫。

一出昭阳宫门，顾佳期立刻忍不住哈欠连天，青瞬连忙去挡住："娘娘，可别让人看见。"

顾佳期闭上嘴，青瞬又无奈一笑。顾佳期脸上透着跟裴昭一模一样的苍白，像没晒过太阳似的，眼下的青黑十分显眼，这么看更憔悴了。

青瞬不由得有些发愁："这可怎么办？"

顾佳期以为这脸色倒没什么大不了，被裴琅吃五喝六才叫麻烦。她只求能赶在裴琅来之前开溜，赶紧回去找个地儿打盹，于是脚下一拐，绕进昭阳宫后的小巷。

青瞬不明就里，顾佳期笑道："哀家带你抄个小道。"

青瞬知道她看着稚嫩，其实是在军营里翻滚大的，虽然有些不讲规矩，但辨清东南西北，翻个墙都不在话下，于是虽然自己没走过这条路，却也死心塌地跟着。

谁知人倒霉起来喝凉水都塞牙，二人转过一道宫墙，迎面就碰上了一尊黑面煞神。

青瞬顿时轻轻"唉"了一声，顾佳期心里一沉，没想到在这里碰到他，她暗暗生悔，也只好勉强笑了一下："王爷辛苦。"

裴琅皱着眉头打量她："太后娘娘万安。这是昨儿夜里上哪儿逮耗子去了？"

裴琅天生就是个纨绔种子，派他去念经都能逗起闷子来，所以虽然他语带挑衅，青瞬仍忍不住低低一笑。顾佳期原本眼睛极大,睫毛浓长,当下眼周泛着一圈青黑,倒的确像只志怪画书上的妖猫。

顾佳期淡淡扫了她一眼,青瞬连忙抿住嘴,不敢再笑。裴琅却清了清嗓子,青瞬知道意思,忙和陶湛一起垂下头退到外头去。

闲人一走,裴琅连笑都懒得笑了,又是一脸不耐烦地抱臂往宫墙上一靠,拢拳打哈欠道:"东郊景致不错,姑娘也香甜,春宵一刻值千金,太后打算怎么还?"

原来他去东郊玩的是这个。他从前对女人并不留心,顾佳期倒不知道他还会玩这些花样,想来这些年身居高位,毕竟少不得应酬。顾佳期哑摸了一下他最后半句话,瞬间联想起在西郊时的情形,只觉要糟,硬着头皮道:"王爷替陛下打理朝务,哀家替陛下先谢过——"

却听裴琅轻哼了一声,撑住了她身后的宫墙,倾身过来,二人近得几乎鼻息相引。

顾佳期只觉汗毛倒竖,忙低下头,却只听他轻声说:"本王不是说这个。"

他的声气一丝丝拂在耳际,仿佛再向前半寸,那凉薄的唇就要贴到顾佳期耳郭上。她又痒又不敢乱动,话都说不顺了,打着抖说:"那是要……说什么?"

裴琅像是想了想:"别装傻。你那成宜宫规矩大,本王懒得去。上次出去祭天,原本是两日两夜,偏偏皇帝小崽子偏要当日就回。你说还什么?"

顾佳期怀疑裴琅就喜欢逼着她在光天化日下紧张成一团。昭阳宫里一阵阵的隐约人声跳过宫墙落下来,顾佳期咬了咬嘴唇,压低声音反驳:"……又不是我要当日回。"

裴琅"噗"地笑了起来:"那难不成本王找皇帝侄儿还吗?别

047

打岔。"

顾佳期小声道:"左右王爷也悠闲了两日两夜,并没吃亏。"

裴琅挑眉"嗯"了一声:"你敢吃醋?"

顾佳期却又没了下文,他失了耐心,抬手在她鼻尖上一弹:"继续说啊。"

他力气很轻,但她也不知发的哪门子脾气,今天偏不想让他碰,她想也不想,低头便一口咬在他虎口上。裴琅吃痛,狠狠向后一抽,她越发咬得用力,咬得口中满是腥咸的铁锈味。

她口中还咬着,心里其实已经蒙了,脖子被他的手环住。裴琅并未发力,只是松松地握着她细长的脖子,听声音,他似乎也动了气,不过仍然是气定神闲的:"咬啊,这宫里眼线繁多,本王倒不怕人看见。"

他这么一说,顾佳期浑身都不自在,果然觉得宫墙拐角里有人在看,余光似乎看到了一个人的袍角,但一闪就不见了。她心里一急,连汗都冒出来了。

顾佳期知道他力气奇大,其实一错手就能拧断她的脖子,但他只是收着力气,用了巧力,按住筋轻轻一敲。

一瞬间又酸又痒,顾佳期怀疑他是要让她叫出声,她心里一阵猛跳,也不知道是怒还是怕,只觉得全身的血都突突跳动着涌上头去。她只想躲开,便猛地松开牙关,仓促退了一步,后背"砰"的一下撞上墙,头上的珠钗也砸了一地。

变故突生,青瞬吓坏了,闻声甩开陶湛跑了过来,慌乱地扶起她:"娘娘!"

顾佳期把自己撞得岔了气,也终于反应过来,裴琅方才不过是敲敲她的麻筋闹着玩,她是杯弓蛇影,总觉得裴琅想害她。她心里有些懊恼,但是顾不得想,咳得一阵一阵的,还不忘拉着青瞬的手,喘着气说:"小声些……"

裴琅皱着眉,看她弯腰咳着,慢慢把自己的手背到身后去,脸色多少有些阴晴不定。半晌他才扬眉笑道:"太后倒威风,本王还当是有多大的本事,原来怕我怕成这样?既然如此,今后便少吃这门子飞醋,本王手里没有醋厂,养不起娘娘。"

顾佳期知道他说得对,她怕他怕成这样,是因为她和裴琅早就恩断义绝了。所以她不该想,更不该起脾气,裴琅在外面玩什么、看什么,跟她一点关系都没有。

陶湛也怕裴琅当真弄出人命来,看了一眼他背在身后的手——那只手紧紧攥着,恨不能将五指按进掌心似的,不易察觉地微微打着抖。

陶湛跟了裴琅多年,知道他平时八风不动,在小太后的事上却往往反常。他还以为裴琅这次竟然对太后动了手,心下一沉,赶忙快步走来,直杵着挡在裴琅身前,低声道:"王爷。"

裴琅这次虽然冤枉,但也满不在乎,他捏了捏手骨,笑道:"怕什么?本王跟太后再不对付,也还不至于在昭阳宫外头杀太后。"

顾佳期又用力咳了一声:"王爷自便,我回去了。"

她说她的,裴琅全当没听见,信手从她袖中摸出一方帕子来,随便按住了虎口上的血牙印,然后将沾了血的脏帕子往袖中一揣:"今后别走这条路。"

说完,也不等她答话,他抬步便向昭阳宫走去,还哼着小曲。

那调子起先还是一支《紫云回》,没几声便离题万里,不知拐到哪里去了。

调子有些熟悉,顾佳期愣愣地听了一会儿。

青瞬小声道:"这不是土匪嘛,难道这路是他开的吗?"

顾佳期这才回过神。

裴昭遣人来叮嘱过天凉，所以成宜宫里已备了炭，烧得哔剥作响。青瞬燃了香，顾佳期吸了一鼻子东阁香，把脸埋在锦被里，很快就睡了过去。

青瞬说裴琅是土匪，其实倒有几分道理。

昭阳宫是皇帝寝宫，从前平帝多疑，这四周全是警戒的金吾卫，巷子不准人通行，命妇们要到昶明宫去给执掌后宫的郑皇贵妃请安，得绕好大的一个圈子。

那是平帝三十九年，顾佳期的头发才刚能扎起来，春风正浓时，帘摇惊燕飞，她头一次跟着小姑姑顾量宁进宫。

顾佳期本就顽皮，又刚从军营被接回长京城，正是个土丫头，看着宫里的绣金灯笼、水岸菡萏、淡绿水雾般的杨柳枝条、宫女们踏着落花的裙裾，全都新鲜极了。她一会儿抬头，一会儿低头，摇头晃脑的，一不留神，头上的珠钗掉了一地。蹲下去捡时，她又踩住了裙角，一屁股摔下地，难免叹了口气："唉，这。"

顾量宁跟妯娌谈得正起劲，拍拍她的头，叫她把东西捡起来再赶上去："昶明宫在顶东边，我在大路上等你，"她指了个方向，嘱咐道，"走大路，记住了？"

顾佳期不捡还好，一捡就更不得了了，她看见太液池边的地上躺着几条小红鲤鱼，大概乱跳到了岸上，正在徒劳地挣扎着，鱼鳃翕动，十分可怜。

她兜着裙子将鱼捡起来丢回水里，又连忙跑着去追顾量宁。

方向她记得，又觉得左右宫里没有坏人，于是也不管是大路还是小路了，提着裙子一路狂奔，一转弯进了一条小巷，随即眼前寒光一闪，一柄红缨枪斜着挡在了眼前。

她险些撞到枪柄上，连忙停脚，抬头看去，就看见了侧坐在墙头的少年。

第三章 譬如朝露

她那时还不认识裴琅，裴琅也还没被封着夜王，成日与金吾卫的一群中郎将插科打诨、四处游荡，在宫里上房揭瓦。顾佳期只听到他哼着荒腔走板的曲子，看见象征着守卫皇城的锦袍玉带在逆光中闪着晦暝的亮色，那是金线绣成的扶桑、菖蒲和朱雀青龙纹样。

墙头上摆着五花八门的佩刀、佩剑和银枪，似乎都是方才他跟同僚逗凶斗狠的战利品，被他卡在墙头当了靠背。他就靠在那堆武器上头，笑吟吟地冲顾佳期点了点下巴："此路不通。"

顾佳期不知道一墙之隔就是昭阳宫，全没想到警戒这一层，于是猜度眼前是个混进了金吾卫的流氓，一皱眉头："凭什么？"

俊秀英气的"流氓"嬉皮笑脸地点点头，好像她是个毛孩子似的，信口开河："就凭此路是我开呗。说了不让过，就是不让过。"

这土匪口风坐实了流氓身份，顾佳期毫不犹豫地抬脚一铲，正踢在红缨枪头上。这一招是她惯用的，熟稔已极，那红缨枪被一脚铲开，径直飞起来滚下地。她拍了拍裙子，昂首向前走去。

身后有轻轻一声，是那人跳下了墙头，跟着她走了过来。

顾佳期回头看去，只见他肩上扛着幽亮的黑铜佩刀，大摇大摆地跟着，显然是一副算账不等秋后的德行，不由得问道："你做什么跟着我？"

裴琅的五官偏邪气，本来是一望即知的不好惹，但那时在巷中凌厉阴影的遮盖下，顾佳期觉得他笑得没心没肺："姑娘多虑，同路罢了。"

"难道你知道我去哪里？你听好，我爹可是顾量殷。"

裴琅笑得更开了，好像笑得肚子痛似的，握刀的手掐住了窄腰，另一手指了个方向："原来是顾佳期姑娘，失敬。在下听好了，你爹是顾量殷，在下惹不起。不管顾佳期姑娘去哪儿，反正我去昶明宫。"

　　回长京前,顾量殷常敲打她:"若有扛不过的时候,就说你是顾量殷的女儿。这话出口,天下没人敢欺负你,知道吗?"

　　顾佳期嘴上瞧不起顾量殷教的那一套,真到有事的时候,少不得还是要将大将军搬出来狐假虎威。

　　那日,她仗着顾量殷的名头,知道身后的人一定不敢惹自己,便大摇大摆地向东走,闻着花香,畅通无阻。裴琅抱着那堆刀枪跟在她身后,他修长懒散,像只美丽的豹子。

　　顾佳期那时候觉得区区一条昭阳宫的小巷,没什么可怕的。后来她知道自己想错了,宫里的坏人不比宫外的少,坏起来花样翻新,裴琅全都知道,他在保护她。

　　裴琅以前待她很好,但也只是以前了。

　　火盆烧得太热,顾佳期睡得口干舌燥,叫了几声没人应,索性闭着眼伸手去摸茶水。凉丝丝的瓷器摆在榻边,她渴得发慌,也不管是什么,摸过来送到唇边。

　　入口凉丝丝、甜津津,带着一缕清凉的酸。

　　顾佳期一下子醒了过来,睁眼盯着手里的酒瓮。

　　青瓷酒瓮极精巧,不过巴掌大,里面装着浓稠清甜的米酒,其中浮着软糯的米粒。

　　她盯了许久,终于叫了一声:"青瞬。"

　　青瞬探进头来,见她握着酒瓮,知道她要问什么,便解释:"娘娘,是王爷送来的酒,说是东郊山里的特产,四处送人。陛下那边也有。"说着说着,便有些脸红。

　　顾佳期哭笑不得,裴琅的脾气难捉摸得很,裴昭和顾佳期搅了他行猎,他要这样广而告之——东郊山里的特产倒不是酒,是当垆卖酒的红颜少女,长京城人人皆知那是什么地方,"行猎"又玩的是什么花样。

顾佳期摇了摇头,觉得裴琅偏狭至极,却舍不得放开手里的米酒,又捧着啜了几口,才道:"陛下好些了没有?"

她睡了一日,眼下已是黄昏时分。裴昭年轻力壮,自然好多了。顾佳期去了昭阳宫,见裴昭已要了折子来看,看得聚精会神,都忘了点灯。

顾佳期叫人点了灯,在他边上没滋没味地翻了会儿书,突然想起来:"怎么今日倒没见李太医来絮叨?"

裴昭"嗯"了一声。殿内灯火幢幢地晃着,顾佳期看不清字。他起身找了一圈,没找到黄铜剪子,便叫人拿来,在她身边弯下腰剪了灯花:"李太医今日有些怪。不说他,母后怎么了?"

顾佳期没怎么,一时疑惑,裴昭便点了点自己的脸,垂首望着她:"母后的脸通红,是热吗?"

他不说还好,这么一说,顾佳期才觉出自己身上火急火燎地发烫,于是捂着脸颊笑道:"是上火。陛下,这时节烧炭还有些早呢。"

她生得瘦,尖尖小小的一张脸,浓长眉睫衬得肌肤如瓷如雪,眼瞳极其乌黑明亮,偏偏脸颊上一片红云,仿佛雪娃娃蓦地活了。

裴昭看了她一阵,移开眼睛,似乎有些赧然:"儿臣还觉得凉,才自作主张,害得母后上火。母后回去叫人把炭盆撤了吧,儿臣糊涂了。"

顾佳期也不多坐,稍说了几句话便要回成宜宫,裴昭送她到了殿门口,她便叫他停了脚:"哀家认路。"

出了殿门,她却并未向东,而是稍微一拐,走到了昭阳宫偏殿后头。这里药香袅袅,是宫人正煎着药。

她在那里站定,裴昭身边贴身伺候的邵兴平是个人精,留意着太后往这边来了,忙弓腰搭背地跟出来:"太后娘娘。"

顾佳期站住脚,拢了袖子:"陛下那桌上,哀家记得原是有把剪子的。"

剪灯花的黄铜剪子,刀刃未必有一寸长,但毕竟锋锐,后宫禁苑中丢了这样的东西,自然是大忌,先帝在时就有妃嫔这样偷了剪子行刺过,不过未果。

邵兴平惊觉犯了忌讳,一下子流了满头冷汗,低头应是:"奴才这便遣人清查,娘娘放心,必不惊动陛下——"

顾佳期淡淡"嗯"了一声,青瞬笑道:"邵总管也不必急着请罪,陛下今日操劳,若能安排他早些就寝,那也是功德一件。"

场中人不由得都笑了,顾佳期也一咧嘴,又连忙收住,假模假式地责怪她:"你闹得我头痛。"

邵兴平就坡下驴卖乖,将灶后的一个人拉出来:"太后娘娘头痛,李太医倒给看看。"

原来煎药的正是李太医。顾佳期虽然确实觉得全身发烫,但嫌此人啰唆,并不想真让他看看,况且她惦记着昨日昭阳宫外偷窥的人影,想要遣人一查,急着抽身,于是向后一退:"不必。"

李太医却陡然迈了一步,从青瞬身边一让,上前握住了顾佳期的腕子,摇摇摆摆地说:"……娘娘……娘娘脉象热盛邪灼……嗝,气盛血涌,才会如此大起大落。"

丝丝缕缕的酒气穿过空气钻进鼻端,顾佳期皱了皱眉,心下了然。难怪他今日躲着不见人,于是她压低声音:"李太医,御前当差,可不该饮酒。"

青瞬莫名变了脸色,叫了一声"娘娘"便走了过来。李太医却哈哈大笑起来,状似癫狂:"家不成家,国不成国,奸佞当道,无人扫除,轮得到一个不守妇道之人教我御前规矩?"

他眼里通红，显见得受刺激失了智，邵兴平竟拦不住，被他一脚踹到了药炉边。顾佳期心下一沉，猛地意识到原来那墙角的人影正是他，却见他合身一扑，她只觉后背剧痛，竟已被他撞上了院墙。她突然走了神，当朝太后在昭阳宫被太医行刺，这传出去要成什么话？

李太医虽然年老，但毕竟是个身长六尺的男人，这一撞撞得顾佳期眼前一黑，身子不禁软了下去。只听他嘶声哭了起来，老泪纵横，也不知是在跟谁说："你们背着陛下……你们，我全看见了！陛下、陛下他还叫我去给这妇人生炭盆，可我全看见了……"

顾佳期心里一团乱麻，知道自己是在他跟前露了马脚。却见李太医手中一错，已亮出了磨尖的寒光刀尖，正是那无故丢了的黄铜剪子。大概是他早间看见了什么，回来便将剪刀藏起来，就等着这一刻来清君侧！

顾佳期缓过一口气来，隐约觉得身上烫得吓人，却无暇他顾，忙抬手用力，一把攥住了他的手腕。

习武之人都知道人手上有关窍，顾佳期虽然早已荒疏了那点功夫，却仍知道该捏哪里。果然，被她虚虚一握，李太医就再使不上劲，憋得汗如雨下，但另一手仍攥住了她的衣领，恶狠狠地问道："裴琅那厮？狼子野心，图谋江山，可惜道行还嫩——"

顾佳期五内如有烈火烧灼，她深吸了一口气，胸脯内却像点燃了炮仗似的。

顾佳期脚下微一踉跄，手上蓦地脱了力。那青瓷酒瓮妖娆的弧线却蓦地在脑海中闪了一下，她猛地觉出了不对头——这不是什么上火，是那酒有问题，是裴琅被人算计了！

顾佳期心里一片灼痛，全身却已经脱力，沿着宫墙滑了下去。青瞬惊慌失色，扑了过来，来不及叫出一声"娘娘"，便见顾佳期握着李太医的手缓缓松了,李太医挥起黄铜剪子,挟着力道狠狠楔向她胸口。

黄昏已落,暮色四合,她深衣上的血还看不出什么颜色。她口唇轻轻一动,涌出了一小汩黑色的血线,沿着下颌淅淅沥沥地流了下来。

邵兴平终于爬起来扯开了李太医。李太医醉得狠了,呵呵哈哈笑着:"这江山、江山……江山所托非人!"

邵兴平不敢再听,将人按住用力填了满嘴土,这才察觉自己蒙了一身冷汗,看都不敢看顾佳期一眼,忙去关了这小院院门。

剧痛几乎在劈开身体,焚烧五脏,顾佳期只来得及死死捏住青瞬的手,将她拉到近前,用极低哑的声音厉声嘱咐:"不准叫太医,不准告诉陛下……去找王爷,别叫他看见伤……咳,传我的原话,叫他别忙着进来……"

邵兴平不敢违逆,忙将事情瞒下来,送顾佳期回成宜宫。

车辇摇摇晃晃,青瞬一直捏着顾佳期的虎口,不停地叫她别睡。

顾佳期五内翻搅不止,冷汗丝丝缕缕地渗透出来,力气随着血从伤口里一寸寸流失。她渐渐感觉不出疼,只感觉自己好像昏昏沉沉地神游天外。想起梦里的情景,她在心底轻轻笑了一声。

成宜宫里那只青瓷酒瓮还摆着,青瞬红着眼睛将东西拿开。

顾佳期蜷在榻上发抖,碰了碰青瞬的手,又虚虚一指案上的笔架。青瞬手忙脚乱,拿了笔,又将铜盆移来。顾佳期趴跪在榻边,哆哆嗦嗦地将笔杆伸到口中,狠狠一按舌根,霎时搜肠刮肚地吐了出来。

青瞬年纪还小,到底害怕,捂住嘴哭起来。

顾佳期吐了再吐,又叫青瞬兑了药来,趴在榻边呕得全身发抖。青瞬看不下去，知道这法子终归有限，却劝不动，只能擦了擦她额角细密的冷汗。顾佳期攥着床栏的手指泛着青白，浓长的睫毛在灯火的映照下合出一扇黑沉的蝶翼。那样子十分孱弱，好像一碰就会碎似的。青瞬忍不住问道："娘娘还信得过王爷？"

顾佳期已想不清什么，恍恍惚惚地点点头。

说不清为什么，时至今日，她依旧是信裴琅的。

青瞬跪在榻边，大约是在哭，殿内的灯快灭了，也没人理会。顾佳期不知道自己是不是睡着了，那姿势十分难受，但她实在没有力气再动，只能静静挨着。

不知过了多久，殿门被大力推开，有人挟着一身寒秋雨气走了进来，冰凉的手指在她唇上大力按了几下。

她知道多半是药，却张不开牙关。那人毫不犹豫，将她翻过来摊平，劈头盖脸便猛扇了她一巴掌。

谁知顾佳期并不觉得疼，也睁不开眼，依旧毫无反应。那人怔了片刻，终于捏着她的下巴掰开了牙关，将一粒东西径直送入了喉口。

那丹药又辣又酸，顾佳期"唔"了一声，五内再次翻搅如焚。疼了不知道多久，她昏昏沉沉地睡了过去，许久才皱眉睁开眼来。

视线尚未清晰，天还没亮，殿内一片漆黑，榻边只有一个肃穆高大的黑影。但就算只是个黑影，顾佳期也认得出他。

她静静地看了他一会儿，清清嗓子，轻声问："下雨了？"

裴琅没应声，转过身去。顾佳期知道自己一身一脸都是黑红干涸的血迹，并不好看，忙说："别点灯。"

裴琅一向不理会她，径自摸出了火石，手指捻上袖口，似乎摸到了什么东西，顿了一顿，把火石丢开了。他在榻边坐下，缓缓握住了那青瓷小酒瓮，附到鼻端闻了闻，半晌后突然问道："疼不疼？"

他滚烫的手在她脸上轻轻揉着。那情急之下的一巴掌力气不小，她脸颊肿了起来。

不知为何，她胸口的烧灼剧痛一瞬间全变成了缠绵酸楚。顾佳期明知他看不见，还是摇了摇头："酒是好喝的。"

裴琅摸出她脸颊肿了，拿出腰间的酒壶，自饮了一口，将冰凉的酒壶贴在她颊侧冰着，语调里满是黯然："我不该给你这个。这次是我疏忽了，你尽管怪罪，我接着。"

他平日调侃刻薄的时候一口一个"太后娘娘"，可是正经说话的时候，向来嫌"娘娘"和"太后"这些字眼累赘。

顾佳期用力呼吸，咳了几声，又摇了摇头："我信得过王爷。"

"自然该信。"裴琅嘲讽似的轻笑了一声，"我还舍不得让你死。"

顾佳期信他。送进宫的东西样样都有记录，裴琅虽然一手遮天，却也难挡悠悠众口，他就算再想弄死太后，好篡权夺位，也绝不会用这样引火烧身的法子。

他花了这些年平定江山，靠的自然不是区区耆夜王的名头。他黑白通吃，阴阳手段兼具，在外头一向嚣张惯了，就差一脚踩在龙椅上，难免遭人嫉恨。

连顾佳期都知道，想杀摄政王的人层出不穷。前些日子他就遇刺过一次，不过那日正撞上长京下雨，他这人厌恶泥泞，于是独独那一天策马换了上朝的路，正巧避开。

那些人三番五次暗杀不成，用了这样阴毒的手段也不稀奇，可巧裴琅正要往宫里送东西，挑了这酒，偏巧顾佳期撞到刀口上，幸亏那一坛酒没送到昭阳宫去。

顾佳期攥着被角，怔怔地发了一阵子呆，重复道："酒是好喝的。王爷特意给我的酒,是不是?"

酒壶还冰凉地贴在她脸上,裴琅听到她这唐突的问话,似乎回身朝她看过来。她听到衣衫窸窸窣窣的声音,但他没有说话。

过了许久他才开口:"是,东郊姑娘漂亮,可惜缘分不到。本王给你送一壶酒来,就是想特意昭告天下,太后你亲手扰了本王的温柔乡。"

他的声音透着寂寥,像从很远的风雨里飘过来,最终化作一声轻叹:"可惜,太后时运不济,撞得不巧,倒成了我的过失。等过一阵子吧,本王找个好天气,带太后去寺里拜一拜。"

顾佳期知道裴琅不想说,偏偏胸口里有块石头砸得她五脏六腑稀烂,她木然地逼自己说下去,好像只有难堪才能将胸口那不该有的酸涩冲淡似的:"王爷,那条路我又走了一遍,可王爷还是舍不得杀我。王爷还喜欢我,是不是?"

裴琅静了一瞬,忽然在黑暗中极平静地道:"顾佳期,你忘了?"

她忘了什么?

整个长京城都当她是耆夜王的小王妃,可顾量殷一出事,她就穿上预备好的嫁衣进了宫,跪在平帝脚下,试图螳臂当车,去换回风雨飘摇的将军府。

那是顾佳期平生最屈辱的一夜,沿途指指点点叫着"小王妃"的孩童百姓、鸦雀无声的昭阳宫、平帝状似疯癫的荒淫笑声,还有郑皇贵妃涂着血似的刻薄嘴唇……

她一败涂地,人人都说她是不得已,只有她自己知道,一开始她靠近裴琅就带了见不得人的目的。后来日久生情,她自己都耻于承认那样脏的心思,所以一直当自己忘了,自欺欺人。

"你凭什么叫我喜欢你?顾佳期,别拿什么走投无路来搪塞,你那点心思骗骗别人也就罢了，骗我还不够用。我那皇兄最爱抢别人的女人，你们顾家人不就是吃准了这个吗？若非他那癖好别致，你会巴巴地勾引我？顾佳期，你咎由自取，我留你活着，也确有一半是因为顾将军的功勋，可你凭什么还要我喜欢你？"

顾佳期只觉得裴琅说了这些话，那一刀她便是白挨了似的，一时也觉得自己像个疯子，很想让他也不痛快，于是闷闷笑了两声，对他认真地说道："苍蝇不叮无缝的蛋，王爷那时若是不喜欢我，我怎么勾引王爷？可惜，我千算万算，漏算了郑皇贵妃的手腕，自己送到先帝面前。"她咳了一声继续说，"……多亏王爷回来，不然我就算是只九命猫，也早死透了。可是王爷既然感念我爹的功勋，怎么舍得这样对我呢？"

裴琅气得笑了，拍了拍她的脸："本王怎么对你了？难道你想去冷宫陪那帮人吃闲饭吗？本王还得顶着恶名收拾这副烂江山，你却想清闲自在，想得倒美。不过娘娘今日倒是牙尖嘴利，还有没有了？继续说，没准本王一高兴，就说一句喜欢你，好如了你的愿。"

大概是弄那解药时跟人动手，用力太大，他的手微微抖着，就像是真的还喜欢她似的。

药效泛上来，顾佳期胸中一阵翻涌，赶忙推了推他的手。用力虽然不大，不过裴琅跟她吵了架，现在大概一点都不想碰她，冰凉的指尖只稍在她腕上一蹭，迅速移开了。

顾佳期勉强撑起身子，又跪在榻边翻江倒海地吐了起来。其实她已经吐不出什么东西，只是胃里仍在痉挛，一阵阵地发酸发疼。裴琅在她背上轻拍了几下："坐起来会好些。"

她太阳穴突突的，几乎连抓住床沿的力气都没了，被他扯着手臂坐起来，方才觉得舒服了一些，拿袖子胡乱擦了嘴后，她笑道："我劝王爷自己也多惜命，成日在外头吆五喝六，威风凛凛，叫人下了药都不知道。他日若是王爷出了事，我可没本事插翅膀出去找解药，到时候这天下是谁的，还不好说呢。"

她吐得声音酸涩，并不好听，裴琅大约也嫌病中人讨厌，不欲久留，见她软趴趴地窝回了锦被里，便站起来理了理袍子："那娘娘可要事与愿违了。本王记仇惯了，死也要拉娘娘陪葬，不管这天下是谁的，左右都落不到你手里。黄泉之下可没有俗务缠身，娘娘忘了的事，本王要娘娘一件件想起来。"

月瘦如眉，星光历乱。

陶湛在廊下等着，远远看见裴琅快步走来，像一阵风似的刮过他身边，停也不停，连忙抬脚跟了上去。

裴琅走的是无人的小路，只有几盏宫灯摇摇晃晃地亮着，泥土、凉雨和血迹混在他的衣袍上，被照得近乎狰狞。

他方才找药时穷凶极恶，进宫连衣裳都来不及换，陶湛这才觉出不妥，忙脱了大氅替他披上。

裴琅伸手拢住了领口："处理干净了？"

陶湛道："是。"走了两步，他替裴琅兜住马，"王爷，属下有一句话。不知……"

裴琅翻身上马："不当讲就不要讲。"

陶湛却摇摇头："王爷为娘娘得罪的人也够了。王爷是放不下，可毕竟覆水难收。当年是没有法子，只得出此下策，可即便是下策，这太后她也做了七年，难道还能回头吗？"

裴琅冷冷地看了他一眼："本王知道。"

陶湛也仰头看着他，半晌，斩钉截铁地摇摇头："王爷不知道。若真怕人疑心太后，正经该做的是一刀两断，如今这样——"

未等他说完，裴琅冷冷地笑了一声，扬鞭落下，"啪"的一声，黑马被打得喷了个响鼻，蓦地飞冲出了宫门。

摄政王走了,青瞬才敢进来小心翼翼地点了灯。

顾佳期蜷在锦被中向里睡着,青瞬大着胆子去提起一角被子,不慎碰了一下顾佳期的肩,没料到她竟还是醒的。被这么一碰,她突然一掀被子,冷不丁冒出一句:"我全都没忘。"

倒像是在闹小孩脾气。

顾佳期年纪轻,病里闹脾气,这倒也寻常,青瞬问道:"娘娘?"

顾佳期看清是她,哑然张张嘴,就不再说话,老老实实地任她拿了药粉打理。

那黄铜剪子只是剪灯花的,刀刃不过寸许长。虽然齐根没进左边胸口,可终究只不过剜下块肉来,血流得虽多,却并没有伤及要害,只是动起来疼得厉害。

顾佳期疼得又出了一身汗,青瞬喂了些安神药,她方才昏昏沉沉睡了,还记着叮嘱:"别走漏消息给陛下。"

但小皇帝到底还是知道了。

昨日之日

◇
第
四
章
◇

镜中的女人眉痕深长，衷曲尽诉，密长的睫毛掩着柔黑的眼睛，照旧是漂亮的，也照旧有些稚嫩，只是和从前大不一样了。
她再也回不去从前了。

第四章 昨日之日

天还未亮时,药力过了,顾佳期疼醒过来,睁眼便吓了一跳,因为榻前坐着一个人,白皙文雅,正是裴昭。

见她醒来,裴昭便站了起来:"母后。"

他脸上一点表情都没有,顾佳期想起李太医说的那些话,心里有些没底,偏偏青瞬不在,她正急得冒汗,裴昭已经说道:"听说李太医酒后失仪,将母后认成了仇家,用刀伤了母后,儿臣来看看。"

顾佳期将信将疑,裴昭已凑近了些,就着晨光端详了她一阵。

裴昭乌黑透亮的眼珠被晨光照得透出一点杏仁色,格外剔透,看得人心里七上八下。

顾佳期也不知道自己是怎么了,只觉得今日他格外像个大人,不禁向后一躲,牵动伤口,霎时"嗞"了一声。

裴昭立刻伸出一只手来按住她的肩,相触不过一瞬,立刻抽离开来,他有些无措似的,眼睛有些发红:"不知道母后伤在何处,儿臣鲁莽。"

看他这样子,邵兴平是连伤在何处都没有告诉他,想来是当真没走漏风声。顾佳期掩住锦被,轻舒一口气:"陛下不用管。该到上朝的时辰了。"

她捂着伤处,裴昭看了一眼便明白过来,但顾忌男女大防,立刻移开了目光。

裴昭亲自传了早膳服侍她吃过,这才到前朝去。到了晌午,他又来了一趟,陪她用着午膳,席间他突然说道:"中秋宫宴有朕操持,母后安心养伤,不必经手了。"

这些事顾佳期不擅长,加上宫中人丁不旺,向来能省则省。中秋这节历来逃不过,毕竟要图个亲族齐整,平帝的老太妃们也都要过节,算起来都是她没见过几面的"姐妹",不好连这点热闹都不给。

她在这上头笨极了,往年中秋,都是裴琅派人来手把手地教,于是她少不得被裴琅在场面上或私下里冷嘲热讽。所以裴昭这么一说,她便松了口气,又十分愧疚:"这可不是陛下的分内事,不好让陛下去忙。"

裴昭抬起头来,替她扶了扶靠枕,澄澈的眼底是一股探究:"母后想自己去忙?"

她连忙摇摇头。裴昭便展眉一笑:"那便是了。"

裴昭性子持重,但这一笑有些许促狭,有股他身上罕见的少年气。顾佳期一下想起了前日的话,恍然大悟,咧嘴笑起来:"哦,哀家明白了,陛下是怕哀家张罗选妃。"

顾佳期总这么逗他,裴昭依旧皱了皱眉:"都说了不要。"

这时其实离中秋还远得很,顾佳期也并未真打算让他一个半大孩子经手那些繁缛事宜,不过身上有伤,那酒里掺的毒又麻烦,来来去去调理了多日,等到惊觉大节将近时,已不大来得及了。

她叫来宫中仆妇问,那些人却一头雾水:"太后娘娘问中秋宫宴?陛下都已安置好了,只消太后娘娘亲自去一趟西边。"

西边便是老太妃们的居所,到了这一步,便当真是万事俱备了。顾佳期有些讪讪地,忙叫人送了点心去裴昭的书房致谢。及至次日早间,她便乘銮舆往西边去。

老太妃们跟这个凭空冒出来的顾小太后并不相熟,只有从前的王婕妤和林淑妃等人是跟她姑姑顾量宁说过话的。可是在深宫中憋得久了,便是不熟也能强扭成妯娌,于是一帮女人纷纷拉着顾佳期的手问:"陛下可选妃了?"

顾佳期张了张嘴,原想说"陛下才十七",转念一想,十七倒也不算小了,是裴昭自己不亲女色。而这不亲女色的缘故无论是什么,似乎总有她这个后娘教导无方的缘故在。

她这个手生的太后一时被问得哽住了,不知如何接话。王太妃年纪轻,还未全然糊涂掉,啐道:"不知羞的,陛下可是明君,眼下尚未归政,哪来的空闲沉湎后宫?"

毕竟不是每个男人都像平帝。老太妃们犹豫了一阵,林太妃年纪最大,近七十了,人也糊涂,伸出老树皮似的手,出了个馊主意:"那便先叫耆夜小王爷娶亲。"

顾佳期一愣,听她继续道:"小王爷一娶亲,便可以带王妃回封地去,王爷日子和美了,自然就再没心思插手政事,到时候归政小陛下还难吗?归政事毕,还怕陛下不亲女色?"

林老太妃一拍手掌,满脸皱纹里铺着志得意满:"迎刃而解。"

另一个老太太戳她的腰,低声提点:"小王妃在这儿呢,小王爷娶哪个去?"

顾佳期有好几年没听过旁人叫裴琅"小王爷"了,琢磨了一会儿才想起"小王爷"和"小王妃"说的是谁。想来这帮人真是被闷得发了慌,糊涂得不记世事,倘若她没做这个太后,如今多半也是一样的。

顾佳期揉着额角陪她们聊到天黑,终于得了机会起驾回成宜宫。

几日后便是中秋，宫中四处已装扮了起来，通明辉煌的红鲤鱼灯轻盈摇荡，光河一样绵延到深院中去。

有人等在宫门外，顾佳期快步走过去，那少年托了一下她的手臂："母后，慢些。"

顾佳期笑道："又不是腿叫人捅了，做什么慢些？"

裴昭应了一声，淡淡责怪道："母后偶尔也说些吉利话吧。"

裴昭进殿同她一起用晚膳。青瞬将一尾焦火鲈鱼卸开，将小刺尽数剔了出去，嘴上也不停，将一日见闻倒珠子似的倒了个遍。

她说话有趣，连裴昭都笑了："朕只是忙，并没有其他心思，选妃并不急于一时，皇叔也并不用母后张罗。"他回头问邵兴平，"前日说起，皇叔近来心仪的是谁家的姑娘？"

邵兴平垂目道："回禀陛下，是朱家的幺女，唤作朱紫庚的。"

"朱紫庚"这名字有些耳熟，顾佳期捏着筷子想了一会儿，总算想起来，大概是神策军副将朱添漫的女儿，自小养在军中，也是去年才回长京城的。

裴昭笑起来总是稍纵即逝，一句话的工夫，他脸上的笑意已褪了，敛眉挑起一块焦边微卷的鱼腹，送到她碟中："母后觉得不好？那儿臣遣人去跟皇叔说。"

顾佳期自然不敢管裴琅的事，而且连谈都不想谈，正想岔开话题，裴昭又道："过一阵子南山秋猎，到时母后身上若是大好了，不如也去散散心？"

她松了口气，立刻答应了。

所幸接下去一连几天朝中都有事，没人来她的成宜宫找不痛快。到了正日子，她照例是天不亮就被青瞬刨起来梳洗穿衣，又穿得像一尊神像似的坐在席中。

裴昭面冷，又被太后的人护得严严实实，没几个人敢找他喝酒。裴琅倒是天生热络，一手握着酒壶四处灌人，犹如一只大蝗虫，所到之处人仰马翻，一片狼藉。

顾佳期和后宫妃眷落座在后头，并不见前头的人，只有贵家命妇带着姑娘们来敬酒。王太妃坐在顾佳期身边，低声道："月圆人团圆。"

顾佳期与她轻轻一碰杯，心不在焉。

李太医犯了大错，大约早就被处置了，外头的人并不知道是裴昭压下的消息，连裴琅都不知道。顾佳期自己也觉得一点小伤没什么，一仰脖便将甜酒饮尽了。

裴昭办事妥帖，虽与她说了不忙选妃，但若她当真严防死守，外头难免以为是太后和摄政王沆瀣一气，成心压着小皇帝。裴昭十分周到，大概怕外头乱传顾佳期的坏名声，是以京中数得上名号的仕女也都到了宴上，都是风华正盛的小姑娘。

顾佳期自问也不过大她们四五岁，倘若脱了这身沉甸甸的衣裳，旁人未必看得出有什么差别。可眼下却是她坐在上首，那些人一个个躬身来敬酒，不敢走近，也不敢直视，像是中间凭空隔着一道银河似的，叫顾佳期知道自己与她们不一样。

顾佳期接过酒就喝了，一小口一小口抿，不知道过了多久，眼前混混沌沌的，满鼻子只剩下甜酒气息。有人在耳边接连叫了她几声，她才抬头看见，原来是裴琅过来敬酒了。

裴琅自己少年时虽不得先皇宠爱，但仗着性子讨人喜欢，武艺又好，在金吾卫里混着，在宫中横行霸道，不知掀了多少宫宇的琉璃瓦。是以对他而言，在座的倒都是熟面孔，进来便先向老太妃们依次敬了一圈。

现在也只有这些糊涂人不怕他了，大家都笑眯眯的，跟他推杯换盏。

顾佳期近日睡个不停,人也懒了不少,眼下又有些困了,扶着额角一下下打瞌睡,王太妃笑着碰她的肩膀:"你才多大?倒比我们还要娇贵。"

顾佳期偷偷揉了一下胸前的伤口,正待腹诽,裴琅已转过来了,噙着笑,向她微举酒杯,道:"太后娘娘万安。"

明亮的灯光打在他俊俏鲜明的脸上,顾佳期一时有些眼花,总觉得似乎犹是少年时,不由得也醺然一笑。

他今日穿了正经袍子,玄黑腰带转着令人眼花缭乱的银线纹束到腰后去,宽肩拉开,身姿笔挺,看着像个正经人。裴琅自回长京摄政,已极少碰那些黑甲短打了,王太妃有近一年没见过他,此刻看在眼里,倒觉得新鲜,奇道:"哟,小王爷这是转性了?"

顾佳期酒气上涌,有些晕乎,正待笑裴琅,却见他身后闪出一个盈盈窈窕的人影来,那人并不下跪,只冲她盈盈一拜:"小女朱紫庾,见过太后娘娘,见过太妃娘娘。"

她咬字吐息极特别,声线似是缠绵,语调却利落果断。她一抬起头来,顾佳期看清她的容貌,果然是飒爽清丽的一张面孔,眉痕犹长,单是眉眼便深情款款。

顾佳期受宠若惊,裴琅不防着她也就算了,竟然还肯把心尖上的人带给她看。顾佳期生怕招待不周叫裴琅撮火,忙叫朱紫庾来上座坐在自己身边。

大约是裴琅跟朱紫庾说了不少太后的大小毛病,朱紫庾敬了酒,却稍别过身,用袖子遮挡着,悄悄将顾佳期的酒杯一倾,让浅青的酒液悄无声息地落了一地。

她冲顾佳期微微笑了一下:"王爷说过,太后量浅。"

不知裴琅是怎么说的,大概不是"她爱撒酒疯"就是"她被人下了药"，总之朱紫庚倒完这杯酒，像是十分歉疚似的，脸颊上露出两个娇俏的梨涡，弯卷睫毛颤颤动了动，盛着几束摇曳的光明。

顾佳期怔了一下，连忙偏回头去。

她神色不对头，裴琅剜了她一眼，又泰然自若地向众人道："时辰不早，本王先回了。"

大概朱添漫也担心女儿，毕竟裴琅声名在外，不是善茬儿，做父亲的不肯让朱紫庚跟他待得太久。朱紫庚起身道别，跟他一起回了前头去。

他这么一走，顾佳期如梦方醒，这才想起裴昭。她不让裴昭贪杯，前些年一贯是她出面去叫皇帝离席的，于是她忙叫青瞬去前头救人。

裴昭果然很快就过来了，其实他只喝了几杯，脸色都没有变多少，他笑着说了几句话，又道："儿臣送母后早些回宫歇息。"

这可是求之不得。

顾佳期跟裴昭一同回了成宜宫。明月悬在天上，一路微风吹拂，吹干了丝丝缕缕的酒意和薄汗，十分舒爽。

裴昭寡言，跟在她身后慢慢走。顾佳期走得有些晃，裴昭看在眼里，没有出手搀扶，只在她后面半步的地方且行且停，直到殿前，裴昭终于说道："母后伤口未愈，今日不该饮酒。"

顾佳期回过头，笑吟吟道："他们可抠门了，给我喝的只是甜水，喝多少都不会醉。"

"闻着很香甜，母后不喜欢？"

"嗯，不喜欢。"顾佳期指了指天上的明月，"塞外雪山上的梨花酿才是好，一口下去，一个月亮变成千百个，一个人也变成千百个。"

"母后倒还记得塞外的酒。"

"那是自然。"顾佳期迈进门槛，笑着指了指他，"只有你当哀家是老太太，其实还没有过多少年呢，塞外的景象，我一闭上眼就能看见……白山、黑水、胡杨林，下雪的时候……"

裴昭笑了，像寒秋夜里的一股暖风似的说："儿臣没有当母后是老太太，母后还很年轻。"

……知道他嘴甜心善，不过这便有些浮夸了。

顾佳期忙道："过奖了。今夜陛下看见喜欢的姑娘没有？"

冷风卷着银杏叶扑簌簌掉下来，有一枚金黄的小扇子掉在她头上。裴昭上前一步，伸手轻轻从她发顶将叶子摘了下来，发丝擦过指腹，他心不在焉道："母后就当朕看见了吧。"

他是顾佳期教出来的，跟她一样惯于模棱两可地打太极糊弄人。顾佳期今夜懒得去猜是谁家的姑娘入了他的眼，仗着酒气把青瞬赶出去，自己衣裳也懒得脱，往榻上一滚，捂头便睡。

顾佳期喝了酒，难免半夜口干。她不喜欢睡觉时殿中有人伺候，是以青瞬往往只在榻边放一盏温水的小炉备着，自去外头睡。

顾佳期渴得厉害，翻来覆去半日，轻轻起床下了地。她刚才喝的那些酒不浓，可是也多少有些醉意，眼下她迷迷糊糊地蹲在炉边发了一阵呆，又实在不想喝寡淡的水。想起还有几壶塞外进贡的梨花酿，她有些嘴馋，于是蹑手蹑脚地起身。

绕过屏风，殿中点着一盏小灯，红红地映着，满室都是滚烫的影子，张牙舞爪地映照在墙上。

顾佳期走了两三步，便察觉不对，她察觉到有一道高高瘦瘦的影子，立刻毛骨悚然地转过身去，果然桌旁有一个人，正歪坐在那儿，自斟一壶酒，慢吞吞地喝着。见她回过头，那人还无甚温度地一笑："娘娘也睡不着？"

正是裴琅。

他是摄政王，权倾朝野，出入宫禁本就是家常便饭，更何况他身手高强，翻墙也很有一套。他平日按着规矩，不多来顾佳期的成宜宫，其实不过是未到气头上，实则他要出入什么地方，本就没人拦得住。

顾佳期"嗯"了一声，知道自己方才在朱紫庚面前失态，裴琅才会破例来找她。

他来都来了，必然是有一场好气生，左右都要不痛快，顾佳期反倒淡定下来，低声道："王爷稍坐。"说完便抽身去拿酒。

她低着头走，身后光线一暗，是裴琅抬手拉住了她的衣袖。他动作不大，像小孩子闹玩笑似的，力气却一点不客气，反正她是一步都走不开，站在那里被他质问："你刚才给谁看脸色？"

"王爷倒说说，哀家不能给谁看脸色？"顾佳期也冷冷地在黑魆魆的夜里回敬了一句，"莫说是一个朱紫庚，就是朱添漫亲自来，他也是该跪的。"

"人前拿乔，人后倒当起太后来了，还是大小姐脾气。"她的头发已经散了，此刻垂落在腰后，裴琅一手抓她袖子，另一手的手指在她的黑发上打着圈玩。他的脸上微笑着，语调却带着劝诫："给三分颜色就当染坊。"

"王爷给我什么颜色了？"顾佳期想起朱紫庚盛着光芒的眼瞳，声气也硬，对着满墙的影子说，"别是给错了人。"

话音落地，裴琅一下子变了脸色，一拽她的袖子叫她靠近，仰头望着她，目光灼灼："你再说一遍。"

那盏小灯熄了，顾佳期在黑暗中抬手指着自己的脸，不知为什么，她觉得十分荒唐，朝他笑了起来："我本来也想说。王爷，你是本来就喜欢长成这样的女人呢，还是就因为我长成这样，王爷才喜欢那样的女人？"

朱紫庚长得像极了顾佳期从前的样子，虽然面庞还稚嫩，可眉梢眼角都透着一股清丽的英气。而面前镜中女人的眉眼毕竟长开了一些，眉痕深长，衷曲尽诉，密长的睫毛掩着柔黑的眼睛，照旧是漂亮的，也照旧有些稚嫩，只是和从前大不一样了。

她再也回不去从前了。

裴琅大概觉得这话头很没意思，松开了她。她却不罢休，探手从裴琅手里夺过酒壶，放在唇边抿了一口。而后她借着酒劲甜甜一笑，香软的呵气盈了上去："王爷，你是把她当成我呢，还是把我当成她？"

她酒量不浅，也不会撒酒疯，只是一喝酒就笑嘻嘻地缠人，像条小蛇变成的妖精似的，噬魂抽骨。

裴琅最讨厌她喝酒之后这副样子，十分嫌恶地去抢酒壶："别拿她跟你比，往自己脸上贴什么金？"

他的手大而有力，虽然顾佳期死死攥着，但还是被他抢走了酒壶。她素来什么都抢不到，只能这样一次次被人抢走最要紧的东西，就像平帝死后，裴琅刚刚从前线赶回来，顾佳期昏昏沉沉睡了许久，醒来时睁眼看见那张熟悉的脸，霎时还以为在做梦，下意识地叫了出来。

"夜阑！"

那时裴琅脸上的表情堪称阴森，顾佳期怔怔地与他对视了许久，才发觉眼前的人是真的，才想起那三年里都发生了些什么，她自己都做了些什么。

可一切已经全都不能挽回。拿了耆夜王聘书的是她，拿这聘书当阶梯进宫的也是她。一步步都是她亲自走的，全都不能挽回了。

她拿自己的全部，包括裴琅，做一场豪赌，但她赌输了。

顾佳期想到这些，难免愣了一下神，裴琅擦亮火石点了灯。他背后有一片西洋镜，明晃晃地倒映着，照得那一次次失败全都无所遁形。

　　一整面的西洋镜，镜面里映着她如今这张脸，她突地挣出手去推倒了那盏灯，灯火带着蜡油倏地倾落下去，"砰"地砸在地上，颤颤巍巍地熄灭了。

　　她这么发脾气，裴琅倒没恼，还笑吟吟地看着她："你早就哭了，我都看见了。"

　　顾佳期发着抖，全然是气的。过了很久，她突然捂了捂眼："我没有拿她跟我比。你别这样说。"

　　软玉温香在前，她身上有极好闻的气味，并不是熏香，只是像冬雪落在竹林里，静悄悄的，透着春意。

　　顾佳期总是很好闻的。良夜如此，裴琅有些心神不定。

　　隔了半晌，顾佳期想，也许裴琅要生气了，但她固执地说着他不爱听的话，重复道："我没有拿她跟我比。"

　　裴琅突然将手中火石一掷，起身就着灯光掰开顾佳期的手："……没人能跟你比。我恨不得把你塞进麻袋扛回府去。"

　　顾佳期被亲得脸上酸痒，这才发觉裴琅一身极重的酒气，闻着不像宫里的酒，想来是散了宴后他又喝了一场。

　　他素来重视装容，但近来大概忙得厉害，下颌上带着一点胡茬，扎在她脸上又疼又痒。

　　顾佳期扭脸躲他，想起裴琅喝醉了酒时是好说话的，小声求道："我讨厌这镜子，叫人敲了好不好？"

　　她是真讨厌这面镜子，裴琅总在这面镜子前荒唐。

　　裴琅扣着她小小的后脑勺，懒洋洋地答道："不好，我喜欢。"

　　其实成宜宫里本没有这西洋镜，是七年前新帝登基时才安上的。

那年耆夜王铁腕摄政,平帝的妃嫔们都各自待在宫中等候发落,顾佳期也不例外,每日在殿前从日出等到日落,直到陶湛将她引到成宜宫来。

顾佳期本还不知道要做什么,进了殿门,便见宫人宦官跪了一地,齐声道:"太后万安。"

她脑海里"轰"的一声,只见一个穿龙袍的孩子也跪下去,朗声道:"拜见母后。"

裴琅歪坐在正中间,似笑非笑地看着她,慢吞吞地起身行了半个礼:"本王见过太后。娘娘,这成宜宫从此便是你的了。"

顾佳期木然地盯着他身后的西洋镜。

那年裴琅带兵离京时,问过她要他带什么东西回来,当时还是小王妃的顾佳期想了想,笑道:"要只有你带得回来的东西。"

裴琅哈哈大笑,知道她的意思是要他平安归来,可他偏偏要东拉西扯地逗她:"那本王亲自带一面大西洋镜给你好了。"

因为西洋镜质地脆硬,最难运送,长京城里见得到的西洋镜都是巴掌大的,大西洋镜没人能带回来。

顾佳期当他是开玩笑,谁想到后来他真的带了一面墙那么大的西洋镜回来,可她已经进宫了。

裴琅把这面镜子拉进成宜宫,日日照着。他一直都记仇,一直记得顾佳期把他当成一块踏脚石,他在前线的血水里打滚、九死一生的时候,她在平帝面前盈盈跪了下去,用美色乞求恩赐。

她还记得四周通明,目光对着那面大西洋镜,裴琅跟她在镜中对视,轻声告诉她:"娘娘当年说要嫁给本王,虽然那心意作不得数,本王却总惦记着。如今,我们如此纠缠一辈子,也算是白头到老了,是不是?"

第四章 昨日之日

七年过去，成宜宫里还是旧时陈设，镜前的人却已变了。

室内氛围多少有些怪异，顾佳期和裴琅就在镜中互相望了半晌。顾佳期不知怎么，突然想起朱紫庚漂亮的眼睛，还有她明媚的声音："王爷说过，太后量浅。"

作呕的感觉猛地泛了上来，她突然不想再看他，但还是定定地望着他："今后王爷有了王妃，就别再来找我了。"

裴琅也如梦方醒，轻轻笑了："用得着你替她打算？"

顾佳期闭了闭眼："难道要一辈子这样吗？我这辈子折在深宫里，反正是出不去了，王爷就当是报了仇好了。至于王爷自己，也总有成家的一天，难道要……"

裴琅盯着镜中的顾佳期，默了半晌，忽然有些恼怒顾佳期煞风景，把人提溜起来推到镜子前站着。

顾佳期"唔"了一声，再说不出话来，裴琅扳过她的脸："别说话。你说的话真讨厌。"

顾佳期贴在镜子前，发不出一点声音。她实在难受得厉害，出了一身冷汗，但裴琅还是兴致勃勃的。

顾佳期胸口上的伤口尚未愈合，还是一片深红的痂，她心里猛地一顿——她不想让裴琅知道李太医的事，他万一闹大，裴昭也会知道原委的。

顾佳期也不知道自己哪来的力气，两只捆在身后的手竟狠狠将他一推——自然是没推开，自己却脚下不稳，一头撞上了那西洋镜。

霎时间只听坠落的风声迎头击下，身后的人将她向后一拽，扯到了自己身后。顾佳期足下不稳，一个踉跄摔在地上，额角大概撞到了桌角，发出"咚"的一声。同时，那整片西洋镜兜头砰然砸在裴琅的身上，随即是轰然的碎裂声。

顾佳期觉得自己是一条湿淋淋的鱼，离了水，躺在岸上不会呼吸，眼前一片片白光泛起。再醒来时，裴琅正用力捏着她的人中："醒醒。"

顾佳期额角一抽一抽地疼，她吃力地睁开眼睛，看见他恶狠狠地盯着她，眉上一道划破的血痕，随着眉骨蜿蜒到了眼角，是被玻璃碴划破的。

裴琅脸色发黑，显见得是动了气。顾佳期也无心多说，反正他已经生气了。

地上满是碎碴子，她衣服上也全是锋利的碎屑，光裸的小腿上被迸溅的碎碴弄破了极其浅淡的一道红痕，细细一道血线，沿着精致玲珑的脚踝落下去。

裴琅把她扯起来，抱到榻边："药呢？衣裳搁在哪儿？把这个换掉。"

顾佳期不答话，扯着领口不放："……我自己来。"

裴琅变了脸："你别动。"

顾佳期理也不理，推开他的手，自己去翻箱倒柜找衣裳："多谢好意，王爷回吧。"

她背对着他，说话声调一点起伏都没有。

但裴琅看了她一会儿，突然说："你哭什么？谁要听？"

顾佳期知道他不要听，要听她哭的人是顾量殷、顾量宁、顾棣，或许还有从前的裴琅，只不过，这世上早已没有那些人了。

酒壶扣在地上，甜香洒了一地，阖宫都是甜酒温糯的米香。年少时无数个清澈温柔的夜晚都浸着这样的气味，因为将军府原先就在那米酒铺子附近。顾佳期十二三岁上时最是调皮，在府里闷得无聊，常翻出绣楼后的一道矮墙去找零嘴。

那时正是月上柳梢头，往往是金吾卫换班的时辰，不当值的年轻将官们就在城中逡巡猎艳,像一群美丽矫捷的豹子。

不过,旁人都不敢在顾将军府外逗留,偏生裴琅每每在顾佳期翻墙时截住她,笑嘻嘻地抬头道:"顾佳期小姐,你也赏夜景?"

她往日在军中对着整营的男人都伶牙俐齿,偏偏此时总是憋红了脸,半天,只得又把顾量殷搬出来:"你盯着我做什么?我给你告诉我爹去。"

裴琅扬眉一笑,因着仰头的姿势,他眼底铺着几层细碎的星光:"告去啊。你敢告,我就敢提亲。"

顾佳期一愣,不知道脸还能不能再红一些,她气得想跺脚,奈何骑在墙上无脚可跺。

其实顾佳期一直算得上聪明伶俐,偏偏在他这里总是笨嘴拙舌。裴琅一跟她拌嘴,她就有种莫名的无力感,她有好几次都被自己气得跺脚,跺脚还不解气,想起自己在大营里都没被这样欺负过,就真的哭了。

裴琅那时也不过十六七岁,在那年纪上的少年虎头虎脑,就怕她哭,顾佳期一哭他就手足无措,连忙爬上墙把她捞下来,手忙脚乱地掏钱,从街头的山楂糖买到街尾的冰甜酒,一股脑儿塞给她。

顾佳期吃着吃着也就忘了拌嘴,又摸出钱来要还他。那时将军府是顾量宁管家,顾量宁知道顾佳期性子野,于是严格限制金钱,省得她往外乱跑。

所以顾佳期掏来掏去,只摸出一把散钱来,裴琅一看她那一把碎银子就笑出了声。

顾佳期横眼道:"瞧不起谁?我才不会吃你的白食。"

"我也不会当你的冤大头。"裴琅把那碎银子抓了塞进腰间。

他指尖干燥灼烫,蒙着一层使刀的薄茧,毫不客气地在她掌心里抓过,好像一只大老虎凶悍的爪子,带着山林的风声和土壤的腥鲜,轻轻挠散了未曾绽开的花瓣。

但他一点也没有碰到她掌心的皮肤。

那点"小心"比"随意"还让人头皮发麻。顾佳期被烫了似的缩回手,低下头继续向前走去。

裴琅照样扛着刀优哉游哉地跟在她身后,半晌,没话找话问她:"我说你,好好的绣楼不坐,干吗成天往外跑?"

顾佳期不答。路过刀剑铺,她向里走去,摸出契条递给伙计,接过一柄长剑。

那是一柄重剑,她扛着有些费力,裴琅看了一会儿,也没替她拿,任由她扛着剑出了一层薄汗。

她气吁吁地跟他解释:"给我爹的,我把我爹的剑砍断了。"

世人皆知顾量殷的剑是顾家祖传的。裴琅"噗"的一声笑了出来:"我要是你爹,把你砍了祭剑都是轻的。"

顾佳期讪讪地说:"所以啊,我在家里待不住,本来是要留在军中的。可没想到,我就那么一戳、一劈、一顿,怎么就断了……爹爹生气了,就把我……嗯……"

裴琅道:"唔,就把你发配回京了。"

城楼上的钟声散开,他们也走到了顾将军府外。裴琅打了个哈欠,解下刀鞘来让她扛着,又从摊子上拿了一把肉串给她:"请你的,不要钱。下次再要出来,把刀鞘放在墙上,我看见了,就在下头等你。不准乱跑。今天我要进宫当值了,你回家去。"

顾佳期嘴里叼着肉串,背着重剑,还抱着沉甸甸的刀鞘,踩着他的肩膀爬上墙,还是一头雾水:"为什么?"

裴琅在墙下仰头看着她,啼笑皆非地摇摇头:"笨蛋。长京人贩子多,最爱拐你这种笨鸡蛋去酒楼炒韭黄,知道了?"

顾佳期那时对长京的事都不甚明白,虽然知道裴琅在糊弄自己,但也多留了个心眼,屁颠屁颠去找顾量宁旁敲侧击地打听。

顾量宁凶巴巴地说:"你爹打仗烧人烧钱,你哥哥到处奔走要钱要兵,我们顾家在外头得罪多少人,你有没有数?"

顾佳期这才开始渐渐了解长京的暗流涌动,才明白倘若自己成了刀下鱼肉,对顾家而言会有多大的不利。那之后她就经常把刀鞘放在那里,自己在墙下蹲着拔草玩,等到裴琅在外头叫"笨蛋",她才爬上墙去。

裴琅笑话她:"笨手笨脚。"

顾佳期对自己的身手心里有数,在全长京的女子里至少数得上探花,远远不是"笨手笨脚",所以她一点也不在意,昂头信步走开,又趁裴琅不注意,想要溜半条胡同去买酒,结果被裴琅拽着后领子拖走:"你才多大,喝什么酒?"

她抗议:"我能喝三坛梨花酿!"

塞外的梨花酿是出名的烈酒,长京人几乎只听说过,没几个人敢碰。裴琅气得笑了,伸出个手指头尖,给她看指甲盖:"这么大的坛子?"

顾佳期"哼"了一声,冲他做个鬼脸,又跑回去买酒。裴琅怕她撒酒疯,提心吊胆地等着,结果一壶下肚,顾佳期咂了咂嘴,十分遗憾,评价道:"糖水。"

那天正是中秋,离顾佳期初碰到裴琅的那年已经过去了很久。裴琅刚被封了耆夜王,在宫外建府,用不着再去宫里看脸色。那晚顾家正要开宴席,顾佳期玩到了夜里就要回,她坐在墙上,转身问他:"小王爷,今年你去哪里过节?"

裴琅抱臂看着她。温润月光下,那副犀利的五官似乎披挂了无尽的寂寥温柔,笑起来更是如光一撞,他指了指脸颊:"花脸猫。"

顾佳期忙抬手去擦，果然脸上沾着墙灰。

顾量宁知道她常跑出去，没少审她，不过一直没审出来她出门的路子，但要是看到墙灰，她就要露馅了。

她赶忙擦了，吐吐舌头，跳下墙去。

顾家是世代簪缨的大族，中秋这种日子，族人总是到得格外齐。一大家子跪着领了宫宴上皇帝御赐的菜肴，顾佳期又被顾量宁拎着，挨个拜会长辈。

她那时一张小小的脸生得雪团团，个子却高挑，四肢修长，七叔伯道："小姑娘打小习武，个子自然会高，这是将军的功劳。"

顾量宁笑道："什么小姑娘，我看是只泼皮猴子，费衣裳、费鞋子，哥哥的军饷都被她玩光了。"

顾佳期低头吃点心，不说话。

十九舅母却是心神不定，有些担忧的样子，听到这里，用细长的手指摹画了顾佳期悠长的眉痕："小佳期啊……是个大美人胚子。"

顾量宁听了这话，一下子褪了笑意，拍一下顾佳期的后脑勺，叫她去跟表姐妹们玩。

那时顾佳期不明白，后来才知道，那时候平帝对顾量殷的猜忌已经极重。顾量殷在外堪称功高盖主，又没有一个把柄在平帝手中，被朝廷上的人别有用心地一说、一摆弄，是个无可辩驳的"逆贼"苗子。加上他已有近两年不曾有败绩，军民都对他十分崇敬，所以他的处境越发危险。顾家人人自危，却又束手无策，正是十九舅母第一个提出来送顾佳期进宫。

平帝昏庸，被这样盘算的忠臣良将不只顾家，送女儿进宫的也不止一家。

然而，宫里的郑皇贵妃早年是平帝从兄长的内院抢来的女人，仗着那份轰轰烈烈的情意，郑皇贵妃这些年颇受平帝宠爱，受命主理六宫。表面上她一碗水端平，待妃嫔们都慷慨，隔几年也总按规矩选妃，像是很爱为平帝栽培新宠似的，但暗地里她却把平帝身边管得极严，除了贵妃自己的人，没人近得了平帝的身。

不过，大约比起喂到嘴边的美人，平帝真的更喜欢抢来的女人，那些年里，后来只有韦家的儿媳妇跻身平帝身侧，还拿了黄铜剪子行刺——那是后话。

那时顾佳期不懂这些，只琢磨着裴琅那只大老虎今年是一个人过节，大概很寂寞。

她在表姐妹们身边苦苦挨到月上中天，众人都睡了，她从床底摸出一壶藏了好几年的宝贝梨花酿来，偷偷摸摸地翻了墙。

耆夜王府在城南，她听裴琅说过位置，摸黑溜了过去。王府门外自然警卫森严，她大大咧咧地绕到院外翻了墙，轻巧落地："喂——"

话音未落，颈上一凉，锋利的冷刃贴着脖子压了压："什么人？"

她眨了眨眼，这才看见王府院中灯火通明，水渠里漂着莲花灯，琉璃灯满廊轻晃，横七竖八的全是人——裴琅的客人。有文弱的公子，有虬髯的大汉，有黑衣的剑客，有簪花的仕女，还有吹笛的乐伎。

原来这厮交友如此广泛。

场中人都看着她，歪坐在花船上的裴琅也怔怔地看着她。顾佳期抱着那坛酒，气得又想跺脚又不想跺脚，脸都憋白了。裴琅终于反应过来，一下子站起来："陶侍卫！"

他动作有些乱，弄得酒案都翻了，佛手瓜、金柚子和青铜酒盏一股脑儿掉进水里，咕咕咚咚沉下去。

陶湛闻言松了手中剑，众人轻舒一口气。

可裴琅还在原地站着，很惊讶地看着顾佳期，好像她不该在这里似的。

当然，本来她确实不该在这里。

尤其不该穿着乱七八糟的夜行衣在这里，衣角下还露出半幅中衣袍角。她也没有偷一点顾量宁的胭脂，更没有簪一支像样点的花。

顾佳期只觉一股无名火刮起来，抱着酒坛就走。

簪花的女人掩口轻笑。她的声音不年轻了，但很娇媚，一个字里能挤出一池子春水，她还轻轻推了裴琅一把："小王爷，快追呀。"

但是顾佳期一路出了王府大门，裴琅也没有追上来。

顾佳期抱着酒坛跑了半座长京城，直到一点力气都没有了，才随便拐了一道小巷，靠着墙蹲下，蹲了一会儿，索性坐下了，揉了揉脸，不知道自己在发什么疯。

又过了一会儿，她把脸埋进膝盖间，一脸沮丧。

她原来一点都不了解裴琅，他是金吾卫，又是风头正盛的小王爷，连皇帝都对他另眼相看，他自己更有拥趸无数，他怎么可能像她想得那样孤独寂寞？

但这有什么好难过的呢？她为什么这么难过？

顾佳期不知道自己埋着脸发了多久的呆，总之最后摸出酒坛来，打算拍开封泥，把宝贝喝完再回家。

有一只老虎爪子伸过来把酒坛子抢走了："不是给我的吗？自己喝了算什么？"

顾佳期一下子转过头，裴琅就蹲在她旁边，一脸探究，不知道已经看了她多久。

她脸上"腾"地红了，恼羞成怒："已经不是你的了！"

裴琅不松手："就是我的。"

"就不是你的！"

"我的，就是我的。"

顾佳期抢不过他，被他拿走了酒坛子，狠狠地推了他一把，自己起身就要走。奈何过了太久，她腿脚都麻了，一沾地就像针扎一样，她咬着牙"咝"了一声。

裴琅一下站起来拉她袖子，十分紧张："你脚崴了？"

顾佳期扯出袖子，跺着脚生气："脚麻了……关你什么事？！"

裴琅咧着嘴傻笑了一下。

这个人长得好看，但一开口就能把人气个人仰马翻："关我什么事？废话，你半夜偷溜出来陪我过节，你今后做什么都关我的事。"

这个人怎么不讲理！

顾佳期气坏了，甩开他往前走。裴琅一手拎着酒坛，快走一步在她身前蹲下了。

他蹲着挡住了她的路，顾佳期硬邦邦地问："做什么？"

裴琅老老实实地蹲在地上，头也不回："那些人是我母妃的旧友，我母妃的忌日在中秋，所以他们不是来陪我过节的，只有你是。你要是不生气了，就让我背你回家，你要是还生气，我明天就去你家拜访，反正你不能不理我。"

顾佳期有过耳闻，他的母妃似乎是先帝在民间找到的歌女，盛宠一时，可惜红颜薄命。这么一想，那几个人似乎都不算年轻，也不像是裴琅会来往的朋友。

裴琅肩背宽阔，衣衫被撑得利落，窄腰十分精干，那挎刀沉重狰狞，可在月光下面，就连腰后的刀鞘都透着漂亮。

顾佳期继续站了一会儿，慢慢趴到他背上，小声说："不许去我家。"

裴琅站起来，两臂勾住她细细的腿弯，大大咧咧，口出狂言："小姐别急，反正我迟早都是要去的嘛。婚书你中意什么颜色？"

顾佳期脸通红，拿肘弯狠狠勒住他的脖子，蛮横极了："闭嘴闭嘴！谁说我要嫁给你了？"

裴琅被勒得窒息，还不松口："我说的，你有本事勒死我！"

第二天，他果然登门造访。顾量宁如临大敌，还以为是顾量殷和顾棣得罪了他，结果裴琅不是来算账的，只是送了一车鲜花和几筐肥润的膏蟹。

如此一来，顾量宁更摸不着头脑了，在前厅跟他打机锋。

顾佳期就在屏风后，气得头发乱炸，手指指着他做口型："出去！"

裴琅微微一笑，并不看她，只说这些东西是自己门客庄子里的收成，送得太多，他也只好四处送，顾将军护国有功，他心慕手追已久，正好趁便拜访云云，总之把顾量宁敷衍得密不透风。

其实，他不过是为了在顾家混个脸熟，好哄他们将来把女儿嫁给他。

顾佳期那时刚到谈婚论嫁的年纪，长京人都在传，顾将军的小女儿长得漂亮极了，所以哪怕顾将军处境不妙，顾家那几年也被媒人踏破了门槛。

但哪怕耆夜王的心思张扬到如此地步，顾家人也默契地都不谈顾佳期的婚事，顾佳期慢慢地知道那是为了什么。

她不能像别人家的女儿一样顺理成章地嫁给合适的人，她姓顾，顾家正在风口浪尖，她要"有用"才行。

中秋节后，韦家的儿媳妇进了宫，皇帝对她一见倾心，不久后，她那被打了"叛贼"签子的母家躲过了九族诛灭一劫。

郑皇贵妃替皇帝找来了这个美人，献美有功，于是皇帝把已故皇后的小太子交给了郑皇贵妃抚养。郑皇贵妃风头无两，闹得喧哗一时。

而同时，有一只无形的大手扣在顾家的咽喉上，越勒越紧。

顾佳期知道自己应该像韦家那个聪明的女人一样，拖一个有官职的男人下水，踩着那副肩膀进宫面圣，把青春的肉体贡献给昏庸苍老的帝王，换取别的一些东西，比如父兄的性命、将士的荣光。

顾佳期终究姓顾。

但她选谁都可以，唯独不应该选裴琅。

顾量宁掐着她的腰告诫过："臭丫头，你敢招惹耆夜王，我怕你骨头都剩不下一根，听见了没有？"

别人都看得出，耆夜王裴琅是绝不该惹的人，独独她没有，她偏偏选了裴琅。

因为裴琅也选了她。

◇第五章◇ | **镜中怜影**

"佳期,我答应你,心慕手追,挫骨不辞。"

第五章　镜中怜影

平帝四十二年，长京城的冬天将人冻得发脆。

顾将军镇守的北疆前线吃紧，大军连弃三城，随即东北边线告急。

上元前夕，平帝点了耆夜王裴琅率神策军北上，去争帝国防线上的最后一线希望。

那年冬天，顾量宁不让顾佳期见裴琅，顾佳期又得了风寒，病得站都站不稳，终究是没能出去送行。

那天她在榻上睡得昏天黑地，却睡得并不安稳，始终听到有人在敲门。

她东倒西歪地爬起来去开门，门外空无一人。她以为果然是自己在做梦，正要钻回被窝去，随即只听"咚"的一声，窗户又被砸响了。

她又爬起来，拉开窗。

几尺开外，一个穿着黑亮盔甲的青年就坐在墙头笑吟吟地看着她，拿食指虚虚一点："笨蛋。"

他从没爬过她家的墙，这更像做梦了。

顾佳期抽了抽鼻子，呢喃道："夜阑。"

"夜阑"是裴琅的字，他母亲取的，取自"夜阑卧听风吹雨"一句，如今"铁马冰河"倒真的入她的梦来了。

091

裴琅抓着树枝跳下来，毫不心虚地在窗台上蹲下，微微俯视着她。

他不进屋，甚至刻意不去看她的闺房陈设——他看起来不是一个君子，却一直恪守着这一点荒唐的"大防"。

窗口有风，他扯下毛皮护颈把她裹了个严严实实，皱眉道："前天还好好的，怎么病成这样了？"

顾佳期鼻音很重："你不是走了吗？"

裴琅望了望灰白的天："唉，走是要走，但是得来叮嘱你几件事：一是要下雪了，天还要冷，多穿些衣裳，乖乖吃药；二是写信给我；三是……有件事忘了问你。"

顾佳期等他问。

他想了一会儿，突然说："北边稀奇物件多，你要我带点什么回来？"

顾佳期想了想，又垂下眼睫。

好歹到了知道害羞的年纪，她没好意思说"要你平安回来"，只说："我要只有你带得回来的东西。"

裴琅哈哈大笑，刮了刮她的鼻子，一本正经地装傻："本王亲自带一面大西洋镜给你好了。"

顾佳期"嗯"了一声，仰脸望着他："好。你该走了。"

裴琅揉了揉她的头发："其实……其实还有件正事忘了问你。"

"嗯。"

他沉默了一刹那，似乎是在犹豫，随后斩钉截铁地问她："有个耆夜王妃的差事空缺，你做不做？"

顾佳期慢慢睁大了眼睛。

眼前的青年男人眉目如刀刻，一寸寸都浸着飞扬灵秀。不用问也不用说，他相信自己回得来，就一定会得胜归来，笃定如斯，他向来猖狂。

他唯独不知道她要不要做自己的妻子。

顾佳期也不知道。

她在军营里长大，最知道前线战事险恶，神策军奉君命，定然无法抽身向西，更无法与父亲的军队呼应。但她心里仍然在打着小算盘，她希望神策军能够帮顾将军一把，也许神策军大获全胜，能够拖住北疆的战事，也许父亲终于能够打一次胜仗，也许顾家不必真的被清算……

可如果事情真有不测，她知道自己一定会选择谁，一定会抛弃谁。她一定会像韦家的儿媳一样，变成一个机关算尽的坏女人。

但是，她不能有一点点和心上人白头偕老的机会吗？

她难道就不能相信这个张扬的爱人真的能救她吗？

那是顾佳期这一生最不计后果的一个决定。她发了疯地想要做他的妻子，哪怕自己也许会背叛他，利用他，也想要相信他，想要告诉他"我愿意"。

她血管里流着顾量殷的血，天生就是个不撞南墙不回头的赌徒。

顾佳期慢慢地点了一下头，很轻声地说："做。夜阑，我做。"

裴琅从来没有这么快活过，但人真的快活绝顶的时候其实什么话都说不出，他微笑着低头深深看了她许久，慢慢用干燥的指腹轻轻点了一下她的眉心："这里。"

"嗯？"

他像是连此刻飞舞的雪花都不敢惊扰，声音极轻，小心翼翼地问："佳期，我亲一下这里，行不行？"

顾佳期闭上了眼睛。

眉心滚烫，一双温凉的嘴唇覆了上来。

她鼻塞得闻不到他身上的味道，世界因此好像只剩这么一点点天地了。

她听到裴琅那很轻的声音："我都知道，我会尽力。佳期，我答应你，心慕手追，挫骨不辞。"

原来他全都知道。

顾家的困局，她的困局，她卑微不敢言说的念头，他全都知道。他提着螃蟹来找顾量宁时说的"心慕手追"，是说给两个人听的，一个是顾佳期，另一个是顾量殷。

在她闭上眼睛，闭上嘴巴，对那些事情佯装不知的时候，裴琅始终都知道。

顾佳期的眼泪又停不住了。

耆夜王离开之后的第二天，家里来了耆夜王府的人提亲。

顾量宁隔着人群狠狠瞪了顾佳期一眼，转身去前面周旋。

那之后，顾量宁很久没有理顾佳期，顾佳期知道她很生自己的气。

王府的丫头悄悄递了一只大箱子给顾佳期："王爷说，今年不能陪小姐过节，来年上元，一定补给小姐。"

她蹲在地上，把那只箱子里的东西一个个拿出来看。

莲花灯、鬼面具、麦芽糖、糖雪球、拨浪鼓、玉簪花……还有一小筐鲜亮的大樱桃，再下头是一小瓮米酒，上面贴着个纸条，用龙飞凤舞的大字写着"不准多喝"。

接下去的一年，战事近乎胶着。

虽然神策军的出现一度扯住了大股敌军，然而北疆的兵将已是强弩之末。顾栋四处奔走，仍旧没榨出多少军饷，有一天，他敲开佳期的门，很不好意思地问妹妹："佳期，跟我出趟门行吗？"

第五章　镜中怜影

裴琅从前的脾气并不像后来那样坏，他生性是个偃傲逍遥的种子，老皇帝最肯迁就的就是这个年轻的王爷——自然，也是因为知道裴琅是软硬不吃的性子，不迁就他只会惹出乱子。毕竟多一事不如少一事，皇帝对耆夜王拉拢一二，很能为皇帝自己行一些方便。总之，裴琅那时很出风头，极有威望。

是以顾佳期那时是名噪一时的准耆夜王妃，长京人都叫她"小王妃"，裴琅的面子就是她的面子。

她换了衣裳，跟顾栋出门做客，替哥哥在宴上旁敲侧击。借了耆夜王的名头，军饷一时充足了许多，战情或许会因此好转。

入秋时，神策军已经数次罔顾君命，贸然出击牵制敌军兵力，连败数年的顾将军久违地打了好几场胜仗。

中秋时，很久没有理顾佳期的顾量宁对她说："也许能成。"

她知道姑姑指的是什么——也许顾将军还能回来，也许她真能如愿嫁给裴琅。

顾佳期呆呆地看着顾量宁，顾量宁轻轻理了理她的鬓发，满怀怜惜地说："家里对不住你。"

顾佳期的眼泪莫名其妙地流了满脸。

她人生中的第一场豪赌，就做了次倾家荡产的赌徒，把性命和爱情都押在了千钧一发的战局上。

但是她要赌赢了。那个千里之外的爱人用冷冰冰的战报把她的五脏六腑都焐热了，还把她脚下的钢丝索铺成了一条平坦的路，而他甚至不知道他的胜利对她而言是怎么样的恩赐，她没有办法形容那一刻的感受。

一切看起来都十全十美。

剧变起于十月中。

长京一场暴雨之后，豺狼爪牙挖出了顾量殷大将军莫须有的谋逆罪名，平帝亲命顾将军收兵回京叙罪。

其时北疆暴动，生灵涂炭，顾将军不肯抽身，未受君命。

十一月二十，有了神策军在东策应，顾将军大获全胜。

胜利的喜悦并未传回长京，顾将军身负重伤，仍旧不曾有回京的消息，长京笼罩着平帝的怒气。

十二月初九，长京暴雪，北疆军营被有心人操控出一场哗变，顾老将军无力回天，为庇麾下将领性命，自刎于阵前。随后北疆大败，连丢六城。

情势就此一发不可收拾。顾量宁一病不起，顾家族人自顾不暇，偌大的家业蓦地砸到了顾佳期头上，她忙得焦头烂额。

十二月十三，军报称敌军向东北开拔，边境告急。神策军寡不敌众，耆夜王身陷敌阵，音书断绝，生死未卜。

满朝弄臣从此接二连三开始弹劾顾将军的叛国之罪，顾家就此倾颓。顾栋锒铛入狱，一众门客后辈也多受牵连。

平帝四十三年，元月初六，神策军死守边线，耆夜王仍旧没有音讯。

元月初七，顾佳期的七叔伯自缢。他功名不薄，又是大年节下，所以丧礼当日平帝也亲自到场了。

那天是个阴天。顾佳期跪在白茫茫的人海里，猛然被皇帝贪婪的目光刮了一圈。

表姐拉顾佳期去喝茶，却在一扇门前站住了，那是顾量宁的屋子。顾量宁正病得厉害，那之后没几天她就离世了。

门里头传来顾量宁的声音："这孩子还小呢……"

郑皇贵妃笑道："普天之下，陛下想要的东西，难不成还要陛下等着吗？何况，她不是已许了人家？那便不小了。"

第五章　镜中怜影

那女人声音尖厉,隔着门缝,她们看得见顾量宁歪歪斜斜地跪着。

表姐诧异间转回头来看着顾佳期。顾佳期脸色煞白,紧紧攥住掌心,好不容易才忍住了进去搀扶姑姑的冲动,她脸上一点表情都没有。

随即传来的是平帝的声音:"哦?许给了谁?退了便是。"

顾量宁没说话,郑皇贵妃道:"是耆夜王呢。"

其时耆夜王声名鹊起,风头正盛。郑皇贵妃压低了声音:"小王爷狂得很,对朝政诸多妄言,陛下也该挫挫他的锐气……何况,也不知道他还回不回得来呢。"

表姐抱住顾佳期,小声说:"你身上怎么这样凉?我去弄些热姜茶。"

她像个木偶一样,任由表姐拉着回房。她躺进被子里,抱着那只木箱子,睁着眼睛过了一夜。

裴琅原本是赢得漂亮的,如果她没有要他帮父亲,如果父亲军中没有哗变,如果父亲没有死,如果顾家没有倒……可惜那些事全都发生了,连带着他也赔出性命,生死未卜。

如果裴琅回不来,那就是她亲手害死的。如果裴琅回得来,那就是她害得他丢盔卸甲、一败涂地、声名狼藉,就算他回来,也再不是那个富贵闲人了。

就算他不为这个恨她,她也要像之前想象过的那样背叛他、放弃他了。他只当她是情深意笃,从来不知道她在点头时都是三心二意的。她始终没忘记她终究需要的是一条踏板,她也许终有一日要踩着他的肩膀,登上金銮殿。

她是不得已不错,但谁说"不得已"铸下的错就不是错?

男儿到死心如铁,经得住山河兵戈,可最难消受的是什么?

那副铁水浇铸的心肝肺腑，经得住几次天裂？

很奇怪，顾佳期竟然没有想裴琅会怎样恨她。

她甚至希望裴琅真的死了。他死了，也许就永远不会知道。

她赌输了，一败涂地。她是个要强的人，不想要别人知道自己卑鄙，更不想要别人知道她做到了这般卑鄙，竟然还是输。

怀里的小玩意们滚来滚去，撞得木箱子十分聒噪。顾佳期心里却像雪夜一样寂静。

她想：一语成谶。

平帝四十三年，上元之夜，顾氏女佳期进宫，敕封贵妃。

那只木箱子没能带进宫，随着几年后顾家的倾圮烧了个干干净净。

到如今，裴琅带回来的那面镜子碎得一塌糊涂，她的前尘往事也彻底碎了个干干净净。

指缝里还有西洋镜的碴子，硌着皮肉，但顾佳期一点都不介意。灯火尽灭，可她一点灯光都不想看见。成宜宫里总是太亮，她最不喜欢成宜宫的就是这一点。

裴琅最烦她使小性子，自然是早就走了。顾佳期总算把胸前那个血口子瞒天过海，她慢慢松了口气，心里却觉得沉甸甸的，高兴不起来。

她刚才出了一身汗，现在觉得身上发冷。她思前想后地拖了一阵，怕自己再生病，弄得阖宫上下都麻烦，于是只好自己翻出几件衣裳。

眼看天都快要亮了，顾佳期也懒得在这时候把底下的人叫起来弄水洗漱，只想着凑合，于是将身上半湿的衣裳脱了。后颈上突然传来一阵尖锐的刺痛，果然还是被玻璃碴子划破了一道。

她回手摸了一下，发觉那血痕极浅，血迹已经干了，几天就能好。于是她不作理会，信手拿起干净衣服就要披上，却听身后有人咬牙切齿地骂了一句："邋遢死了。"

顾佳期攥着衣裳的手一紧，猛地觉出身上寒毛直竖——他怎么又回来了？

裴琅脚上的马靴又沉又重，踩着玻璃碴子大步走过来。

他点了盏灯，光明蓦地铺开，顾佳期慌不择路地扯起那兔毛小袄，正待披上，已被裴琅一把拉住了手腕："别动！"

顾佳期一只手挡着胸前，另一只手被他拉得牵动伤口，疼得钻心，手指不由得一松，衣裳掉到了地上。她也咬着牙挣扎："松开——"

裴琅竟然真的一下子松开了。那灯光明晃晃的，顾佳期尚未适应，一时眼睛都睁不开，但她知道，他一定什么都看见了。

她掩耳盗铃般地转过身去默默蹲下，把兔毛小袄捡起来。袄子上进了许多玻璃碴，肯定是不能穿了，她有些沮丧，不由得抬手揉了揉眼睛。

裴琅直挺挺地站着，声音从很高的地方传下来，又紧又涩："你怎么弄的？"

顾佳期没搭话。

他又问："什么时候的事？"

这宫里从来没什么风吹草动能逃过他的眼睛和耳朵，也就是这次裴昭有心欺瞒，用了手段，这才瞒天过海。裴琅是摄政王，最忌讳这个。

顾佳期摇了摇头："一不小心，小伤罢了。现在都好了。"

裴琅果然冷冷地"哼"了一声，评价道："母子两个加起来没有一根狗尾巴草粗，本事倒不小。"

他说着就俯下身来，粗糙的手指在她后背蝴蝶骨上一掠，摘去了一小片锋利的玻璃碎碴。原来那碴子一直在背上,再穿衣裳,难免要刮破皮肤。随即,他恶狠狠地摁了一下她后颈上那道新伤,口出恶言:"你继续作,作死算了。"

顾佳期疼得一缩,心里也生出一股恶气,难免回头瞪他一眼:"还不是王爷的功劳?偏偏要在昭阳宫外头动手动脚,不就是盼着被人看见吗?"

裴琅就像没听见似的,把她从地上拉起来,像抱一捆柴草似的合身一搂,也不管她舒不舒服,总之把顾佳期揽在怀里,又踩着满地玻璃碴回了榻边,把她往被子里一扔:"等着。"

他转身踩着地上的碎碴子走来走去,净了手,又摸出一只白瓷小瓶子打开,蘸了一指药:"低头。"

顾佳期很讨厌太医院的药,总是觉得气味太浓,所幸那药膏没什么气味,只不过颜色是很深的棕红。

顾佳期顺从地低下头,被他拢了长发,小心地乱七八糟涂了一脖子。

她总觉得眼前这场景滑稽得让人头皮发麻,便试探着打破沉默:"王爷,这是什么?"

他看也不看她的脸,手指头从她后颈的伤口上移开,又蘸了一些药,移到胸前轻轻按着那尚未痊愈的刀口,沉声道:"那种药。"

顾佳期笑起来,突然有点玩心,蘸了一点点药膏,涂到他额角的伤口上,也重重一按,报了刚才的仇:"几时起效?"

他像是很不想让她碰似的,躲开她的手,还恶狠狠地横了她一眼:"胡闹!"

大约熬夜熬得过了,他的面色似乎有些铁青,眼里泛着猩红的血丝,样子很可怕。但他本来也是很可怕的。

顾佳期轻声说:"是,我这辈子没别的东西了,就这一副皮囊,都送给王爷。王爷喜欢怎样,就怎样。"

她吐气如兰,却带着点陌生的调皮。裴琅的手一顿,顾佳期知道他听出了端倪,但也只好硬着头皮继续讨好下去:"陛下有意护着我才瞒了消息,可到底是怎么一回事,我也没让他知道。他还小,是孩子脾气,再让他长两年,王爷再跟他计较,行吗?"

裴琅手上停下了动作。

顾佳期攥着被角,小心翼翼地看着他。

裴琅早就发现她这阵子总是病恹恹的,精神不大好。其实刚开始的时候,足足一年工夫,顾佳期很害怕他,总告病不见外人。那时她就是装成这副样子,所以他只当是她有意防着自己,今天方知是为什么。

他要借了酒气,半疯半醉地骗着自己,做得如此破格,才能误打误撞地知道她为什么肯忍受这些。

宫深似海,宫深似海。顾佳期自从入宫,就再也不是他的顾佳期。

他要的不只是摄政,而是更多的一些什么。所以顾佳期头一次跟摄政王提这样不合情理的事,提完之后就知道不妥当,一时不敢看他,垂着头等着挨骂。

静了半晌,裴琅却突然笑了,把药瓶子往榻上一扔,直起身来:"本王跟他计较什么了?太后说来听听。"

顾佳期总不好说他"狼子野心"要跟皇帝夺权,硬着头皮摇摇头:"王爷脾气硬,不是刻意计较,我知道的。"

裴琅扬眉一笑,把另一只青瓷药瓶搁到她被子上,只道:"我就是刻意计较。自己涂。"说完转身又走了。

方才裴琅气势汹汹地出去,抓了陶湛做壮丁去拿药,又是要清瘀，又是要止血，麻烦得很。动静虽然不大，但青瞬早就醒了，只是不敢进去，就在门外等着。

等了许久，她本来又要困了，突然"咚"的一声，门被裴琅一脚踹开。青瞬连忙站直了行礼："王爷万安。"

他往日都会跟她叮嘱几句，但今天头也不回，抬脚就走，显然是火大得厉害。

陶湛给青瞬使了个眼色，叫她进去伺候，自己连忙跟上去。

裴琅酒后性子随和，但今天倒不像平常那样吹着口哨上马回府，而是脚下生风一般掠上了马。

陶湛身手极好，却也跟得有些吃力，见他不欲多说，忙一把拽住了他的马缰："王爷！"

裴琅极用力地把马缰拉回去，黑马打了个响鼻。他不理会陶湛，沉声道："去查一件事。"

"王爷吩咐。"

裴琅紧紧攥着马鞭，声音倒还四平八稳："她被人捅了一刀，说是那天在昭阳宫外有人看见了，那人才会起了歹心。皮肉上伤口还没长合，看样子约莫是半个月前。"

陶湛有些惊诧，因为裴琅在宫里素来小心，不论做什么，只要太后在场，定然都是增了戒备的。那天昭阳宫外裴琅虽然逼佳期逼得过分，但他亲自在四周看过，一个人都没有。

陶湛沉吟一晌，沉默了一下："不会有人看到。"

裴琅冷冷一笑："你办的事，自然不会有人看到。所以究竟是谁，得你亲自去查。"

裴昭一到亲政的年纪，就有些人蠢蠢欲动起来，打着归政的名头意图扳倒裴琅。裴昭年纪小，自然易于操控，所以他们动的究竟是什么心思倒是一目了然。但连太后身边都有了耳目，可见得布局颇深。

陶湛沉默了一下:"倘若是他们呢?"

他冷冷笑了一下:"他们敢拿她挟持本王,你说呢?"

陶湛仰头看着裴琅,一字一顿:"倘若他们就是拿娘娘挟持王爷呢?王爷就像那池子里的红鲤鱼,真要咬这个钩?"

裴琅扬起下巴,在寒风中呼出一口气:"不错。动她是什么下场,本王要他们看个分明。"

他扬鞭要走,陶湛猛地扯住他的马缰,拔高了声音:"王爷!我们在塞外战场上血水里摸爬滚打那些年,为的是河清海晏,为的是为政清平!倘若王爷也像先帝那样为美色误国,恕属下——"

裴琅回过头,面孔在笑,眼底却毫无笑意,连眼睫细碎的光点里都浸着冷:"倘若什么?"

此刻他像是从地狱里归来的阎王。

陶湛哑然闭了嘴,后退一步:"……属下失言。王爷绝不会像先帝,可太后娘娘确然是王爷的破绽。王爷,成大事者不可有此败笔。"

裴琅冷哼了一声:"她不是。"他傲然抚了抚马鬃,"即便她是,本王就要写败笔。今时不比往日,本王不在乎,旁人敢动她一下试试。"

陶湛深吸了几口外面干冷的空气,终于说道:"朱小姐送回去了。"

裴琅摆弄着马鞭:"朱添漫呢?"

"没说什么。"

他冷冷"哼"了一声:"老狐狸,倒沉得住气。走。"

"啪"的一声落鞭脆响,随即响起马蹄的"哒哒"声。

静悄悄的宫苑里不知何时起了风,雨气晕染开来。快要入冬了，今年不知还能有几场雨，此时正是山雨欲来风满楼。

裴琅大概从没伺候过人，把活干了一半，就当了甩手掌柜。是以成宜宫里仍然满地都是玻璃碴子。青瞬一进殿门就吓了一跳，因为顾佳期正弯腰去拾扫帚。

顾佳期素来干活笨手笨脚，青瞬打眼一看就头大如斗，忙指着榻上："您去歇着，我来。"

顾佳期见她很爱干活的样子，也乐得往被子里一窝，哈欠连天，听青瞬絮叨着："您跟王爷又谈不拢了？唉，陛下倘若快些长大，您也就不用再受王爷的气。娘娘，王爷刚才的脸色可真吓人……娘娘？"

顾佳期坐在被子里，下巴一点一点，已然睡着了。

◇ 第六章 ◇ | **道阻且长**

顾家人总是把命全押上，闷头行路，也不管能不能给这江山万里赌出个柳暗花明。
可顾佳期和他无路可走了。

拜裴琅所赐，顾佳期这一宿熬得结结实实，裴昭下朝过来时，她都没挣出力气睁眼，只能迷迷糊糊地推了推青瞬的手："你手凉，快拿开……我再睡一会儿……"

　　青瞬急了，很小声地叫："陛下来了！这不合规矩呀，娘娘还是起来吧，不然老学究们又要说了……"

　　隔着一道屏风，裴昭正皱着眉头打量成宜宫。

　　他记得那面大西洋镜是顾佳期住进成宜宫那年就有的，不知为何，偏偏是昨夜打碎了，半面墙空荡荡的，透着古怪。显然昨夜此地并不太平。

　　他这么想着，听见里面传来顾佳期的声音，还透着孩子气的委屈。她困得有些口齿不清，咕咕哝哝地抱怨："谁定的规矩？谁专拣我一个人欺负？谁？"

　　他心下好笑，一低头，又看到地上未收拾干净的玻璃碎屑，慢慢敛了笑容。

　　他生得偏白净文雅，瞳孔颜色也浅，像只白猫似的。如此一起疑心，那颜色便凝聚起来，像晦暝的琥珀。

　　见皇帝绕过屏风走了进来，青瞬连忙垂手侍立。裴昭走到近旁，垂眼看了顾佳期一会儿，见她睡得脸红红的，倒不是前几天那样虚弱，便放下心来，打断了自己那点心烦意乱的疑虑，温声道：

"不必叫母后了,朕用过早膳便去书房。"

青瞬松了口气,忙遣人去小厨房,自己也去了前头预备。

殿内空空荡荡,焚香的气味不浓,清淡、寂寥又安静,就像她的人。

裴昭慢慢在榻边蹲下去,无声地张了张口,吐了两个字出来。

那两个字声音极轻,像咬着舌尖,是天底下除天子外的第二个名讳。于他而言,更是不能宣之于口的禁忌。

见顾佳期真的没有听到,又过了一响,裴昭极轻声地、怕她听见似的,凝视着她,问道:"昨夜他是不是又来了?"

顾佳期没有动静,仍沉沉地睡着。

她的眉又细又长,悠悠一痕似远山新月,山端月尾直扫到人心里去。

有人说这样的人最是深情。过刚易折,情深不寿,裴昭觉得她的眉毛长得不好。

裴昭没有继续问下去,只注视着她小小的脸孔。她长得不像长辈,甚至不像个大人,像是京中簪缨世族中的小仕女。明珠在匣,待价而沽。世上有那么多的女子,那么多的明珠,但到了他身边、要他叫"母后"的那个人偏偏是她。

凭什么偏偏是她?

那时他们都没有选择,倘若可以重来一遍,裴昭不会再叫她"母后"。

裴昭又看了一会儿,终于觉得自己的目光有点逾礼。他正要移开目光,却猛然瞥见她腕上露出隐约的一小片泛着红的阴影。

他伸出手去,偷偷掀开了她的一角衣袖。

她的手腕像一截精雕的白玉,腕骨玲珑,肌肤白皙,愈发衬得上头那一段绑缚所致的红痕触目惊心,涂在上面的药膏也十分醒目。

就像被烫了似的,裴昭一下子松开手,猛地站了起来,眼睛还盯着她的手腕。

青瞬探进头来:"陛下,早膳备齐了。"

少年君王笔直地站在榻前,拳头死死攥着,半晌才回身走出来。

他闷头用了早膳,又留了话给青瞬:"转告母后,再过约莫半月,母后的伤也大致好了,我们去木兰山的围场行宫秋猎。母后先前应允我的,母后自己也去散散心吧。"

顾佳期愿意去,青瞬便着手打点行装。其实顾佳期本就没有什么要求,好伺候得很,只要几件衣裳就好。但如今她既然是太后,就得遵循多得数也数不清的规矩,连印玺都要带四五方。

顾佳期照例当个蛀虫,坐着剥松子玩,一边看着青瞬带宫人忙进忙出,一边把剥出来的松子壳堆成一只小松鼠的样子。

青瞬忙完一阵,一看就没好气地笑了:"娘娘怎么像个皮孩子似的?"

顾佳期点了点她,佯装严肃:"没大没小,得罪了哀家,当心宫规伺候。"

两个小宫女细声细气地议论:"太后娘娘哪里知道什么宫规呀?娘娘上次还教陛下'尽信书不如无书'呢。"

顾佳期被说得卡了壳,恼羞成怒,偏偏面上不好说什么,只好罚小宫女去抄宫规,又说:"不带你们去木兰山了。"

小宫女们的眼圈一下子就红了。

等到了出发那日,顾佳期的马车照例又大又宽敞,是最软和舒服的一驾马车,于是招得不少随行女眷都来"伺候"。

朱紫庚也在其中,她垂着眼睛,很温顺的样子,但掩不住满眼的快活。

这些闺秀小姐们都是正当年纪的仕女,暗地里都惦记着裴昭后宫空悬的位子,半是巴结半是刺探,又问起了宫规。

顾佳期对这些事当真是两眼一抹黑,索性抓了青瞬来自己的车里。

青瞬很无奈,站在众人中间,把宫规一条条数给她们听。

顾佳期听得咋舌,但又不好像那些小姑娘一样大惊小怪,面上四平八稳地故作深沉:"是啊,是这样的。"

朱紫庾就坐在顾佳期下首,笑吟吟地听着。她煮茶很有一手,金黄的茶汤一个沫都不起,入口温厚极了。顾佳期喝了她的茶,只好夸她:"朱小姐好手艺。"

旁人说:"不知今后哪位公子有福消受。"

有个圆脸小姑娘掩唇笑道:"这你还不知道?自然是王爷啦。"

朱紫庾红了脸,低下头:"说什么呢?"

有人打趣她:"朱姐姐,你也别来太后这里打秋风了,王爷不是也来了?我听说你也会骑马,不如去跟王爷跑两圈好了。"

朱紫庾小声道:"王爷没骑马,他在补觉呢。"

众人又是一阵哄笑,朱紫庾自知失言,索性上火了:"你们这些人就只会套我的话!"

皇家秋猎,素来是大排场,裴琅自然要来,不过他们那些上过战场的老将看不上这样的场合,只当玩闹,并不上心。是以裴琅连马都懒得骑,一路窝在车里不露头,不知道在做什么,原来是在补觉。

听朱紫庾这么一说,顾佳期也觉得有些困,向后伸了伸腰,却听后面冷不丁传来"砰"的一声巨响,仿似烟花炸在头顶一般。车子猛然一颠,几乎将人晃倒,随即滚滚的热浪涌进车中。

车后一阵嘈杂，外面是蓦地拔高了的人声："……有刺客！护驾！来人啊，护驾！……叫大夫！快！"

听着像是出了人命，就在极近的地方，那一响约莫是火药之类的东西，倘若他们这车稍微慢些，现在恐怕早已炸成一地肉泥。

车里顿时乱作一团，顾佳期心里一紧，失声叫道："青瞬！"

青瞬知道意思，立刻起身："太后放心，陛下身边有护卫，想必无恙，奴婢这就叫人去看。"说着她就去了车外。

车夫赶得快多了，马车也颠簸起来。顾佳期攥住桌沿，麻意从指端弥漫上来，心里多少有些茫然。因为皇家的车素来是皇帝先行，太后次之，再后头就是摄政王，但她不能去问。

朱紫庚十分紧张，要起身去掀帘看，声音发抖："听着像是后头……王爷的车就在后头，这可怎么办……"

顾佳期也不知道怎么办，脸上照例镇定得涟漪都不起一个，实则胸口堵得一句话都说不出，只能按住她。朱紫庚用了些力气，带了哭腔，仍是坚持探身去掀帘子："太后，我去看看……"

顾佳期按住她的手腕。这时，青瞬已折回来了，脸色很不好看："刺客有四五人，还在游窜，所幸陛下在前头，并没有事。朱小姐，请先莫动，刺客还在外面，王爷那车里都是血，当心吓着。"

她不说还好，话音一落，朱紫庚脸色猛地变了，大力挣开顾佳期的手站了起来。

她动作太急，小几上的茶具叮叮当当落地，茶汤倾了顾佳期一身。

顾佳期眼看着朱紫庚三步两步推开车门，跳下车去。她动作利落，像是要奔向什么命运般未知的东西似的，又或者只是顾佳期的幻觉，那动作像极了那年冬天她用力推开窗，窗外是长京的大雪，有一个人——

青瞬过来清理她的衣裳："娘娘，烫不烫？"

顾佳期木木的，没有反应，半晌才看了她一眼："……他死了？"

脚步杂沓，有人大力推开车门，那个圆脸姑娘吓得尖叫了一声，外面有人喊着："陛下！外头还乱着，陛下这样走出去可如何是好——"

来人正是裴昭。裴昭站定，车里的人立时跪了一地。他看见顾佳期全须全尾地坐着，方才松了口气："母后，儿臣在前头听见了，连忙过来，所幸母后没事……母后？"

顾佳期呆呆地看着他，心知自己不大对头，只好把松不开的拳头藏到衣襟下，咬着牙逼自己一字一字往外蹦："多谢陛下挂心，外头情势未定，刺客还在……"

话没说完，她猛地转回了头，外头又传来几声撞击声。原来那几个刺客在前头皇帝的马车里再次扑了个空，立刻飞身掠了回来，直袭太后的銮舆！

电光石火之间，顾佳期手上一紧，下意识地知道眼下该抽刀一搏，劈手抽出了裴昭腰间的短匕。

未等她握稳匕首，车壁上就传来"砰"的一声，厚重的车壁被外面的长刀砍出了一条裂缝，夹杂着朱紫庚变调的尖叫声："王爷！"

王爷？

血管中的血液蓦地重新开始流动，顾佳期莫名觉得胸口一松，茫然地低头看向自己手中的匕首。刀尖浸着寒光，吹毛断发，削铁如泥。

车外是一阵急促的马蹄声，自远而近，飒沓如雷。

朱紫庚喊了一声："王爷！"

他道:"嗯。"

顾佳期胸口空荡荡的。

他又来救他的心上人了。

烈马长嘶,随即是极其轻促的利刃破开血肉的声音,似乎有一具躯体"砰"地撞上了她的马车。一个熟悉的男声响起,带着泼天的嚣张,十分不快:"朱小姐稍等,陈大人,你过来禀报……本王不过半刻钟不在,你们就这么护驾?太后和陛下出了差池,你们有哪个担得起?神策军分列随行太后和陛下的车马,其余人等分散护卫,拨五十人出来……"

他不断下着令,马复又嘶鸣一声,大概是他勒缰绳拨转了马头,马蹄声又远了。

裴昭看着顾佳期煞白的脸色,她愣愣的,神色间像是夹着疑虑和恐惧,摄政王活着,可她全然不像高兴的样子。

他也半晌没有说话,最后只将她手中的匕首小心地取出,又问了一遍:"母后,烫不烫?青瞬,拿衣裳出来,先停车。"

顾佳期慢慢地摇摇头,迟滞地回过神:"不烫,也不远了,衣裳到地方再换,不必停车,切勿耽搁,先去围场行宫。"

青瞬找了大氅来给她披上,裴昭却是说什么都不肯再走,就陪她在这车里。

皇帝既然驾临,旁人也不好多待,趁着短暂的休整,仕女们纷纷告辞。

不过,裴昭虽然不肯走,但也不多话。看顾佳期低着头,像是很难过似的,不由得有些心疼,明知故问道:"母后怎么了?"

顾佳期勉强笑了一下:"吓了一跳,没什么。"

裴昭"嗯"了一声,半晌,突然冷不丁道:"不着急,皇叔总是要下去的,今日那些人手段软弱,才会失手,可朕将来不会。母后不必怕,朕不会叫他一辈子摄政的。"

这是孩子话。顾佳期揉着太阳穴觑向他:"陛下年纪轻轻就老谋深算,像个小坏狐狸。你皇叔那个人是可恨了些,可难道他在朝中也做得不妥?哀家倒听说今年几项新政都卓有成效,北边有神策军挡着,蛮族也不曾进犯。想来王爷他就算是给陛下使绊子,也是要碍于陛下英明神武,肯定使不成。"

裴昭言简意赅,十分磊落:"新政是皇叔主持的,朕只是落印罢了,他自然不使绊子。不过,越俎代庖,是为罪也。"

他这么说有点煞气,但也透着稚嫩。顾佳期刚才胃中翻搅,有些想吐,但说一阵话,那阵难受倒也过去了,不觉便到了围场行宫。

木兰山地界广大平坦,这行宫虽不辉煌,却是宽敞,比之长京王宫也不遑多让。车入宫门,又走小半个时辰,才到太后下榻的寝宫。

天气确实是冷,风吹得猎猎作响,顾佳期身上湿了一大片,青瞬十分细心,怕她受寒,一进门就翻衣箱找衣裳。

顾佳期叫人烧茶来喝,刚捂着杯子暖和了一下,已有一行人绕过屏风大步跨了进来。只见后面的人是裴琅和朱紫庚,为首的中年武将径直长跪了下去:"老臣教女无方,请太后娘娘降罪!"

此人正是朱紫庚之父朱添漫,他跪得十分大方,几乎要扑到顾佳期裙底下去。顾佳期默默地向后退了一步,朱紫庚也跪了下去,小声说:"臣女失仪,请太后责罚……"

裴琅今天护驾有功,在最紧要的关头赶来,就在刺客劈进太后马车的前一刻,他纵马跃出重围,一箭将刺客射了个对穿,弄得满地是血。那功劳便看起来格外声势浩大,是以他刚被拍了近半个时辰的马屁,心下大概十分受用。他把马鞭丢给外头的宫人,就优哉游哉地进了屋。

一屋子人都眼巴巴地望着这天降神兵的年轻王爷,又有畏惧,又有艳羡,又有感激。但他仿佛没看见似的,在圈椅上跷起长腿,舒舒服服地一窝。他接了热茶,一口气灌了半盏,呼出一口热气后才开了口:"本王听闻,朱小姐方才一时情急,泼了太后娘娘一身茶水?"

他说着说着,终于拨头一看,见顾佳期身上的衣裳湿哒哒的,外头不伦不类地裹着两件大氅,像个落汤鸡。见此情景,他竟"扑哧"一笑。

他这笑一发不可收拾,在众人的目光里足足笑了小半晌,等笑完了他才继续说道:"太后娘娘身娇肉贵,不知道烫着没有。若是没烫着,便罚朱将军两三个月的俸禄得了;若是烫着了,我看朱将军这一个脑袋也不够砍,只好由本王亲自求个恩典,罪可及九族,不可及朱小姐。"

朱紫庚低着头,耳朵通红,肩膀薄薄的,十分惹人爱怜。

裴琅把话说到这份上,顾佳期就算是真烫着了也不好再说什么。何况她确实没烫着,只是被裴琅那张嘴气得半死,但她也只能把客套话说了好几遍。

顾佳期仍是硬着头皮说这些套话,没多久就说得朱添漫老泪纵横,朱紫庚也十分受用。殿中人都点头看着顾佳期,脸上写着"太后虽然不懂规矩,但是深明大义"。

只有裴琅一边喝茶吃点心一边闷笑,最后叫了声青瞬:"得了,服侍你们娘娘换衣裳,你给她穿的这是什么东西,要扬我丐帮国威吗?大冬天的,一身是水,这国威不要也罢。"

方才裴昭把自己的大氅也给顾佳期披上了,还顺手打了个结。青瞬解了半天,发现小皇帝有些手笨,在顾佳期后颈上打了个

115

死结。

她闷头解了半天仍未解开,裴琅不耐烦道:"剪子呢?拿剪子来。"

朱紫庚一眼看出这是皇帝的东西,不好随意动剪刀,却没说什么,只给宫人使了个眼色,叫那小宫女别听裴琅的。

顾佳期也纳闷了,回手去摸了摸那个结,裴琅已摸出匕首,起身走过来:"鬼地方,连剪子都找不着。挑了得了,别动。"

他伸手捏住了她脖子里的死结,隔着些距离,也能感受到他手上热烫的温度。

顾佳期鬼使神差地看了一眼朱紫庚,朱紫庚也盯着那只手。

顾佳期无端地有种做贼的感觉,慌乱地给裴琅使了个眼色,转身向后退去,口不择言地劝他:"这是、是御用之物,不好动刀,王爷快把刀收起来,哀家再想办法就是——"

裴琅手里还握着匕首,她一转身,刀尖就从她后颈掠过去。裴琅骤然将刀尖向内一折,将利刃握在手里,险险避开了她后颈薄嫩的肌肤。他立时皱起眉来,眼里写着"疯子"二字。

顾佳期移开目光,示意他看朱紫庚,用眼神告诉他:别在她面前这样。

殿内明晃晃的,旁人都不知道素来不睦的太后和摄政王在打什么机锋,加上今天出了刺客的事,连朱添漫都多看了几眼,猜他们大抵有正事要争执。

裴琅突地扬起眉来,从怀中摸出一本折子,笑道:"本王有些正事要跟太后娘娘禀报,劳驾诸位,门外稍等。朱将军留步,一会儿本王请你吃新鲜的烤鹿肉。"

众人鱼贯而出,绕过屏风,宫人在门外侍立,从门外只能看见屏风后面影影绰绰的两个人影。他们不敢多看,却也歪着眼睛用余光窥伺着——无人不知太后和摄政王如今不睦的缘由。太后曾经差点成了耆夜王妃,摄政王被她戴了顶天大的绿帽子,自然该是恨透了她。可当年那些旧事实实在在地发生过,因此即便如今这两个人水火不容,也没人能忍住不去做过多的联想。

可这大庭广众的,哪像有什么秘闻的样子?难道他们当真是清清白白的?

屏风后头,顾佳期抿了抿嘴,伸出手去接,她压低声音:"什么折子?是不是刺客……"

裴琅把折子一收,负手站着,笑得十分恶劣:"我跟太后哪来的正事,我的折子又跟太后有什么关系?到底烫着没有?"

顾佳期黑了脸:"没有。这碍王爷什么事了?为什么要这样问?"

裴琅居高临下地挑眉看着她:"吃醋了?"

"我吃什么醋?王爷是什么意思,为什么偏偏要在朱小姐面前动手动脚?"

裴琅笑得更厉害了,偏偏扯着大氅带子不让她推开,偏偏要跟她站在一起:"你的意思是,在别人面前就可以?长进了啊,不枉本王这些年耳提面命。那就好,现在外头都是别人——"

"王爷!"

佳期这次真的在发抖,不知道是衣裳的缘故,还是真的气坏了,总之面色一阵红一阵白:"王爷别再说我……吃醋什么的,左右王爷还年轻,总是要成亲的,何必要多这个枝节?难道还要把我的事也告诉她不成?就算她不怪罪王爷,我可……王爷!"

单看屏风上的影子,两人都站得笔直,裴琅身后捏着折子,似乎在认真交谈。实际上他们凑得极近,裴琅的鼻息就碾在顾佳期的睫毛眉端,惹得她几欲闭眼,越发面红耳赤。

而他仍是不慌不忙地说:"把你的什么事告诉她?说说看。"

顾佳期呼吸一滞,裴琅托住了她的腰,使得他们投在屏风上的影子不变:"你有什么事好告诉她?告诉她什么?"

顾佳期胆子大归大,但在这些事上却有些笨,总不知道如何应对这样的裴琅,一时间死死咬着牙:"你……你刚才……"她忘了怎么骂人,急得恶狠狠地瞪他,"可惜极了,遇刺的不是你。"

裴琅也不生气,还笑眯眯的:"本王就当娘娘是担心本王,这好意本王心领了。投我以木桃,报之以琼瑶,本王该拿什么还呢?"

顾佳期就知道他来这一趟是不怀好意,又不能当场跟他翻脸,她不知道怎么办,连额角的细汗都冒出来了。

裴琅看她明白,不禁又笑了:"看来,娘娘倒和本王想到一块去了。"

顾佳期茫然想起,这是到木兰山的第一天。裴琅出入她这里,再不用被层层宫门拦着,她这几日又不知道要受什么欺负,想到这里,她快哭了:"不行,这里,他们要看见的。"

她这么一着急,嗓音便有些急切。裴琅越发觉得好笑,起了逗着玩的兴致,他向前一步,她就向后一步,一直被他逼到墙角:"今日劫后余生,本王本想看看太后吓着了没有。现在看来,太后倒是生龙活虎,精神头很好。"

顾佳期操心着屏风上的影子,歪头越过他的肩去看,裴琅已一低头吻了下来。

顾佳期已经清楚了,角度取巧,屏风上并看不出他们靠得这么近,于是没再挣扎,慢慢静下来,踮着脚尖,由着裴琅。

反正他不过就是要告诉她"你想得美"。就算他如今有了朱紫庚,今后有了正牌王妃,他想要顾佳期在身边,不管她说什么都没用。

顾佳期心里明白，在裴琅心里，她反正早已经坏透了，不在乎多加一点不堪。

外面的人仍在等着，话音若有似无，从屏风下绕进来。顾佳期听见朱添漫似乎在问青瞬："今日出了大乱子，陛下和太后吓着了不曾？"

青瞬笑道："其实并没有什么，只是阵仗闹得大了些。"

朱添漫一哂："原来如此。看王爷动了那样大的肝火，底下的人被训得头都不敢抬，我们还当是有多大的事……"

青瞬道："朱小姐在车上，王爷着急也是情有可原。"

声音从屏风外头传进来，顾佳期仍旧没动，眼瞳睁着，定定地望着裴琅。

裴琅端着顾佳期的下巴看了半晌，直看到顾佳期脖子都酸了，他突然嘀咕了一句："恨不得世人都看不见。"

顾佳期神情有些茫然，显见得是没听真，但也没问下去。她一向顺着他，因为多一事不如少一事。

裴琅方才听闻太后车马遇刺时，头脑里"轰"的一声，几乎握不紧马鞭。射出那一箭时，他的心里几乎是茫然的。他不知道车里的人究竟如何，可大约厄运缠身久了，总有一二幸事，她不过是被朱紫庾弄湿了衣裳。方才大概是心神一松，他竟忘了跟她作对，此时看她一脸敷衍，他忽然很不高兴。

顾佳期脚都麻了，也不知道是哪里不对，只觉得此情此景安静极了，惹人想起些不该想的往事。她轻轻往后一挣，裴琅似乎也突然清醒过来，将手一松，眉眼一挑，低声笑话她站都站不稳的样子："太后这醋吃得令人赏心悦目，今后可要常吃，本王吃饺子就要这口醋。"

顾佳期又气又怒，抽身便回了寝殿，脸朝下倒进被子里。

她听见外面是裴琅爽朗清亮的笑声："羊？不成，今日必须得吃鹿肉，朱将军，别的事都好依你，吃鹿肉这事却得听本王的。今年中秋原本有鹿肉宴，一时有事，却没去成……"

裴琅这把嗓子好听，可是顾佳期今日一点都不想听到他的声音。

外面的人散了，青瞬走来走去忙碌着，耳朵上挂着小水晶坠子。随着走动，那小坠子摇来摇去，在青瞬耳边摇出光点。顾佳期看见了，心里就不时掠过方才的景象：烛火亮，明月亮，裴琅眼睛也亮，如星如萤。

她拿了帕子，闷不作声地趴在榻上，把嘴巴擦得通红。

夜间，裴昭来陪顾佳期吃饭，很是奇怪地问她："母后，你脸发红，是不是火盆又烧得太热了？这耳朵又是怎么了，怎么红红的？不舒服吗？"

顾佳期咬牙切齿，又在心里将裴琅祖上十八代全骂了一遍。

说是皇家行猎，其实不过是一圈圈赛马打猎，人黑压压地围着，并没有半分自在空气，在顾佳期看来其实无聊得很。

不过她还可以告倦躲着，裴昭却不行，于是只得被侍卫和官员拥着，直到暮色将合时才得了清闲，到行宫亭中来找她。

这亭子占尽地势，原本是一处赏景之地，不过天气既凉，四周便被围上了厚重的锦帘，里头再烧起火龙，故而暖融融的。

裴昭一踏步进来便笑了："母后这是做什么？"

顾佳期披着应制的乌缎金丝大氅，严严正正，越发显得身形娇小，却正襟危坐着，端肃着柔美的眉目，凝神盯着眼前的小桌。她闻言抬头，蹙眉问道："陛下可会打这西洋牌？"

裴昭啼笑皆非，走过去拿起那几张硬牌端详了一阵，又放下了:"儿臣虽不会这个,却知道母后今日是闷透了。传膳来,朕陪母后用膳。"

顾佳期放下牌,想了想,终究不好让小皇帝再这么使小孩子性子。归政虽则还早,但毕竟总有一日要立后,裴昭这个好端端的少年人,却成日在母后身边耗着,连个谈情说爱的心思都没有。

顾佳期起了媒婆心思,虽然心里跃跃欲试,但是脸上端出一副老成的架势,挺直腰背向青瞬点了点头:"青瞬,去请他们随行的也来,年轻人有活气,哀家也好凑个热闹。"

青瞬踌躇一阵,琢磨了半天,才小声道:"王爷拉着朱大人去外头烤鹿肉了,随行的大人们去了八九成。"

一想见不到裴琅,顾佳期更开心了,她怕被旁人发现,赶忙抬手按住上翘的唇角:"那更好,那就只请夫人小姐们来喝茶好了。"

她脸上带着笑意,像个恶作剧得逞的小姑娘。裴昭看见了觉得很有意思,一时也不忍拂她的意,便点头应了,又叫人把今日猎来的野物抬去厨下做菜。

顾佳期兴致很好,加上并不害怕这个,也去看了一阵,她指着一只野鸭道:"这还是小鸭子,小鸭子活泼,最不好打了。陛下的箭法又精进了,不错不错。"

因宫中规矩多,比起寻常姑娘们,顾佳期的衣裙格外不轻便,看她提着裙子东看西看,朱紫庚怕她被地上的东西绊倒,忙托起她的手肘:"太后当心。"又小声嘀咕道,"小鸭子还没长大呢。"

顾佳期只觉得没长大才好吃,但朱紫庚说得也有道理,还没长大就要被吃掉,是有点可怜。裴昭这么打小动物,恐怕会招年轻小姐们害怕,于是她说:"说的也是,那陛下以后不要打小鸭子了。"

裴昭倒没多留心那是什么东西,只是见了便拉弓射箭罢了,故而听了朱紫庚说的,他并无什么感触。不过顾佳期既然也这样

121

说,他便站定了,稍微收了下颌:"朕明白了。"

朱紫庚掩口轻笑,小声道:"陛下真是孝顺。"

顾佳期在上座坐下。年轻人的场合她也不便多掺和,底下人要什么她便笑吟吟地应允。一来二去,那群年轻人似乎觉得这个小太后很好说话,于是那圆脸姑娘大着胆子来问:"今日光看大人们赛马,其实我们也技痒得很,太后娘娘,能不能……"

本朝尚武,所以世家里也少有弱不禁风的女子。顾佳期想了想便应了,又吩咐青瞬去提马:"别选烈马。"

青瞬自然明白,不过是姑娘们要在小皇帝面前露个头罢了,并不是当真要比赛,于是她遣人领了数十匹马过来,再回顾佳期这里,打起了一面帘子。外头便是广袤的草原,道旁插着火把,在暮色中若明若暗。少女们伏在马背上紧驱向前,衣袂翻飞,煞是好看。

顾佳期披了大氅,朱紫庚陪她下了高亭,到道旁去看。冷风一吹,两人都是一个激灵,顾佳期忙捧了手炉暖着,朱紫庚道:"走一走就暖和了,不如臣女陪太后走一圈消消食。"

顾佳期跟她且行且停,心不在焉。这后头正是一道深水河,水声在夜里汩汩低流,她们走了许久,顾佳期才蓦然站住脚。

拜平帝所赐,顾佳期如今怕极了水,一到水边就全身发冷发软,当下只觉喉咙一紧,再挪不动步子,久违的寒冷窒息感铺天盖地地漫了上来。

脚下漆黑的旋涡里是无数哭泣惨白的女人面孔,犹如妖怪低语,引着人一探究竟,引着人倾身向前,迈进去,沉下去。

顾佳期又听到了那个寒冬里诡异的水声,没顶而过。女人阴冷娇媚的声音小声呼唤着,好像是表姐,还有顾量宁,他们都在。

"来呀,佳期,顾家人都死了,你活着做什么?你当自己是太后还是女娲,要补天不成?你不过是个小丫头……"

"这水里才是你的命。跟我们一起死了,你才干干净净,才成全忠烈之名……现在呢,你在做什么?"

"你们都斗不过那些小人,都不过是螳臂当车罢了,自古正派人总是一败涂地……看你父亲还不知道吗?"

顾佳期脚下软绵绵的,像踩着云,轻盈地向前迈了一步。

她从来都怕死,今日却觉得轻松。只此一步,这浩荡山河就再与她无关了。

与此同时,她手臂一紧,被人大力扯了回去。那人动作极大,她脚下一个踉跄,又被扶了一把才站定,回头去看,竟是一张熟悉的面孔。

陶湛并不看她,冷冷地站着,仿佛她是块木头,而他大发慈悲,连块要跳河的木头都肯救。

顾佳期蓦地回过神,想到自己竟差点走进河里去,身上骤然发寒,出了一身冷汗。

另一侧有人笑道:"他们在跑马,你怎么不去跑一圈?"

那人的声音又清亮又专横,顾佳期下意识地转回头,果然是裴琅。顾佳期看到他骑在马上慢慢走过来,不过他正笑盈盈地看着朱紫庚。原来并不是问她,她又忙转回头去。

朱紫庚道:"紫庚见过王爷。我就在这里陪着太后好了,王爷怎么过来了?"

裴琅催马走近,顾佳期只好回过身,等他行礼。

他迎着她的目光,竟然只挑了挑眉:"自然是听说你在,本王就过来了。太后娘娘有手有脚,何须你陪?这么大冷的天,太后也就罢了,你冻坏了就不好了。"

顾佳期又被他气得险些翻一个大跟头,当即别过脸去不看他。

朱紫庚小声笑道:"其实是那马没什么意思……我从前骑的都

是家父的马。"

裴琅哈哈大笑："朱家将门出将才，名不虚传，朱将军不愧是陛下的射箭师傅。陶侍卫，去牵马来，本王陪朱小姐跑一圈。"

陶湛牵来了马，朱紫庚十分高兴，翻身上马。那动作利落漂亮，虽着长裙，却如飞花般优雅。

裴琅也慢吞吞地上了马，并不急着走，低头对青瞬颐指气使道："叫你们娘娘在河边站着做什么？等着喂鱼吗？"

这话说得没头没脑，青瞬想起什么，脸一下子白了，转头盯着顾佳期。朱紫庚不知内情，倒并未在意，笑道："王爷，小女先行一步了？"

话音未落，她爽脆拍鞭，两匹马同时像离弦的箭般飞了出去。

裴琅虽然来了，但并没找什么不痛快，何况他到了这时候才来，想必不会只预备和朱紫庚骑个马了事，大概今夜是不用再看见他了。

青瞬问道："娘娘，回吧？"

顾佳期垂头向来处走去："嗯。"

青瞬骤然尖叫了一声："太后当心！"

原来顾佳期忘了场中还有人赛马，低着头走，哒哒的马蹄声敲击着地面如滚雷般奔来，那匹马像一阵风般刮着她卷了过去。顾佳期似乎没听见，青瞬扑过来将她一拽，才险之又险地避过了那一人一骑。

场中瞬时一片混乱，那马上的姑娘花容失色，忙下来请罪。顾佳期心不在焉，稍微劝慰了两句，便甩开人快步走了。

青瞬追上来，小声责怪："娘娘怎么心神不定的？走路可要当心……"

顾佳期并未答话，自顾自呵了呵手，快步向寝殿走去。

青瞬忙跟了上去,看见顾佳期一截白生生的后颈也透着苍白,正心想她近来多少有些不对劲,冷不丁听她问道:"青瞬,你说,等王爷成了亲,是不是就都好了?"

这是顾佳期头一次问这样的话,问得没头没尾,她究竟要什么好起来,并没有说清楚,似乎她自己也不清楚。

青瞬四下一看,确认没有人,才小声道:"自然。看王爷的样子,对朱小姐是动真格的,想必一成亲就收了心。一旦有家室要顾虑,就再不会有如今无牵无挂的猖狂,到时候,归政也是势在必行,陛下掌了权,必然一切都好了。"

顾佳期迅速"嗯"了一声,似乎并不在意青瞬怎么说,只是自顾自连珠炮一般说着:"好,那就快让他们成亲。回去吧,这天气冷极了。"

寝殿里照例有姜汤,顾佳期抿了几口,吃了一顿饭,心情也好起来了,正要窝进被子睡一觉,裴昭来了。

顾佳期猜着他是听说了方才的事,摇手道:"没事的,劳陛下挂心,哀家这便睡了。"

裴昭见她躺下了,便没走近,只给她看手里的马鞭,笑着说:"儿臣知道母后身手好,倒不挂心那些小事,不过想着趁夜里安静,陪母后去散散心。母后当真要睡了?"

顾佳期觉得难得来围场,何况的确已经很久没有骑过马,有些心痒,便将被子掀开,又怕自己显得太高兴,连忙四平八稳地慢慢坐起来:"陛下的心意难得,那哀家便散散心好了……陛下笑什么?"

裴昭见她一脸雀跃,有些好笑,把马鞭搁在桌上:"没什么,儿臣是悄悄来的,等会儿也带母后悄悄出去,不要告诉旁人,省得麻烦。"

裴昭在房外等候，顾佳期爬起来换衣裳，一直等到熄了灯，他们才出去。

顾佳期有多年没看过宫外的风光了，夜里无人又可以四处乱跑，于是她也不管裴昭再三嘱咐，被扶着上了马后一拍鞭便要跑。可惜裴昭牵来的不是烈马，而是温顺的小马，只能载着人慢吞吞地兜圈子。裴昭在另一匹马上笑道："母后当行宫是前线吗？不能跑那么快的。"

顾佳期很没好气："马就要跑得快。陛下这匹马有名字了吗？"

"还没有，母后要赐名？"

顾佳期拂了拂洁白的马鬃："哀家赐名，就叫你'乌龟'好啦。"

裴昭抿唇一笑，也看出她其实心情欠佳，知道她说这几句逗趣的话不过是在照顾他的兴致，于是不再说话。

顾佳期最喜欢他这一点，也移开目光，骑在慢吞吞的马上，将寂寥无人的草场逛了一大圈。衣裳裹得厚，她出了一身细汗，还算过瘾。

裴昭时不时插几句话："母后怕水，儿臣记得那时候母后宁愿多走些路，都要绕开太液池。"

顾佳期眯着眼睛看星星，有一搭没一搭地答话："是头几年害怕，如今倒也还好。时间久了，什么都好了。"

漫天星光都洒在她明艳的侧脸上，眼中一点明亮近乎璀璨。裴昭过了很久，也"嗯"了一声："时间久了就好了，再久些，都会好的。"

他们直逛到月上中天才偷偷摸摸回去。顾佳期还好，裴昭显然是第一次做此等有违规矩之事，面上云淡风轻，其实十分紧张。看到巡逻的侍卫，他险些转身就跑，但那人转过身来，他们定睛一看，原来是他的贴身内官邵兴平。大概是发觉小皇帝不见了，他正闷头乱找，迎面便松了口气："可算找到陛下了！"

裴昭问道："有事？"

邵兴平赔笑："没什么事，不过是朱小姐骑的马被场中侍卫惊了，朱小姐摔了一跤，似乎是崴了脚，朱大人想请太医过去看一看。"

朱添漫从前是裴昭的射箭师傅，教了他三年，如今虽不再进宫了，但情面依然在。裴昭点点头应允下来，邵兴平便去了。裴昭方才有些紧张，这才松了口气。

顾佳期笑起来："陛下没做过坏事，还是个生手呢。"

裴昭面上带了愠色："那儿臣不送母后回宫了，母后自己走好了。"

嘴上虽这么说着，实际上他已经送到了宫门口。顾佳期掩口一笑："陛下，那就明日再会。"

她说着就跳进宫门去，反手关了门。

几个小宫女也在议论朱紫庚的事，顾佳期听了一会儿，似乎那惊马的侍卫并不是无意的，摄政王动了气，要彻查此案。

顾佳期并不喜欢朱紫庚，倒不是朱紫庚做错了什么，只是因为朱紫庚跟自己太像，给她添了许多不痛快。所以朱紫庚出了这样的事，她也不过是遣了宫女去送些药物，随即便把事情抛到脑后去了。

她摸了壶凉透的姜茶灌下肚，钻进被中便睡。锦被极暖，顾佳期闷得出了一头汗，正要踢被子，脚踝被人狠狠拍了一巴掌，"啪"的一声极为响亮，随后传入脑中的是一阵锐痛。顾佳期疼得醒过来，一睁开眼却愣了——眼前竟是裴琅。

这个人一出现，定然没有好事，如果他像这样满脸怒色，则定然要有一顿好气生——多半和朱紫庚脱不了干系。

顾佳期和他对视了一眼，困意正浓，不想理会他，重新往回一倒，抓起被子蒙住脸便睡。

裴琅好心地容许她继续睡了一小阵，见她没有要起来的意思，索性一把将锦被掀了，恶狠狠地戳了一下她的额心："方才你上哪儿去了？在这地方乱跑，失心疯了不成？"

顾佳期睡得有些糊涂，不由得发了一二分脾气，拍开他的手："关王爷什么事？"

裴琅冷笑了一声。

顾佳期看他脸色，就知道他又要恶声恶气，果然他冷然说道："怕你寻死寻错了路，本王自知亏心事做多了，从不给恶鬼开门。"

这话头没意思，接下去的话定是又要吵。顾佳期只是翻了个身，他没再碰她，她倒醒了。

她觉得自己有时候脑后像长了眼，不回头都知道他就在床沿坐着。

见他没有要走的意思，顾佳期索性抬手拽住了他硬实的小臂，欠身坐起来，揉了揉眼睛，双眼惺忪地笑问道："软玉温香在怀，王爷还舍得拨冗过来，这是天大的面子，哀家可要好好珍惜。王爷今天想怎样？"

顾佳期鲜少这样主动，分明是在故意怄他，是想撵他走。

裴琅挑起眉来，冷冷地端详了顾佳期一会儿，反倒不想走了。他扼住她的后颈，逼她跟自己四目相对，寒声道："顾佳期，这些花样你玩不来，就别学别人吃醋拿乔。"

顾佳期勉力抗拒着他的力气，咬着牙，用力地说："谁是别人？朱小姐吃醋了吗？王爷又招惹了谁？"

裴琅深黑色的瞳仁直勾勾地注视着她的眼睛。他嘴上没说什么，心里始终憋着一团乱麻，被她这么揉来揉去，本就没头没尾的线越发无迹可寻。眼前这个人吃力地朝他笑着,嘴唇被咬出一线红痕,沾着一点胭脂,乱糟糟的,可仍旧好看。

方才他听说了营地上的变故,放心不下过来找她时,那枕上就沾着这样娇艳欲滴的一抹胭脂。他盯着那点胭脂,也不知道自己在想什么,这榻上空无一人,殿中亦是无人,只有白日里她注视着深河的神情在脑海中来回晃动,晃得人心里生寒。

开始的那几年,顾佳期每每站在水边,总是那样的神情。他知道是为什么,他因在塞外山中求生不得,求死不能时,也想过干脆给自己一刀得了——人无所可为时就是如此。顾佳期也一样,她是无能为力,漫长的前路上看不到一丝光亮,活着因而成了折磨。

裴琅当年并没有真的给自己一刀,却一直怕她真的跳下去。可是顾佳期也没有,她只是渐渐绕开宫中那些烟柳池塘,不看不想,后来终于有了几丝活气,开始怕疼怕死,就像是彻底揭过了那一页,就像是她没有束手无策地看过举家倾圮、举国疯魔之殇。

裴琅自问,换成他自己能否如此淡然,最后还是陶湛旁观者清,他说:"太后毕竟是顾量殷的女儿。"

顾量殷至死都没有顺从过那该死的世道,她也一样,不到死不会放手。就算要死,也绝不屈从,哪怕只有死路一条,也要豪赌一场。

顾家人总是把命全押上,闷头行路,也不管能不能给这江山万里赌出个柳暗花明。

可顾佳期和他无路可走了。

顾佳期微仰着头,定定地看着他的眼睛,试图在里面找出些什么,却终究有些茫然。古人说的"无物结同心"就当是如此。分明近在咫尺,却不知道自己想要些什么。她胸口里憋闷翻涌,似有一条小蛇翻腾钻缠,钻得人心腑酸痛。

她挣了一下，嗓子发涩："不玩了，不好玩。我困了，你出去。"

裴琅却像是也不想看到她似的，蓦地合上了威严的眼，紧扣着她的后颈，倾身咬住了那两瓣沾着胭脂的微凉嘴唇。

他动作粗鲁，透着些急切，顾佳期被咬疼了，含糊地说着："松开……"

她口唇里有姜的辛辣，舌尖带了点麻意，裴琅不大喜欢姜味，但依旧吻得毫不留情。

顾佳期只觉他有些怪，心里也害怕起来，不由得小声求饶："我真的困了……"说着用力推了他一把，就要下地。

裴琅一声不吭，按住她的肩膀将她压下去，随后俯身扳过她的下巴。

顾佳期猜他今日大约真是很不高兴，却分不出神来想。

裴琅把她的嘴一扣，冷然道："不准哭。你生怕外头人听不见吗？"

殿外又暗又静，深秋寒风刮过去，吹得衰草连片伏倒。

邵兴平出了一身冷汗，总算在太后殿外看到了要找的人，他连忙小跑了几步，追上裴昭，看了一眼他的脸色，拐着弯儿问："陛下怎么来这里了？"

裴昭将墨痕未干的密报收进袖中，冷冷道："你回去。"

邵兴平快跑了两步："陛下，这不妥！眼下都过了子时了……"

裴昭紧抿着薄唇，不言不语，快走了两步。殿外寂寥无人，他本来走得极快，却突然停在门外。邵兴平不明就里，也跟着停了脚，然后听到了里间传出的声响。

呼吸和呓语交缠，其中有一道声线分外熟悉。

那是耆夜王的声音。

邵兴平大骇，不由得向后退了一步。

裴昭冷然地扫了他一眼，他会过意来，忙垂头到阶下去侍立，退下时不忘小声劝道："陛下，不可冲动行事。"

裴昭回过头，怔怔地看着门里。那门原本是锁着的，可现在门闩坏了，滑开的时候悄无声息。裴昭并没进去，只在门外眯了眯眼，等目光渐渐适应了黑暗，才看向重帘尽处。

他不声不响，不躁不怒，静静地看着。

那帘子原本飘来摆去，渐渐地，风停了，便垂落下来，遮住了狭窄的一方天地。

什么都看不到了。

邵兴平看他半日不动，如僵死了一般，终究大着胆子上来扯他的袖子："陛下……"

裴昭也不答言，重新掩了门，反身向来路走去。

邵兴平小跑着跟上："陛下，陛下是怎么知道的？"

裴昭冷声道："一直。"

邵兴平又问："那陛下打算如何处置？用'私通'这样的名头扳倒摄政王，倒是有理可循……陛下？"

裴昭猛地站住了脚，垂目厉声说："你当太后是什么？"

说完，他也不理会邵兴平脸上青一阵白一阵的颜色，径自攥紧了拳头，快步穿过寒风。

月亮快要落了，这一夜是弦月，只露出弯弯的一痕。他仰面看了许久，才想起那月亮像什么。像顾佳期的眉，弯弯长长，情深缘浅。

顾佳期哭得眼睛都肿了，裴琅扳过她的脸才看见她两只眼睛红红的，已经成了两个小桃子。

他抿唇怔了怔，照旧冷着脸："方才主动的是你，现在身心尽欢的也是你，你哭什么？"

顾佳期全身都酸痛不堪，早已神志昏昏，把别的事都忘得七七八八，只抽噎着骂他："你才欢。"她动了动手腕，又好声好气求他，"……给我解开，疼。"

裴琅的腰带上镶金嵌玉，方才动情之时顺手抽下来就把她手腕一捆，倒忘了这一茬儿。现在一看，那白白瘦瘦的腕子上果然被搓出了两道红痕，上回弄的还没好，这次又这么一捆，隐约有些擦破了皮。

他向来没有什么分寸，这倒也不是头一遭了。顾佳期并未在意，可这回裴琅却沉默了，随后竟然真的抬手把腰带解了，神情中有一分歉疚。

顾佳期不知道该说什么，只是轻推了他一下："……你起来。"

裴琅恍若未闻，把她往怀里一揽，贴身搂紧了。

顾佳期吓了一跳，几乎要像只猫似的蹿起来："……别，我不行。"

裴琅抽出一只手在她脸上乱摸了一阵，找到她的眼睛，用拇指轻轻拭去那点泪，闷声问："你方才究竟去哪儿了？"

顾佳期呼吸不畅："没去哪儿……你起来……"

他揪了揪顾佳期的鼻尖："不准做傻事。"

顾佳期"嗯"了一声："我不会。"

他埋着脸，无声地笑了笑："……撒谎精。去哪儿了？说实话。"

他这话说得好怪，顾佳期半晌才终于有些懂了他的意思——他不会是觉得指使人伤朱紫庚的是她吧？

她心里有些难受，不过还是稍微笑了一下："刚才我去骑马了，我都快忘记怎么上马了。可是没有人能给我作证，不过王爷放心，我不会动朱小姐，我还不至于……"

裴琅蓦地抬起头瞪她一眼，脸色沉沉地打断她："谁问你这个了？"

他竟没有错怪她，顾佳期愣了："不是问我这个？那王爷是问我哪个？"

裴琅像是再也懒得搭理她了一样，掀起被子劈头盖脸把她一蒙，卷成个被子卷，往床里一推，自己拉起另一张被子，没好气地说："行宫太远，明早有事，懒得再动。在你这里睡一会儿。"

她急了，蓬头垢面地翻出被子卷："不行，为什么要在我这儿睡？你回你的地方去。"

裴琅背对着她，头也不回，反手把她的脸一推。他困极了，咬字已不清晰："就要在你这儿睡，不用你管。别闹，我几日没合眼了。"

顾佳期气得瞪了他半天，最后自己实在撑不住，沉沉地睡着了。

◇ 第七章 ◇

寝梦佳期

只有眼前是真的,只有裴琅是真的。他一直在这里,哪怕有那么多的腌臜,他都一直在这里。

第七章 寝梦佳期

顾佳期近来心中不快，睡觉也总是不安生，乱七八糟的梦接踵而至。她真的累坏了，这一觉睡得十分长，直到裴琅拍着她的脸把她弄醒："天亮了，起来。"

清早已有人送来沐浴的东西。

裴琅今天格外寡言，并不嘲笑顾佳期一点力气都没有的状态，先是帮她把头发随意拢起来，随后把她抱进浴桶，叫她趴在桶边，免得弄湿淤青的手腕。

顾佳期闭了眼任由他摆弄，又问道："王爷想什么时候成亲？"

他的手搭在她背上，几缕潮湿的长发挣出束缚，在她雪白的蝴蝶骨上蜿蜒而下。

他闻言顿了顿，才问："怎么？"

她懒洋洋地说："我帮你。朱大人那里要是不好对付，我出面请陛下赐婚好了。"

裴琅嗤笑了一声："黄鼠狼给鸡拜年。"

顾佳期很认真地说"不是的。我总要帮王爷一次，不然王爷总是疑心我。"

"没有疑心你。"

顾佳期朝他笑："朱小姐为人和善，又不巴结陛下，有谁会不喜欢她？会指使人伤朱小姐的，除了我还有谁？"

"不是你。"

顾佳期愣了愣，发觉他不是开玩笑，他分明知道背后的人是谁。

她转回头去："王爷是什么意思？"

裴琅近日不知道在忙些什么，几乎脚不沾地，当下也不欲多说，哈欠连天地把她抱了出来。他弄了杯冷茶，边喝边盯着她在手腕上涂了药，才披上大氅扬长而去。

这日照旧是观天子行猎，不过天子得了风寒，便诏令群臣自去行猎争赏，自己则说："朕就陪太后坐着瞧瞧。"

顾佳期不由得有些腹诽，心想这小皇帝倒比她身子骨还娇弱。等到裴昭打帘子进来，行过了礼，她问道："陛下可好些了？"

裴昭摸了摸自己的脸，疑惑道："什么好些？"

顾佳期提醒他："陛下今日告风寒。"

裴昭"啊"了一声，突然笑了："没有的事，不过是为了偷懒。母后这么好骗吗？"

顾佳期便放下心来，笑道："陛下学坏倒很快。"又推了糕点盒过去，"这松子酥很好。"

宫人都知道，太后格外喜欢这些甜腻腻的点心，是以顾佳期手边总有一盒。裴昭倒兴致平平，并非不爱吃，是自小怕旁人嚼闲话。不过眼下既然在宫外，裴昭索性也不理会这些细枝末节，便坐在她边上吃着点心，有一搭没一搭地说着话，有人打来了鹿和野猪，他也懒得动，只问："母后去不去？"

顾佳期向下望了一眼。裴琅说他早上有事，顾佳期还当是什么正事，原来不过就是跟一拨朝臣呼喝着打猎罢了。

因为要巴结朱家，他近日和朱添漫相熟的那拨人走得极近，那都是些撺掇着归政的忠臣,所以顾佳期估摸这些人跟他说话也要捏着鼻子。他表面上是不肯显山露水的,并且还要称兄道弟地笑闹寒暄,好生虚伪。

眼下裴琅和他们就在高亭下头。

裴琅既然在那里,顾佳期自然是不去,于是她摇摇头。

裴昭便说:"那朕也不去,你们自己玩吧,晚上叫厨房烤了吃野味。"

顾佳期有些过意不去:"陛下只是懒吗?哀家看倒未必。不必在这里陪哀家耗着,好不容易出来,多去走走才是正经。"

裴昭靠在软垫上说:"母后说的是。好不容易出来,还要跟他们闹腾吗?不如多陪陪母后。"

顾佳期心里觉得他可能真是喜静,对此倒是无所谓,左右都是无聊,索性只等着天黑了好睡觉。

没想到天刚擦黑,摄政王等人又撺掇了一场野味大宴,在前头推杯换盏。后头的宫眷则是做了滋啦啦地泛着油花的炙子烤肉,连顾佳期都忍不住多吃了几口。

裴昭笑道:"母后当心肠胃难受。"

他正说着话,朱添漫已过来敬酒。裴昭十分敬重这个师傅,起身去接,朱添漫忙行礼道:"末将不敢,不敢。昨夜小女受伤找不到大夫,陛下帮了末将的大忙,想来想去,终究无以为报,只好敬陛下一杯罢了。"

裴昭素来是做十言一,顾佳期知道他昨日不只派了太医,更亲自挑了人服侍朱紫庚,可谓尽心,当下却也不过淡淡应了几句。这个年轻人是棵笔直漂亮的树,她把这棵树养得很好。

朱添漫都到眼前来了,顾佳期再逃不过,只好去探望朱紫庚。

朱紫庾的脚腕肿着，脚面也是一片淤紫，看着确是有些骇人，连青瞬都"呀"了一声："昨天朱小姐得是摔成了什么样？"

朱紫庾很爽朗，笑道："摔跤罢了，还能摔成什么样呢？就是摔了个狗啃泥的大马趴嘛。"

众人都掩口笑，圆脸小姑娘说："那是难堪极了，难不成你摔的时候，王爷也在吗？"

朱紫庾叹气，她的侍女道："小宁姑娘，您怎么哪壶不开提哪壶呢？"

这下大伙都笑出了声。

顾佳期不便久待，很快就告辞出来。

此地是她没来过的，一个侍卫在前面引着她出去。一条条小巷弯弯绕绕、黑漆漆的，顾佳期没走多久就察觉了方向不对，顿住了脚："站住，你带哀家去哪里？"

那侍卫回过头来，一张俊秀面孔冷若冰霜，正是陶湛。

从前顾佳期跟在裴琅身后狐假虎威的时候，陶湛就始终在暗处护卫着。起初顾佳期还不自在，时间久了，渐渐发觉此人当真就像一捧空气，几乎不存在——过了这么多年，顾佳期偶尔还是连他的背影都分辨不出。

顾佳期有些不好意思，陶湛却没说什么，只道："回禀太后，属下带太后去王爷那里。"

好不容易出了宫，裴琅自然舍不得轻易让她混过去。顾佳期叫青瞬自回去休息，自己只好跟着陶湛向前走去。

陶湛话很少，停在一间木屋外。木屋后头是成片屋宇，这应该就是摄政王寝宫紧邻的别苑，陶湛告诉她："王爷许是在朱大人那里绊住了，太后娘娘在这里稍等片刻。"

顾佳期推门进去，绕过屏风就停下了脚步。

屋中蒸汽腾腾，原来是山民引的一处温泉水，中间沉下去方正的一圈，便是淡白的泉水，不过并没有人，裴琅果然还没有回来。

案边摆着寥寥几样点心鲜果，顾佳期拣了一颗大葡萄送到口中，慢慢让甘甜的汁液在口中炸开，接着一颗又一颗，直将半盘都吃掉了。

不知过了多久，顾佳期失了耐心，几乎怀疑是裴琅又使坏捉弄自己，于是她不打算再等下去，起身披了大氅推门便要走。

门一开，带进一阵寒风，一人跌跌撞撞往门里一撞，两只滚烫的大手径直捧起了她的小脸。来人低头皱眉端详一阵，突然展颜一笑，劈头盖脸地把一件厚重的毛氅裹在了她头上。

那毛氅里满是男子的汗气和酒味，顾佳期就着身后的灯火辨认了许久，发现此人醉得离谱，但面容俊秀洒脱，确是裴琅。

他鲜有醉成这样的时候，或者常有，不过顾佳期见不到。他身上酒气极重，尽数喷在她脸上。

裴琅也不管顾佳期动手动脚地推拒，三两下将大氅带子在她脖子上系了个死结，兀自打了个酒嗝，笑嘻嘻地说："小佳期，可别又冻病了。"

他醉得颠三倒四，好像顾佳期还是十四五岁上的小王妃似的，较之平时更加口无遮拦。

顾佳期素来讨厌醉酒的人，今天越发明白他们是哪里讨厌了，她一时沉了脸："我要走了。"

她刚错过身，还没抬脚，裴琅已经把她的袖角一牵："佳期别走——我跟你说中秋吉祥，你不生气了行不行？"

他扯着嗓门叫"佳期"，顾佳期头皮都快炸了，忙回身踮脚捂他的嘴："……小声些！你……你你你！"

裴琅任由她捂着，兀自垂着头，定定地看着她，好像有些难过。

等顾佳期忙不迭抽回手,他突然捏了捏她的脸颊,轻声道:"几天没见,怎么瘦成这样?"

顾佳期一愣,他扶住膝盖躬身下来,与她平视,促狭地眨了眨眼:"你姑姑罚你饿肚子?是不是你说漏了嘴?"

顾佳期听他提到顾量宁,鼻子酸酸的,一时间不知道该怎么说。她都许久没有想起顾量宁了。

陶湛总算适时地咳了一声,在旁提醒:"王爷。"

裴琅回头去看他一眼,陶湛皱着眉,不动声色地摇摇头,比手势指了一下自己的嘴巴。

不知道那手势是什么意思,但裴琅清醒了些,他慢慢把顾佳期放开了,缓缓抬掌揉了揉脸,在门外浩荡的风声里静默了许久,终于开口:"偏偏是这天气……你怎么还等着?"

这人好怪,方才把她叫过来,如今又怪她等着不走。

她皱了眉:"不是王爷叫我来的?"

裴琅恍然,站直身子,捏捏眉心,喟叹一声。

她都没有发现,他眉间不知道什么时候生出了深深的一道"川"字,里头刻着这些年的筹谋阴郁,极尽疲倦。

顾佳期突然想起他今夜为什么醉了——他为了朱紫庚去跟朱添漫那些人喝酒。他醉成这样,不知道是不是被灌了酒,不过他这人在人前向来快活,一定不像现在这样皱着眉头。

他好像只在顾佳期眼前是这样疲倦,在朱添漫面前不会,在朱紫庚面前更不会。在外面的他永远在快快活活地喝酒作乐,大概早忘了顾佳期还等在这儿。

未等她想完,裴琅已经把她的衣领一拢:"罢了,喝多了,你走吧。陶湛,送太后回去。"

顾佳期仰头深深地看了他一眼,正要开口,裴琅挪开目光,大力推了她一把:"看什么看?快走。"

他好一阵歹一阵,刚才好好的,此刻突然又凶巴巴的,好生奇怪。顾佳期张了张嘴,总觉得自己下一句话就要发火,总归不好看,于是错过身便走。

她走得又急又快,陶湛小跑了两步才跟上。

顾佳期上次这样想离开一个地方还是许多年前的中秋夜。那时她还不知道自己会落到如何下场,小心翼翼地享受着那点少年人的心事,坐在墙角抱着酒坛,惴惴地等他追上来。可现在什么都不一样了,她成了独自一个人,裴琅还醉成了这样,自然没有人在意她要走到哪里去。

草原上入夜极冷,夜风像一把把刀子刮着脸,顾佳期拢住了领子,勉强辨清方向,快步向前走。

深秋荒草绊人,她走得太快,没提防被绊了一下,陶湛手疾眼快,一把将她捞起来:"属下扶着,太后,您走得快些。"

陶湛也好奇怪,倒像是要拉着她逃难。

顾佳期"嗯"了一声,接着走了几步,却是越走越慢,最终停住了。

夜里的风一阵阵刮在脸上,草原上野草四伏,一时被撕扯到东,一时又被刮到西去,天地之间茫茫然,只剩一把烈风,顾佳期望了一阵,也觉得茫然。

过去那么好,可是他一点体面都不留,如今连回忆都被这样一片一片撕碎了,好像除了恨就什么都没有了。

以后就要连恨都没有了。

以后她就只剩自己一个了。

顾佳期忽然挣开陶湛的手臂,转头便向回处疾步走去。

陶湛忙拉她:"娘娘做什么?"

143

顾佳期头也不回,没等他碰到,她忽然提起裙子,快步流星地跑起来:"我问王爷一句话。你不要过来。"

陶湛并不听她的,三步两步在那木屋前重又追上,钳住她的肘弯,一双眼像寒冰似的,把她看得透透的:"娘娘有什么要问王爷的?王爷想同谁喝酒就同谁喝酒,王爷想娶谁就娶谁,王爷对娘娘,一向并不欠什么交代。"

他用力不大,顾佳期除了动不了,一点都不疼。他总是那样四平八稳、妥帖至极,但是透着一股冷漠,简直是讨厌她。

顾佳期讨厌极了他这副样子,好像他才是最该讨厌她的人似的,顾佳期是惹了裴琅不假,又没有惹他。

顾佳期用力挣,声音都变了调:"你当我很愿意把脸给他打吗?他当我是什么?我偏要他交代!你放开,我就问他最后一句,今后再不问了,最后一次——"

陶湛自然不放,顾佳期咬酸了牙,还是被他死命拖着往外走去。顾佳期不吃硬,抬脚便踹,却听身后木屋中传来一声闷响,"咚"的一声,随即是一阵水声。

顾佳期还当是裴琅听见了她说的话,登时吓得醒了大半。陶湛却是脸色一变,甩开她便往里走。

顾佳期明白过来,大约是裴琅醉得人事不知,撞到了水里。

裴琅竟然也有这种时候,她有些尴尬,一时连手脚都不晓得怎么摆,见陶湛推门进去,她也跟了进去。只见陶湛站在温泉池边叫了一声"王爷",她也只得站住,等到陶湛下了水去捞裴琅,她一时都忘了害怕,也跟着在池边蹲下了。

裴琅脸朝下浮在水中,一手攀着池边,合身泡在水里,陶湛扯他,他僵死了似的不动。

顾佳期不知道他是怎么了,帮着陶湛把他往上拉。但他本就又高又重,拖着水竟异常不好拉,她大着胆子摸了一下他的手腕,万幸还有脉搏,她松了口气,轻声呼唤他:"裴……王爷?"

一溜水花浮起来,裴琅喘了口气,攥住了顾佳期的手腕。

她不明就里,稍微拽了拽他:"我拉住了,你起来。"

那手反倒攥得更紧,恨不得将她的腕骨捏碎吞下肚似的,透着异样的灼烫。

顾佳期吃痛,狠狠挣扎,没等她叫人,陶湛已经变了脸色,劈手过来拉她的肩。谁知裴琅酒后也十分敏锐,一掌格开陶湛的手,陶湛翻手握住他的手腕:"……王爷!太后她……"

"太后"二字一落地,裴琅似乎心头火起,抄起茶壶劈头盖脸地抛过去,顾佳期趁乱一缩脖子就要爬开,被裴琅捞住后腰拽了回去后,她扑腾出一串水花:"……放开!放开!陶湛!"

他真是喝多了,竟然反手将她向自己的方向一扯,合身搂住了她的腰,滚烫的呼吸喷在她颈间,就像一只嗜血的野兽。

顾佳期的后背贴着他的身躯,只觉得滚烫得吓人,让她毛骨悚然。

陶湛显然也怕裴琅让她吃不了兜着走,没准再弄出麻烦,也伸手来拽她。她一手去拉陶湛,另一手奋力抓住池边向上攀,忽然颈间一痛——裴琅动了气,为了不让她脱身,情急之下竟然直接张口狠狠咬了下去!

她的颈间本就肌肤薄嫩,加上血管密布,他没轻没重,一口就咬破了肉。顾佳期当下愣住了,比起疼,震惊更多一些——裴琅不像是醉了,倒像是喝错了东西。

陶湛也是一怔,裴琅把头埋在顾佳期颈窝里,闷声吼:"滚出去!"

顾佳期可怜兮兮地扣着池沿,陶湛想把她拽上来,但那些人不知道在裴琅酒里搁了什么东西，裴琅竟然带着股邪劲，似乎真能咬断顾佳期那截细脖子。陶湛咬咬牙，猛地站起来，摔门而去。

顾佳期气得又踢又打，但裴琅浑似不知疼一般，在她脖子上，胸口上狠狠咬了好几口，好像恨不得把她拆了吃入腹中。

顾佳期想起上次他喝醉了是什么光景，又想起他现在神智全无，当下急得满头大汗："别、别碰！裴琅！裴琅！我害怕你了，你喝什么了？"

裴琅把头埋在她颈窝里，声音低哑深沉，带着梦呓似的笑意："怕我？顾佳期怕我？"

他往常极少叫她的名字，这下，顾佳期再笨也看出了他一定是不对劲。

裴琅身上滚烫，若说是不胜酒力，可他连眼睛都是通红的，满是血丝，就像一匹恶狼，显见得并不清醒。顾佳期细细看看他，试着问："他们给你喝什么了？裴琅？"

宫里什么事都有，顾佳期并非没有听说过这类催人欢好的东西，可木兰山不比长京城，草原上地广人稀，兼之随行的人中女子不多，宫眷都是太后和皇帝身边的人，世家女子们更是门楣高贵，并不能随意玩闹。何况裴琅勾勾手就有人前仆后继，他压根不需要这样的手段。随行的人都是人精，自然知道这层道理，谁敢对他用这样的药？

或者说，对他用这药的人，他们想要裴琅做出什么事来？

顾佳期来不及细想，地板是硬的，她后背生疼，又不敢出声，只能将嘴唇咬得发白，喉咙里的呼吸声已变了调。她勉力抬手够到裴琅的脖子，指头按住他脖子里的脉搏，轻声劝导："……裴琅，裴琅，你很难受吗？"

裴琅原本是很凶戾的样子，力道几乎像在战场上厮杀一般不

·第七章 寝梦佳期·

由分说。这时被她这么轻轻柔柔地一扣脖子,他却忽然像很难忍受似的,拽下她的手攥在掌心,猛地埋头伏在她肩窝里,一动不动闷声喘息了半晌,轻声叫了声:"佳期。"

他似乎认不出人,顾佳期也不知道他是不是在说梦话,也只好应道:"是我。"

裴琅没答话,果然,药力虽然过了,神智却还没醒,他并不认得她。

过了许久,他似乎睡着了。顾佳期起初放心了一些,随即感觉安静得有些吓人。

她胡思乱想一阵,心里猛地跳了一下,突然乱七八糟的思绪纷然而至——那药里不会还混着别的什么东西吧?

她担心他死了,猛地爬起来趴到他胸口。裴琅眼睛闭着,她忽然很害怕,慢慢探手去他颈间。手指刚碰到那颈间血管,就蓦地被握住了。

他用力极大,顾佳期疼得一缩,裴琅慢慢睁开眼,凝神看了她许久,方才慢慢松了手,竟破天荒地在她腕上轻揉了一揉,又叫了声:"佳期。"

他不知喝了多少,那嗓音哑得像破锣,可是念她名字的语调很轻,还像许多年前那样。

顾佳期怔了片刻,挪开眼神:"……王爷,你醒了没有?醒了就放开我。"

裴琅没松开她的手腕,仰头定定地望着她,看他神情,显然药力未退。

顾佳期又问:"谁给你喝的酒?"

他并未作答,忽然驴唇不对马嘴地朝她微笑起来:"佳期,塞外的月亮比长京圆。我本想把月亮装在镜子里带回来,那个才配得上你……"

他竟还是晕头转向的，可是镜子早碎了。

顾佳期本在咬牙切齿，听了这一句，不知怎的，蓦地眼前一酸："别跟我说这些。"

裴琅捏着她的鼻子摇了摇，像是累极了，声音很轻："我凭什么听你的？"他又看见那池边的一溜樱桃核，知道是她啃的，还问她，"樱桃甜不甜？"

那年他离京的时候也给她送了好些樱桃。她没应。

裴琅又自顾自喃喃道："佳期，佳期，谁给你取的名字？"

顾量殷取的，是古人的诗"不堪盈手赠，还寝梦佳期"。顾量殷那时总开玩笑，说他在战场上日子过得如同野马一般，连自己其实是个人都忘了，偶尔天气好，没有风沙的夜里看见天上的月亮，他才能想起家里还有个丫头片子。

她这么想着，就听裴琅轻声道："今夜月色好。"

两个人这么轻声细语地说话，总感觉有些不知今夕何夕。静夜绵绵，水汽温软，袍裾敞开了散在水中，靛青混金银丝的衣料在水波里微微地荡开，被烛火一映，像孔雀尾羽般熠熠生辉，池水中光波流转，不似人间。

小屋里一时间静下来，越是静，顾佳期心里越是空荡荡的，一时想起外面的夜风，一时看见眼前的白雾，还有马场上秋日草场的香味，少女扬鞭立马的飒爽笑容，河里的水被风扯来扯去，河里的声音时远时近……

裴琅把她拦腰抱起来时，顾佳期一声都没吭，顺着力道伏在他肩头，将脸搁在他肩上。

她什么都不愿意去想，脑海里甚至升起一个念头：这时候天塌了就好了。

天并没有塌。有人在门上重重敲着，顾佳期起初以为是陶湛，随即想起陶湛从不会这样敲门，外头的一定是旁人。

顾佳期蓦地明白过来了，陶湛刚才那个手势就是在提醒裴琅，有人给他喝了东西，就是因为知道顾佳期今晚在他这里——他们就是要这样算计裴琅！这样戳破秘密，便能一举将摄政王和太后拉下水，剩下的小皇帝便任人鱼肉……

顾佳期心里一寒，明白过来刚才裴琅为什么那样赶她走。可是她走了却又跑回来，还是荒唐到了这个地步。

顾佳期忙要爬起来，裴琅还不清醒，捧住她的脸不让走，她心里发急，张嘴就咬他的手："外头的人！夜……你醒醒！"

她的声音像是从天边飘来的，裴琅一时心下翻了几个渺茫的念头，手腕骤然一凉，扎入一线清明。

裴琅向来不会把自己置于绝境，可顾佳期在这儿，他退无可退。好在他素来是个死里偷生的好手，事已至此，他反倒将心底疑虑一抛，强自压住翻涌的内息，身子向池边靠去，笑着看她："怎么，不让抱？那我可放手了。"

顾佳期察觉到他的意思，本能地抓紧了他的肩膀："……别！"

裴琅脸上笑意突然淡了，他咬了咬牙，将手一松。

她脚下一滑，向后仰去，惊惧之下手脚乱扑，裴琅松松地捞住了她细巧玲珑的小脚腕，低声安慰道："很快，听话，忍一忍。"

水花轻轻"扑通"一声，顾佳期当真栽进了水里去。

这水本不深，又是温热的，本来不至于如何，但顾佳期心里一凉，方才沉入水中，立时只觉手脚都不是自己的了，只大睁着眼睛，四肢发僵地沉下去。

水面上，裴琅的脸带着寒意，垂目注视着她。水波撩动，那双深黑的眼瞳里沉着不快，忽地转开看向别处，冲身后说了句什么，顾佳期这才发觉，这人周身罩着一片肃杀的寒意。

是了，寒意。

刺骨的寒意漫进骨髓。

她腕上绑着极沉重的青砖，一寸寸沉下太液池冰冷的池底，鼻端是香粉气和尸体的腐臭。她分明被蒙着头脸，却能看见灰白的女人面孔从四面八方拥过来，她们都冲她招手："顾佳期，你也来了？"

顾佳期双眼剧痛，却不敢闭上眼，全身都渐渐抖起来，只有脚腕被他握着，勉强得了一分依托。

她眼睁睁地看着自己一动不动地窒息，敲门刺探的人被裴琅快速应付了，他立马把她捞出来，躬身向她说了几句话。可是她耳中嗡鸣不绝，一个字都没有听见，瑟瑟地跪在那里，紧紧抓着他的手臂不肯松，眼睛大睁着，眨也不敢眨一下。

他看她连怎么喘气都忘了，似乎有些急，索性跪在她腰旁，抬起她的下巴，合上眼，吻了上来。

清凉的空气渡入口中，顾佳期头脑中一片空白，睁圆的眼睛被他遮住了，他掌心的纹路抹住她的眼皮，挡住了那些青白恐怖的人脸。

只有眼前是真的，只有裴琅是真的。他一直在这里，哪怕有那么多的腌臜，他都一直在这里。

顾佳期突然知道了刚才他说的是"你是顾量殷的女儿。顾家人顶天立地"。

他说就连鬼神都不会害顾家的女儿。

顾佳期一个字都不信，裴琅不过是想把她甩开，或者想叫她做蠢事，可是她还是贪婪地喘了一口，跪在那儿直起身，死死抱住他的脖子，开始吮吸他口中的每一丝空气。

第七章 寝梦佳期

顾佳期听不到窗外风声，只有自己胸腔中的心跳，绵密如春雨，悸悸地滚起轻雷。她只觉得头脑发昏，手指不由自主地颤抖，她把裴琅当成是救命稻草，筛糠似的紧紧攀住他的背。他身上有不少深浅起伏的疤痕，只有后心那处的一痕格外深重，像是被剜出过心一般。

顾佳期的手无意识地抠着那道疤，裴琅细细抚了抚她的喉咙，叫了声："佳期？"

顾佳期怔怔地望他半晌，终于呛咳几声，仓促抬手用衣袖遮住脸，但腰身微微颤抖，显然是反应过来了，惊吓之下，十分失态，不想被人看见。

裴琅静静地看着自己手心的湿润。刚才他伸手按在她的裙角上头，那衣料沾满金银碎光，里头的牙白中衣、里衣，一层层都浮着青白色。

顾佳期不能穿红着绿，穿来穿去左不过是那些颜色，看得久了，倒像寺庙里的一座神像，端严肃静，静默无声。眼下长发被弄散了，漆黑地贴在脖颈上，倒是衬得一张小脸格外脆弱，因着刚才呼吸不畅，她的双唇微微张着，潮红湿润，能听见极细微轻促的喘息，像是受了委屈的孩童。

倒真有些渎神之感。

裴琅看到这里，总算有些不忍，终于拍了拍她光裸的脊背，就像给发脾气的小孩子顺气似的："行了，好了，不怕了，佳期，你不怕了，成不成？"

顾佳期像是不想让他碰自己，用力挣了几下，可身上没有力气，被他掰开手，露出脸，只好直勾勾地望着他："我要喝药。"

那些药十分伤身，裴琅这些年里只有一次没控制住，数来是五年前了，顾佳期毕竟后怕，那时还是吃了药。

她那时身子亏虚,大夫在外头跟青瞬说:"这药寒凉,气血两亏者不可多用,否则恐有无后之虞——不过若是娘娘,倒也罢了。"

那次顾佳期蒙在被子里闷了很久,也不知道是为什么难过,虽然她从来没想过要生一个小孩子,大夫那话说得也并不尖刻,但她就好像是被人夺走了什么很重要的东西,胸口一阵阵地疼。

那时裴琅没说什么,但后来他从来不会触这个霉头。

裴琅顿了一阵,终于把目光从她绯红的脸上移开,起身去外头吩咐了几句,又回来拿干衣物将她裹起来:"等一会儿。"

顾佳期脸上仍是红红的,全身都脱了力,四肢软绵绵,裹着衣服垂头坐着,任由他摆弄。裴琅手笨,胡乱地擦擦她的头发:"行了,是我的过失,不该喝那么多,我道歉成不成?"

顾佳期别过脸去:"就不该叫我来。"

裴琅此人向来不会忍气吞声,见她非但好了,还有力气还嘴,当即"啧"了一声,从后脑勺戳了她一指头:"好不容易出宫一趟,还要本王清心寡欲不成?"

顾佳期一句"朱小姐又不会让王爷真的清心寡欲"到了口边,又觉得很没意思,咽了下去。

裴琅累极了,脸上透着苍白,也懒得说话,就靠在椅中发呆,屋里只有水波撞击木板的声音。

过了很久,顾佳期问:"王爷从前不跟那些人来往的,这次是为了什么?"

裴琅懒洋洋地扫了她一眼:"你觉得是为了朱紫庚,那就当是为了朱紫庚。"

顾佳期点了点头,出神道:"王爷既然这么说,就不是为了朱小姐了。"

顾佳期一向不笨,裴琅不禁微笑:"是吗?"

顾佳期接着说下去："既然不是为了朱小姐——那些人一向有结党的意思，王爷做什么要掺和？"

为免王权旁落，本朝对官员结党向来如临大敌，朝中官员个个洁身自好，到了裴昭在位的这几年，这风气更是几近严苛。

裴琅觑她一眼："你又知道不是为了朱小姐了。"

这些天的事乱糟糟的，毫无头绪，但隐约几根线头攥在手里，只觉得轻飘飘的。顾佳期也不知道自己为什么会这样想，但感觉自己没想错，回嘴道："王爷分明知道是谁把她撂下马来，不也不过如此？王爷不喜欢她。"

裴琅懒得理她，又或许是被她说中，总之没有接话。顾佳期拈一颗葡萄吃了，见裴琅在看，又拿一枚递到他唇边。他总吆喝着要她做这做那，她都习惯了。

她的眉眼生得尤其好看，这么湿淋淋时更是媚态横生，虽然素面朝天，却越发掩不住珠玉光彩。

裴琅偏头躲开，皱眉道："你自己吃。"

顾佳期懒得再像块牛皮糖一样去问他"这葡萄是不是特意给我的"，只"嗯"了一声，默默发呆，脚尖拨池水玩。

门被敲响，陶湛送进药来，顾佳期接过那只陶碗，看见药汁黑漆漆的，忍不住皱起眉，但也没有办法，只得端起来喝。她素来怕苦，这种药尤其苦，刚抿了一口，她便觉得鼻子一酸。

裴琅看她皱着小小的眉头坐在那里发愁，竟然说："不想喝干脆就不要喝了。"

他不说还好，这么一说，顾佳期一下子变了脸，索性端起碗来一仰颈，咕嘟咕嘟全喝了下去。

葡萄吃完了，裴琅满世界找蜜饯糖果，顾佳期理也不理，披了衣裳便走。

外面照样风大,她身上发热,还有些汗,被风一吹便是一个寒噤。身后裴琅快步追了过来,展开毛氅将她浑身一裹,劈头盖脸骂道:"这么大的风,不要命了?"

顾佳期也不答言,径直低头向前。

裴琅道:"你发什么脾气?要喝药的也是你,怕苦的还是你,个子一丁点,脾气比山还大——哭了?"

他说话间才看见顾佳期满脸是眼泪,眼睛哭得通红,睫毛上挂着碎碎的泪珠,死死咬着嘴唇一声不吭,红润的嘴唇上已经被咬出了一痕苍白的牙印,竟然是走了一路,哭了一路。

顾佳期是偶尔会哭,但这个哭法实在吓人。裴琅吓了一跳,下意识地掏帕子:"又发什么神经?这外头是什么风,这脸不要了?"

顾佳期死命推他,仍然不说话,只是拳打脚踢。裴琅倒不动气,胡乱地擦她脸上的眼泪。他手上没轻没重,顾佳期本来脸上皮肤就被吹得皴裂,一擦更疼得厉害,哭得停不下来。

裴琅像条恶犬,总是摆脱不掉,她索性连踢带骂:"……什么叫不要喝了?要是真的……那到时候怎么办?你又不会管我,反正我没爹没娘,全天下只有我最好欺负,到了什么地步都怪不得别人,什么叫不要喝了?"

这一次她哭得厉害,越说越是难过委屈,抽抽噎噎话不成声,被夜风撕来扯去,听着叫人揪心。

山中夜晚冷得很,这么哭下去不是办法,裴琅只得把她拦腰扛在肩上向前走。

顾佳期还没消气,虽然腰被他死死扣着,但仍然在狠命捶他的肩背:"反正只有我是一个人,到死都是一个人,人人都欺负我,连你也欺负我,我到时候就自己去死,我做鬼都不要放过你!"

裴琅猛地站住脚:"不准说这样的话。"他反手狠狠拍了一下她的背,"不会有。倘若真的有了孩子,你堂堂顾将军的女儿,难道成日想着死吗?"

顾佳期抽噎道:"那怎么办?"

"生下来。"

风把他的话音撕成几十片,顾佳期听得清楚,却慢慢哭得累了,趴在他肩上不再乱动。

裴琅又问了她一遍:"听到没有?你爹是怎么教你的?"

顾佳期昏昏沉沉地骂了一句:"混蛋,你去死。"

她哭得头痛,加上药效催人睡眠,她已经说起了昏话。裴琅懒得理她,一路穿过荒草走到寝殿后,在外面把她放下来。顾佳期低头向前走,大氅被风吹得向下掉,裴琅按住大氅的边角,索性送她进去。顾佳期任由他扣在怀中,背脊紧贴着他热烫的胸膛,一路慢慢走回去。

荒草连天,草和风簌簌作响。

顾佳期越走越慢,突然小声叫了一句:"夜阑。"

到了殿前,裴琅都没有接话。但顾佳期擦了一下红肿的眼睛,却抿嘴笑了一下,自己都觉得莫名其妙:他没有凶巴巴地让她不准叫他的字。也许他是没听见,但反正她叫过了。

顾佳期上了台阶,回过头,红着眼圈冲他点了点下巴,脸上夹杂着一点小孩子恶作剧得逞似的笑意。

裴琅有一瞬的恍惚,她的脸被檐下的灯映得柔弱剔透,暖光中有着万千银河星辰。他本该触手就能摸到,现在却生生隔了天堑。他自己建造的城池围在她身边,固若金汤,刀枪不入,一生一世周全,可连他自己都无权僭越。

他慢慢地说:"我听见了,回吧。"

大约是光色所致,也可能是听见她叫了那声"夜阑",他脸上的神情很是温柔。

顾佳期半是愣怔半是犹疑地顿了一下,突然抬手按了按唇角,按住笑容,轻快地一转身,快步向殿中走去。

青瞬在里头等着,迎她进门。顾佳期回头看了一下,裴琅还在那里站着,再转回头,青瞬身后是暖融融的烛光。

她只觉得眼前晃了一下,恍惚间仿佛是从前在将军府的时候,有几次她和裴琅在外头胡闹得晚了,心知翻墙一定要被逮个正着,只好硬着头皮走正门。顾量宁就抱臂在门口等着她,一脸不悦。

顾量宁性子硬,气头上来时连顾量殷都打过,顾佳期怕她为难裴琅,让裴琅送到街角就走。但每次她进了家门再一回头,都能看见裴琅还在街角看着她。

那时的他年轻气盛,神情没有现在这样冷冷的,总是挎着刀或者喝着酒,四目相对时,他便会冲她挤挤眼睛,或者上前点一下嘴角,叫她擦掉唇角的豆沙。

顾佳期总会回一下头,因为总想要看一眼他腰间挂着的那枚圆月似的白玉佩。

那倒不是什么上等玉料,是顾佳期自己刻的,上头是"还寝梦佳期"的前一句里的两个字——"不堪盈手赠"的"盈手",诗人说月光盈盈,正当如此。她刻得并不好,那两个字字迹粗糙、歪歪扭扭,可那时长京的空气里都氤氲着甜蜜。

那玉佩后来不知道去哪里了,顾佳期没有问过,裴琅也没有说。

裴琅看着顾佳期走进了殿门,她又迟疑着回了一下头,终究没有转回来,只是小小的手背在腰后,冲他轻摇了摇,叫他走,就像从前一样。

殿外正是风口,连他站久了都受不住。裴琅转身便走,一路出了小巷，陶湛正提着马缰在那里等着。

他劈手拿了马缰，陶湛却不松手："王爷。"

他没心思听陶湛的长篇大论："知道了，给我。"

陶湛仍然说道："王爷既然清楚自己中计喝错了东西，都已经让太后走了，为什么又成了这样？王爷素来有定力，可这样的事却不是一次两次了——"

裴琅夺过马鞭："是她自己要回来，你跟她说去。"

"王爷不闹出那动静，谁会回去？"

"本王脚滑。"

陶湛正要再说，裴琅敲了敲他的肩："处理干净了？"

朱添漫手下一向有摄政王的眼线，今夜出了这样的事，自然要用。宴席中那杯酒一入口裴琅就知道不对，但他一面撑了小半个时辰才抽身，另一面暗中叫那人顺藤摸瓜，查出始末。棋子已无用处，陶湛便去将人接回来，调到他处去。

陶湛点头："王爷料得不错，是朱将军授意的。"

裴琅哼了一声："自然是那老狐狸。那一帮人素来爱传本王的猫腻，那个李太医也是他们的手笔。黑猫不下白崽子，朱紫庚也是个心思重的，早就旁敲侧击好几趟，疑心本王府里有女人，今夜总算是清白了。"

陶湛瞥了他一眼，心里并不觉得他清白，只是懒怠说，省得又招出一篇"脚滑"。

裴琅也懒得理他，翻身上马便走，没走几步，扯过陶湛的大氅给自己披上。

陶湛皱眉问："王爷方才不是不冷？"

他要扯回去，谁知裴琅今晚心情出奇地好，故意一巴掌拍开他的手，两腿一夹马腹，在烈风中打了个呼哨，轻快地跑远了。

◇ 第八章 ◇ 山雪为竭

"裴琅,别掉以轻心,将来的路还长,别丢下我一个人。"

第八章　山雪为竭

顾佳期受了凉，青瞬替她更衣时一碰她的手就感受到了，"呀"了一声。

"有些发热，奴婢去叫太医来，娘娘先不要睡，趁着热气没有发出来，吃一剂药就好了。"

顾佳期心里想着药苦，嘴上还是应了，等太医来把了脉，下头的人又煎了药，她才迷迷糊糊地说："放在这里，哀家自己喝，都去歇息吧。"

下头的人全散了，顾佳期爬起来，把药倒进案上栽着鹤望兰的红泥盆里。泥土漆黑，药汁也是漆黑，迅速浸下去不见了。顾佳期趴在桌边看了一会儿，才觉得又困又累，全身发酸，终于钻进被子里去睡觉。

次日王公贵族行猎，皇帝一口气猎了几只野鸭，叫人弄到厨下去料理。

下头的人惯会奉承，连朱添漫都说："陛下的箭法一日好过一日，末将快要望尘莫及了。"

裴昭笑道："旁人这么说倒罢了，朱师傅这么说，朕就要自得一阵。"

朱添漫笑起来，指向林中："这时节野物肥美，末将随陛下去猎只兔子下酒。"

裴昭正勒缰拨马，末了还是摇摇头："罢了，随行的都是姑娘，看了难免难受。朱师傅玩吧，朕回去喝茶。"

朱添漫便自向林中行去，却听身后拍马声近，裴昭又跟了上来："朱师傅，带朕去逮只小兔子，活的。"

朱添漫是林猎好手，裴昭果然带了只小灰兔子回去。

顾佳期正睡着，忽觉怀里一暖，不知道是什么毛茸茸、热乎乎的东西，她下意识地往后躲着，睁眼才发觉竟是一只长耳朵的小东西，不由得一笑："陛下弄来的？哀家还以为是大野狼进来了呢。"

裴昭正接了手巾擦汗，见她揉那兔子，说："儿臣本想洗了再给母后送来，但他们都说兔子一洗就要生病，只好作罢。臭不臭？"

顾佳期有些鼻塞，但还是闻了闻："是有点臭臭的。"

她的嗓子沙哑，裴昭不置可否，坐下来问："母后昨天还好好的，怎么今日又病了？"

顾佳期脸色有些苍白，实则是腹中难受，她无力地趴着，想了想："总是没听陛下的劝，吃多了烤肉，有些积食。"

裴昭"嗯"了一声，又说："太医说外感风寒，也是木兰山舒适不足，母后好好吃药，过几日回宫，好好养起来。"

大概顾佳期身子比从前强些，这次喝了那碗药，倒不像上次那样难受，但仍是又疼又冷，好在还有个"外感风寒"的由头拿来糊弄旁人，她可以老老实实在寝宫窝着。

不过她肯放过别人，别人未必肯放过她。

裴昭照例到她这里来用饭，女眷们便也三三两两到她这里"晨昏定省"。

连朱紫庾都来过几次，她的脚伤已经好了，此时整个人笑盈盈地，耳边垂着一对宝蓝的小宝石坠子，摇摇晃晃，非常漂亮。

小宁捏住看了看:"王爷送的?"

朱紫庾不说话,把她推了出去。

顾佳期已经不在意这个,并不难过。只是这里人来人往,她没办法,总是刚躺下又要起来,衣裳换了又换,生病比打仗还要累。

更不巧的是,偏偏这个时候来了月事,她一向虚寒,十分难熬。等到回銮长京那天,她索性连床都不起了,被青瞬拉着上了马车就一头栽进软榻,好不容易寻得一分清净。

车里熏了她喜欢的佛手香,又软又甜,但顾佳期头痛,肚子也痛,小腹里又沉又凉,只能昏昏沉沉地趴着。裴昭来看过几次,她实在没力气应付,只好装睡。裴昭问青瞬几句,知道原委立刻红了脸,他不好多待,也就下去了。

小灰兔子大概饿了,在马车里跳来跳去,先是撞翻了花樽,又是踩破了宣纸,末了跳到她跟前,狠狠咬了一口她的手指头。

顾佳期吃痛,轻轻"啊"了一声,偏偏兔子不肯松口,她睁开眼来,探出另一只手轻弹了一下兔子头,迫使兔子松口,又拎着兔子耳朵丢到她后脑勺上去。

顾佳期的头被兔子蹬了一脚,头发也乱了,她不由得伸手推了它一把。

不知何时过来的裴琅从善如流,索性顺着力道坐下了,一边抓了把松子吃,一边笑道:"兔子急了也咬人。"

他另一手掀开她的衣领,看了看她脖子上那道齿痕——上次他真是用了力,那甜丝丝的血气犹在齿关游荡,眼下她伤痕未愈,看起来可怜。可惜他是禽兽,只想再咬一口。

顾佳期打掉他的手,拢紧领子,又将头埋进枕中,疼得屏住气,一言不发。

裴琅索性把手钻进被中去揉了揉她的小腹,顾佳期小腹里疼得一抽一抽，被他热烫的大手暖着，倒有些舒缓，不由得长出了口气。

裴琅见她脸色苍白，笑嘻嘻说："青瞬也是个大丫头了，别的没有，都不知道弄个手炉？本王开恩，给太后找个妥帖人，太后敢不敢要？"

顾佳期还没有傻到让他在自己身边放眼线，不过无力回嘴，哑声道："你怎么来了？"

裴琅"嘘"了一声，听了外面的动静，随即起身弯腰往她嘴里塞了一颗奶贝子糖，把手抽出去，重又掩好被子，顺手把她那绺乱发理好："太后既然嫌，本王这就走。"

马车门响了一下，他闪身出去，顾佳期留神看了一眼，才发觉这正是车马转角的路口，前后的人都看不到，难怪他敢上来。又过一阵，外面响起朱添漫等人的笑声，随即马蹄笃笃，渐渐远了。

顾佳期叫青瞬拿来手炉，塞进被子里，念头转了几转，始终觉得裴琅近日行踪古怪——朱添漫等人都是主张归政的，和摄政王本是水火不容，他为什么肯跟那些人混在一起？难道就为了一个朱紫庚？

可裴琅对朱紫庚分明并非外人看的那样，她心里最清楚。

直到车入长京，顾佳期也没能想明白。

次日，她叫了青瞬来："在外头找个妥帖的人，查查朱家在做什么？"

她素来器重青瞬，自然不仅是要青瞬服侍，而是要青瞬做她的耳目。这些年前朝人都对她虎视眈眈，她不好做什么，但又忧心裴昭，就全靠青瞬去打听，每晚睡前无人的时候，再让她条分缕析地告诉她。

青瞬脑子十分活络，一点就透，听她这么吩咐，立刻问道："娘娘疑心王爷要阻挠归政？"

顾佳期想了想："不管王爷要做什么，陛下还小，郑皇贵妃的余党还在朝中，眼下也不是归政的良机。"

青瞬办事利索，立刻派人去了。过了几天，仍是一无所获，青瞬拿了外头送进来的信："朱大人只是日常上朝，得空时练武，应酬并不多。"

越是如此，顾佳期越是疑心。但她人在深宫，不好过问前朝的事，着急也只能干等着，好在七年下来也习惯了，虽有风风雨雨，但都靠运气躲了过去，她一时松了一口气——不管暗地里有什么关窍，既然明面上没事，至少也有三五个月的安稳日子。

裴琅果真有足足一个月不见人影。

冬天也到了，成宜宫前银杏树上金黄的叶片掉光了，顾佳期捡了很小的一片叶子夹在书里，过几天再拿出来，叶片干薄金黄，十分可爱，对着光一看，脉络清晰可见，如千万条明亮的通路。

青瞬照例在夜里无人的时候把这一日前朝的事情说与她听。本来近日朝中无事，一向太平，但青瞬今日沉吟了一阵才说："还有一件事。娘娘，朝中有人……有人结党。"

为皇权稳固，本朝最忌讳的就是结党营私，一经查实，都是大案。其中最大的一件就是先帝时顾党和郑党之争，所以到了裴昭这里更是防微杜渐，有一点苗头，就要细究到底。

顾佳期本来昏昏欲睡，一下子醒了，愣愣地问道："谁？"

青瞬有些不忍和疑惑："有朱将军、陈主簿、李磨、马潜铁……还有摄政王。听闻今夜在城西水阁，就是他们的夜宴。"

顾佳期一下子坐了起来，揉了把脸。

青瞬连忙说："也许是王爷自知这些年与陛下有隙，看陛下大了，年少有为，想要弥补一二，换得日后一线生机，也未可知呢？"

顾佳期哑声重复了一遍:"可那是结党,结党是什么下场?"

青瞬看她眼里发冷,道:"朱将军和陈主簿,您是知道的,都是最可放心的人。说来说去,也只是为了归政罢了……"

顾佳期知道青瞬也有许多猜测不敢出口,她自己也一样,可人在后宫,就像在战场上没兵一样被动,偏偏什么都做不了。加上裴琅一直不露面,即便她心里的疑虑越积越重,也无计可施。

又过了几天,青瞬小声告诉她:"朱将军今日告病没上朝。"

裴昭刚下了朝,正从门外走进来。顾佳期淡淡应了一声,叫青瞬去传膳。

天已经冷了,铅灰的苍穹里笼着阴云,裴昭解了大氅,道:"母后,钦天监说要有雪。"

顾佳期应下:"那陛下今日不好再去骑马了。"

裴昭坐下夹了一筷子烫干丝:"是,儿臣匀出半日空闲,去宫外看看朱师傅。师傅病了。"

顾佳期心里跳了一下,忙说:"外头乱,遣人去送些药材就好了。陛下若是想去走走,等到雪后挑个好日子,冬天西山赏雪极好,还有那个南山……"

裴昭支着下巴,听顾佳期把长京赏雪的好去处全说了一遍,末了微笑一下:"好,儿臣听母后的,那便不去了,等到落了雪,陪母后去西山。"

用过早膳,裴昭自去御书房看折子,顾佳期等到人走了才吩咐青瞬:"去趟耆夜王府,叫王爷来一趟。"

青瞬有点惊诧,这是顾佳期头一次派她去做这样的事情,也是头一次主动请摄政王进宫。

她不敢怠慢,连忙去了,直到午后才回来:"王爷说今日有事,改日得空再来。"

这样推诿，想必他也知道顾佳期要问什么。

顾佳期咬了咬牙："再去一趟。告诉王爷，倘若如此，本宫今后便不帮他了。"

可是裴琅仍没露面。

顾佳期心事重重，快到子时才睡着。蒙眬中，似乎觉得被子蒙上了脸，床榻摇摇晃晃。她困得厉害，偏偏那人捏了她的鼻子，她呼吸不畅，只好睁开眼睛，小声说："……做什么？"

裴琅冲她指了指外面，小声道："下雪了。"

顾佳期迷迷糊糊地顺着方向一看，脸色霎时五彩纷呈："……你怎么弄的？"

原来她早已不在成宜宫，而是在钦天监的灵台塔上。塔顶是黑玉围栏、琉璃窗，外面天幕漆黑，鹅毛大雪滚滚而落，铺尽千里。

顾佳期低头看看，自己身上还裹着被子，不知道他是怎么神不知鬼不觉地把自己弄出来的。但她知道，他有这个本事，就是把她扛出宫去卖掉都不在话下。

裴琅像会读心一样，笑吟吟地捏了把她的脸："别瞎想，本王可舍不得把你卖掉。"

顾佳期气极了，忙拍开他的手。他倒还不如横眉竖眼的时候好揣度，现在这样对她和颜悦色，时不时喂一颗甜枣子，她可一点都猜不出他要做什么。

果然裴琅没等她开口，就好奇地问："小太后娘娘，巴巴派人去叫本王做什么？想本王了？这倒稀奇，本王却之不恭，这就来相会。"

他说着就伸手过来，顾佳期推开他的手："谁想你？你别碰我，我有事要说。"

裴琅将她合身抱起，搁在一张黑玉案上："良辰美景，不要虚度。"

他还要动手，顾佳期又踢又打，肩膀碰到后面，被硌了一下，才发觉这地方倒有不少小格子。

她不知道里头装的都是什么东西，裴琅年少时跟那帮金吾卫在宫里四处晃，倒是熟门熟路，他拉开一个匣子看看，笑道："这宝贝还在，幸得我当时没扔。"

说着他就从里头拿出一只巴掌大的锦盒，一手挑开盒盖，将里头的一枚丸药捏了大半个角，将那剩下的一小角药丸往顾佳期口中一塞。

那药丸甜腻腻的，入口即化，顾佳期未及吐出便已经吃了下去，当即气得脸都红了，奋力挣开问："什么东西？"

裴琅揉着她小脸上的红晕，奇道："好东西，见效这么快？"

顾佳期明白过来，霎时变了脸："给我解药。"

裴琅去翻格子，没几下就把格子一合："没有。宫里头用的东西，哪有什么解药？上次我欺负了你，你欺负回来好了，不用客气。"

这个人从来就是个流氓，顾佳期恼了，起身就走，裴琅拉她的手腕，她也不理，把被子往他怀里一塞，避开他的手就绕开黑玉案向外走去。

她只穿着牙白色的中衣，跑得极快，很快他就只能听到她沿着台阶下塔时"噔噔噔"的脚步声。这灵台塔有九层，是宫中至高处，琉璃窗外是泼洒天际的夜雪，大雪鹅毛般落下去，景色煞是好看。他方才忘了给顾佳期穿鞋，此刻想象着顾佳期正赤着的脚上落上雪花。

裴琅出神地看了一会儿，才向下走去。他不慌不忙，一层层地追着她。她不过跑了三层就停下了步子，在楼梯上坐着生闷气，脚趾头都冻红了。

从前他们年轻胡闹，顾佳期有一次耍赖不肯下墙，他顺手拍了一把，没想到她鞋袜松松的，被他一把扯了下去。那时她就露出过这样的小脚趾头，像圆圆的小贝壳。

当时顾佳期就愣了，他也愣了。顾佳期是害怕兼害羞，他则是受到了惊吓。

他一直以为顾佳期是个小孩子，只好把她当小妹妹那样哄着玩，就算喜欢她，也告诫自己"再等等"。但看见了那圆圆小小的脚趾，他蓦地心慌了一下——这么小。

她怎么这么小？

小得像个瓷娃娃一样，仿佛一碰就会碎。

她像一片云一样，天一亮，雨一来，就会散。他要造出一间什么样的屋子，才能把这样一个又轻又软的人一辈子安心放进去？

裴琅没等到顾佳期长成个大姑娘。她当了"顾贵妃"在宫里那些年到底出了些什么事，他刻意不想知道。陶湛跟他报告，他就直接把陶湛踹出去。

即便如此，他也隐约猜到那几年她大概十分难熬，多半到了缺衣少食的地步。因为顾佳期的脸色常年透着苍白，似乎也再没长个子。过了这么多年，她还是这么小，像个白瓷娃娃。

她那样轻易地放弃了他，他到如今都恨，与其说是恨她、恨先帝、恨这烂到了根里的世道，不如说是恨自己。他恨自己即便能补天挽狂澜，仍是对她一点办法都没有。

裴琅在阶上蹲下去，揉了揉她的头发："逗你玩的，山楂丸罢了。"

顾佳期也不知道哪来的火气，大概是气裴琅总这么逗人，也可能是气自己总上套，总之胸口一团火冲上来，她猛地倾身上前，干脆咬上他的嘴唇。

男人的口中是奇妙的清苦木香,也许是抽了水烟,也许是嚼了薄荷。猜不对也没有关系,不影响她发狠似的咬着他薄薄的嘴唇。裴琅起初愣了一瞬,不多时就揽住她的后腰。她像个雪捏的小娃娃,他力道十分小心,蜻蜓点水般地迎合她。

塔外也在下雪,可是已过了子时,天下人都睡着,只有这塔中台阶上有人缠绵。

裴琅轻揉着她颈侧那道伤痕:"留疤了,还疼不疼?"

顾佳期仰头看天,夜幕海海,雪花片片飘落。

那年也是这样一场雪,天黑透了,她推开窗,万象静谧无声。她在窗前雪中站了许久,想起白天的时候,有一个本该早已开拔去前线的人穿着黑色的盔甲在墙头笑着叫她:"笨蛋。"

铁马冰河没有入她的梦。"夜阑"两个字成了她的禁忌,可摄政王一直在这里。

他可以甩下她,任由她做太妃,像那些疯疯癫癫的女人一样老死深宫,她会比这七年难过百倍千倍。

可他为什么没有走?

裴琅将她放在案上,顾佳期看雪,他也变得安静,他心情好的时候才会这样安静。

看了半晌,顾佳期问:"你今天高兴吗?是有什么喜事?"

裴琅后退一步,抱臂笑道:"喜事是有一件,不过不能告诉你。走,现在回去还能歇一阵,明早才好伺候你那干儿子。"

他说完就走,顾佳期跳下桌子叫他:"我有话还没有说。"

裴琅头也不回,没好气地问:"脑袋怎么长的?怎么还记得?"

顾佳期提着裙子跟在他身后:"你……我知道你结党,不是好事,早些抽身。"

裴琅已经走入风雪,手指掸去眉端雪花,三心二意地应她一声:"好。天底下有什么东西不是顺着太后的?太后要太阳东升西落,它就不敢往北去。"

顾佳期也拢住衣领:"别掉以轻心,将来的路还长,别丢下我一个人。"

裴琅猛地站住脚回头看她,目光灼烫。

顾佳期对他微笑:"陛下还小,多给他两年,别釜底抽薪。"

而后,那目光骤然凉了下去。

◇第九章◇

重过阊门

月色很淡,灯影摇摇,他的背影又高又瘦,顾佳期不知为何,在那背影上看出了些风雪似的"孤独"。

第九章 重过阊门

雪一连下了两日,到第三日晨间方才停下,整个长京连成一片白。

裴昭这日下了朝,当真带了顾佳期出宫去西山赏雪。

西山上没有行宫,他们轻车简从,乘马车上山。顾佳期兴致好,骑马走了一段,但毕竟风紧,不过几千米的工夫,她的脸已经冻得通红。青瞬将她扯回马车,顾佳期一连打了几个小喷嚏。

青瞬责怪道:"娘娘近日怎么跟小孩子似的?一点不像个大人物。"

顾佳期讪讪地笑了一下,立即调侃:"我看你近日倒很像大人物。"

裴昭笑了,随即向身边人问:"邵兴平,今日午间在外头用饭?"

邵兴平在车外回道:"回禀陛下,是订了山上的馆子。"

裴昭便道:"弄些温酒热羹,叫人预备姜汤。"

邵兴平办事妥帖,等他们到了山顶,落座席中,酒家女果然奉上姜汤来。这东西辛辣,一小盏喝下去,顾佳期出了一身细汗,这才慢吞吞地挑了几筷子面。

裴昭试探着问:"母后吃着不顺口?"

顾佳期摇摇头:"没有,只是觉得陛下似乎不舒心。"

她看着裴昭长大，裴昭从来是性子冷淡，七情不上脸。不过自登基以来，每逢不顺心总有些迹象——譬如这时，他将沉甸甸的象牙筷拿反了。

裴昭放下筷子，微微笑了笑："瞒不过母后，不是什么大事，不过是近来朝中有些不寻常，儿臣多心了几日罢了。母后，用饭。"

朝中的风其实并没有什么特别，只是往日惯常有人隔三岔五拍马屁，屡次三番提起归政的话头。诸事未备，摄政王大权独揽，他们虽然确有绸缪运作，却也不过是说说罢了。裴昭便也一听了事，这些话总要有人说，不然恐怕长京人真忘了他才是皇帝。

这风吹了近七年，近日却蓦地停了，朝会上一片风平浪静，连往日跟摄政王对着干的忠臣都闭了嘴。

这情形和睦至极，起初叫人觉得如沐春风，不过几日下来，裴昭已咂摸出了味——有人在他眼皮底下摆弄小动作。

偌大的朝廷，千百人全垂头向他跪着，貌似君君臣臣，实则穿龙袍的是个空壳傀儡，跪在底下的人才是铁板一块。他们要他听到什么，他就只能听到什么；要他看到什么，他就只能看他们演的戏。如今，他们在暗地里翻云覆雨，他却只能看见春和景明。

而就算如此，裴昭照旧八风不动地硬挺了下来，只不过是在跟太后娘娘用午膳的时候拿反了筷子。

那帮人素来虽未结党，却俨然分着帮派，事事得宜，顾佳期倒是头一次见他们在裴昭面前露出这样的破绽——自然跟裴琅脱不了干系。

裴琅那天不知动了什么手脚，把朝上搅成了这样一锅粥，自己则是再次没了影，索性一连数日朝也不上，告假在家，日日呼朋唤友、饮酒作乐，任由外头风声渐紧，早朝上日复一日地安静下去。

顾佳期正盘算着再找个由头派人去一趟，朱紫庚却来了。

到了命妇进宫的日子，朱紫庚先陪小宁去西边看了老太妃，又来看顾佳期。

她没有来过成宜宫，不过照旧落落大方，行了礼，便陪顾佳期坐了吃茶。

小宁看什么都新鲜，摸了摸顾佳期的帕子："太后娘娘这帕子真好看。"

那是块素净极了的缎子手帕，颜色灰蒙蒙的。顾佳期笑道："颜色这样老。"

小宁坚持道："很好看的，同寻常缎子不一样，太后你看。"她就着阳光摆了一下，"上面就像有小鱼儿在游。"

这似乎是秋天时耆夜王府进献给宫里的料子，尚衣局拿这个给她做了手帕。顾佳期很少留心这些事，不过那时听说是摄政王送的料子，便多看了几眼——果然他爱拿这些寡淡东西寒碜她，她越是讨厌这些老成颜色，他越要送，来提醒她"你是太后"。

小宁这时拿帕子凑到阳光下，顾佳期只见阳光一映，帕子果然并不那样清素，转而成了波光粼粼，现出隐约的暗纹来，就像数十条小红鱼摆尾游荡，换个角度，又折出几丝孔雀尾羽似的清艳蓝光。

小宁说："我听说过这种料子，叫什么'玻璃锦'，说是掺着玻璃丝织成的，似乎是西边的大秦新近时兴这个，中原可没有。朱姐姐，你听说过吗？"

朱紫庚正在出神，猛地眨了一下眼睛："……没有。"

小宁娇憨极了，笑着捏捏她的脸："王爷给朱姐姐下了什么迷魂药，姐姐难道在太后面前也走神吗？"

朱紫庚连忙摇头："没有的事。你不要在娘娘面前瞎说……"

她耳朵上还戴着裴琅送的那只小小的蓝宝石坠子。顾佳期心里一动:"朱大人身体可大好了?"

"回禀太后,家父大好了,过几日便能上朝……其实前日不过是肠胃有些不适罢了,多谢娘娘挂心。"

顾佳期抿了一口茶,漫不经心地说:"哀家倒有个法子。耆夜王府里多得是上好药材,叫王爷带上好大夫去看看。"

小宁拍手笑得前仰后合:"太后娘娘也这样挤对朱姐姐,朱姐姐一会儿真的要哭了!"

朱紫庚低着头想了想,那颗蓝宝石坠子垂在腮边,流光溢彩,映得面孔如花。

她却咬了咬牙,突然道:"回禀太后,王爷从前常去朱府的,只是近日家父与王爷有隙,许久不曾见了。"

她竟敢挑起这个话头,顾佳期一惊。小宁也愣住了,知道不该听,连忙三五句话转开了话题。

朱紫庚是个聪明人,说那一番不合适的话,必然是有因由的。顾佳期没来得及细想,不多时,又有命妇来请安,朱紫庚不再多说什么,默默侍立,就像方才说了不该说的话的人不是她一样。

顾佳期也不再谈此事,吩咐人上了点心,继续和命妇们虚与委蛇。朱紫庚和小宁这样的年轻人不好再留,一早就告辞出宫了。

顾佳期跟人谈到嗓子都要着火,一晃神才发觉竟是两三个时辰过去了。等人走空了,她才有空喝了口茶,晚膳也懒得用,先出去透了透气。

天上的星星在闪,顾佳期定定地看了很久,青瞬拉了拉她的袖子:"娘娘。"

顾佳期这才想起正事:"明天你再出一趟宫。"

"耆夜王府?"

"不错。"

青瞬答应着拉她回寝殿。殿门外几个小宫女议论着什么,见她们过来,忙掩口不说了。青瞬问道:"瞎嚼什么舌根子呢?"

小宫女小声道:"娘娘,朱小姐在回府的路上出事了。"

一阵寒风吹进来,刮得殿内几张纸飞舞起来。顾佳期觉得心缓慢地沉了下去:"怎么回事?"

朱府在城南,离宫门不近,朱紫庚回长京后极少骑马,往日里都是坐马车回府,这日时近傍晚,她不知是有些饿了还是起了玩心,中途和侍女下了一次车,还告诉府里的马夫:"我们去买些米糕尝尝。"

马夫等了半晌,不见有人回来,忙穿过巷子去找。巷子里黑魆魆的,他一脚踢上什么东西,低头一看,满地是血,那是侍女的尸体。

而朱紫庚不知所踪。

方才那人还好好地站在她面前,顾佳期不知道该说什么。正巧裴昭来了,听说出了事,他立刻遣人去大理寺着令查案。

次日,朱添漫没有上朝,摄政王也没有露面。

裴昭来成宜宫用膳,说起这事便皱了皱眉,放下筷子:"是匪帮绑了朱小姐。今早他们给朱家去了信,要朱师傅拿一万两纹银来换人。母后,一万两纹银很多吗?"

顾佳期垫着下巴想事情:"一万两?是很多的。陛下可是要送些银两给朱大人?"

裴昭道:"儿臣正有此意,母后以为如何?"

他这辈子其实没见过几次钱,顾佳期拿了自己的银两给他。裴昭无奈地笑了:"朕还当自己富有四海,原来连一万两银子都拿不出来。"

邵兴平亲自去朱府送去银两,不多时又回来了,却带回了那装纹银的箱子:"朱将军说,一万两不过是个由头,那些人真正要的是他家祖上传下的东西。"

这下连顾佳期都皱了眉:"还等什么?自然是救人紧要。"

青瞬也说:"未出阁的小姐,经得住几天流言蜚语?还管那银子钱物做什么,给他们便是,叫大理寺的人跟着,还怕破不了案子不成?"

邵兴平苦着脸:"可那东西早就弄丢了,朱大人急得焦头烂额,请王爷在前头跟匪徒拖延,自己在家找着呢。"

他冷不丁提到裴琅,顾佳期猛地惊了一下,才想起缘故——裴琅对朱紫庚虽然是利用,表面功夫却要做下去。

"弄丢了"这样的话,顾佳期自然不会信,大概还有什么别的难处。不过裴琅是尸山血海里打滚惯了的,大概并不把一帮匪徒放在眼里。顾佳期放了心,自去忙活。

不料,有关朱紫庚的消息在次日又送了进来。

邵兴平白着脸,说:"朱大人昨日只给了一万两,没有给那样东西。今日拂晓,朱府门上多了个盒子。"

盒子里头是一只耳朵。耳朵上沾着干涸的血,还挂着那只蓝宝石坠子。

天气湿冷,即便从西山到城南路途遥远,要花上一个多时辰,那血也未必能干,想必昨晚他们就砍了朱紫庚的耳朵。这么一想,让人毛骨悚然,几个小宫女都不忍再听。

裴昭皱了眉:"大理寺是如何办案的?叫林卿来见朕。"

裴昭大步往书房走去,顾佳期的脸一点点冷了。

她回成宜宫等青瞬。邵兴平带回来的都是朱府的消息,青瞬一早就出去打探,直到午间才回来,悄悄告诉她:"朱小姐似乎不是朱将军的亲女儿。"

外头有几个人在传这样的话,因为朱添漫救女儿似乎并不上心。他在北边驻军多年,去的时候是孤家寡人,回来的时候却多了个朱小姐,于是便有人传朱紫庚是他在战地捡的养女,也有人传朱紫庚是他跟风尘女生的,如此种种,不一而足。

青瞬道:"这些话几年前就有,这些年不过传得少了,并不是突然冒出来的。我看……未必是空穴来风。"

朱紫庚是不是姓朱,眼下并不要紧,要紧的是找裴琅问个清楚。

等到夜幕四合,青瞬弄了套宦官的衣裳,顾佳期胡乱披上,大着胆子犯禁,上马出宫。

她有许多年没有来过耆夜王府了,沿途的酒馆茶室都换了一茬,好在路并没有改,她还记得怎么走。

顾佳期心里有事,来不及多看,一路拍马到了王府外,将腰牌一亮,府上人便叫来陶湛。陶湛远远看见一个瘦瘦的小宦官,近了引灯一照,只见是一张熟悉的脸,立刻快步走了过去,伸手一指:"……公公请。"

裴琅近日赋闲在家,日日喝酒听曲,今日不好再闹腾,早已经睡下了。陶湛把顾佳期放进去,顾佳期径直揪着他的领子把人拽醒:"王爷。"

裴琅睡得四仰八叉,眯眼看了下,竟然挑唇一笑,罩着她的后脑勺往怀里一扣,顺势将她扯上榻,含糊地说道:"好姑娘,别闹腾……睡觉。"

他大概睡得糊涂,把她当成了什么"红粉知己"。顾佳期在被子里又蹬又踹:"睡什么睡?非要等到出人命吗?"

裴琅被她一脚踹到小腹上,顿时觉得很没意思,单手把她扔出被子:"就算是无事不登三宝殿,太后娘娘也得看看是什么时辰吧？"

他话音刚落，花厅里的西洋钟嗡然响了。顾佳期闭上嘴，低头盯着他，他也不回嘴，就这么躺着盯回来。那钟撞够了十二声才停下，顾佳期的一头急火也消了。

她悻悻地下地整理鞋袜，闷声道："就算你不喜欢朱紫庚，怎么也不救人？"

裴琅摊手道："他们跟她爹要东西，关我什么事？"

顾佳期瞪了他一眼："那分明就是要挟你。不然为什么不砍手指头，非要砍耳朵？"

裴琅还没睡醒，嘟囔道："耳朵怎么了？"

顾佳期顿了顿："……上头还有王爷送的耳坠子！"

裴琅不想理她，翻回去睡。顾佳期接着道："何况，王爷是什么样的本事？王爷若想要她活着，谁敢动她？"

裴琅懒洋洋地说："过奖了，盛名难副。本王倒想太后长命百岁，不还是有人把刀子往太后心口里捅？本王又不是土地仙。"

"王爷是为了什么不肯救人？有什么东西是见不得光、舍不得给人的不成？"

裴琅冷笑了一声，翻身起来披衣，嫌她挡路碍事，掐着腰把她拎到一边："这样的东西多得很，太后是问你自己，还是问旁的哪一件？"

顾佳期被气得七窍生烟，正待要说话，他抬起头，沉静的目光看进她眼里去："你替她这么上心做什么？又想装好人来替皇帝崽子刺探什么？直说。"

顾佳期噎了一噎，这才觉得风吹得脸冷，拿掌心焐了焐。

裴琅下地灌了杯冷茶，推门便走："半夜出来，活久了嫌腻？我去叫车。"

顾佳期在原地说:"她那日出事前,特意透风给我'王爷与家父有隙'。她知道自己会出事?她想让我把这个告诉陛下是不是?你们到底要做什么?"

裴琅一下子站住了,半晌才冷笑一声:"好大的胆子。"

他长出一口气,将门一脚踢上:"她还跟你说了什么?"

顾佳期在桌边坐下,并未答话。

裴琅知道这夜再难糊弄,也只好耐着性子坐下,倒一杯冷茶给她,字斟句酌地说:"倒也简单,你跟皇帝崽子透那么一句,他自然知道是我在搞鬼。"

顾佳期盯着他:"你做了什么?"

裴琅耸耸肩:"他们不授人以柄,我能做什么?我不过是拿了他们的结党诗文册子。"

原来那日夜宴果然是结党,宴席上酒过三巡,难免被裴琅煽风点火,他们大概弄了什么结社的诗文册,还没来得及反应过来不对,那东西已经被裴琅往袖子里一揣拿走了。

他拿着这个把柄,自然没人敢再跟他对着干,没了那帮撺掇归政的大员,小皇帝哪怕长了翅膀也只能由他捏圆搓扁。顾佳期气得头脑里"轰"的一声,但现下不是谈论这事的时候,她按住气将冷茶喝掉:"他们拿朱紫庾逼你,你就由着他们?"

裴琅漫不经心地拨着灯花,只拿余光瞟了她一眼:"这怎么是逼我?他们自己乱了阵脚,逼的是朱大人。"

"逼朱大人做什么?"

外头风紧,树枝"啪"地断了,掉到地上。裴琅看着她笑了一下,眼里却无笑意:"逼他卖女儿换册子,还能逼他什么?"

顾佳期愣了一阵,只觉得压抑极了。朝堂上的事向来又黑又脏,她觉得自己总像是拉着裴昭站在腥臭的旋涡里,站不直,跪不下。

　　她慢慢把那盏冷冰冰的茶喝光，起身出门。耆夜王府还是从前的样子，灯火明晃晃的，路劈得笔直，她认得路，却走得不快。

　　裴琅慢吞吞地送她出来，叫了一声："太后。"

　　顾佳期说："王爷有事？"

　　裴琅打了个哈欠："慢走，不送。"

　　三日后，一辆骡车驶出南城门。大理寺盘查严谨，勒令停车。这时，一卷草席从车上掉下去，席子卷开，里头是一具冻硬了的尸首。

　　耆夜王府的侍卫长陶湛其时正在南城门守着，他低头一看，那女子浑身是血，糊住了五官，面颊一侧少一只耳朵。他立时脸色一寒，将草席掩上。

　　朱紫庚一死，往昔铁板一块的官员们立刻崩了盘，党同伐异之事再难抑止，一时间朝中暗流涌动。

　　十月十七，皇帝在朝上大发雷霆，满朝文武噤若寒蝉。摄政王姗姗来迟，慢悠悠地"有本上奏"，把那写满了结党人名讳的册子捅进了皇帝怀里。

　　接下去的一个月，天气迅速冷了，几场大雪压透了长京，结党群臣被连根拔起。

　　李主簿按律当斩，恰逢岭南水灾，生民流离失所，皇帝开恩求福，将李主簿流放了事。出城当日，摄政王亲自送行，送李主簿一壶酒，以慰千里风尘。

　　酒瓮只有巴掌大，淡青颜色，装的是一壶甜淡的米酒。

　　裴琅坐在马背上，望了望淡白的天色，笑道："李主簿，酒不好吗？"

第九章 重过阊门

李主簿道:"王爷赐的,自然是好。"

裴琅笑着摸出马鞭,转身欲走:"许是贵人多忘事,这还是秋天时李主簿送到本王府上的。本王当是宝贝,不忍夺爱,原物奉还。"

李主簿脸色变了一变,突然跪倒,磕头如捣蒜。

裴琅理也不理,拨马挥鞭回城。

早朝时辰,金銮殿上皇帝的脸色并不好,人人都知道是因为什么——朱添漫是结党牵头人,按律当诛九族,可他偏偏是皇帝最倚重的师傅。

摄政王在御座旁冷眼扫了一眼阶下官员,有几个看着皇帝脸色要替朱添漫求情的,霎时将话噎了回去。

裴昭这日当真是带着怒气下朝的,他快步进了成宜宫,宫人迎上去解大氅,他脱下后径直一甩。

连青瞬都看出了不对头,正要问,看到他身后的人忙闭了嘴。裴琅慢吞吞地走了进来,见她便笑:"小青瞬,本王吃面,陛下呢?"

裴昭道:"面。"

顾佳期刚起来,握着手炉坐在桌旁,迷迷瞪瞪的,还未睡够,但很快被吓醒了——叔侄两人有好长一阵子不曾这样坐在一张桌子上吃饭了。

裴昭不多话,吩咐人去备马后就低头吃面,对顾佳期道:"母后,儿臣稍后出去一趟,一两个时辰便回来。"

裴琅跷着腿,慢条斯理道:"大理寺来回一趟可不止一两个时辰,一来一回天可要黑了。"

顾佳期听出话风不对——朱添漫就羁押在大理寺。

她没敢接话，裴昭却笑了笑："皇叔马快，那便劳动皇叔跑一趟。"

"做什么？"

"不做什么，朕不过想看一看朱师傅罢了，皇叔以为朕要做什么？"

裴琅不以为意："本王自然以为陛下要劫狱，还能以为什么？"

裴昭慢慢道："那大理寺是朕的大理寺，结党，冒犯的是朕。朱师傅是朕的子民。断案行刑，全应是朕的旨意。"

裴琅吃光了面，又要了茶，抬眼瞟了年轻人一眼："是吗？本王还当大理寺是长京百姓开的清水衙门，不然怎么朱师傅昨夜就被拉走了，陛下至今还不知道？"

顾佳期心里一冷，眼看着裴昭攥着筷子的手指用力得发白。他偏过脸沉声道："邵兴平。"

这事皇帝竟然全不知情。邵兴平吓得面无人色，小声说："奴才这就去问，陛下稍等片刻。"

裴昭淡淡道："朕要等到什么时候？"

等到十七岁，还是二十七岁、三十七岁？等到摄政王退位，还是等到万民拥戴裴琅？

邵兴平的冷汗一下子冒了满头。

裴琅哈哈一笑，将茶碗"咚"地放在案上："大理寺的郭大人当真远见，儒以文乱法，不愧我辈楷模。陛下、太后，本王告退。"

朱添漫果然昨夜就被调到了城外大狱。皇帝出宫倒便捷，可要出城就难多了，裴昭被摆了一道，插翅难飞，当即没说什么，转身回了书房。

冬日响晴，顾佳期坐在殿中，却觉得山雨欲来风满楼。

第九章　重过阊门

一连数日，朱添漫结党一案陷入没完没了的胶着。

摄政王在结党的人中转了一遭，如今把那文书往上一交，倒像没事人似的，酒照喝，肉照吃，还进献给皇帝一匹汗血马。

裴昭沉得住气，这日下了朝，竟然同摄政王一同去宫中后山跑马去了。

顾佳期等得心惊肉跳，直从天亮等到天黑，脑子里浮想联翩，一会儿怕裴琅一错手把裴昭捏死，一会儿怕裴昭被裴琅气得不肯回来。最后实在沉不住气，她自己差点套上鞍骑马去找，好不容易等到远处灯火幢幢，人声迎面，当中一个长身玉立的年轻人被簇拥着走来，正是裴昭。

裴昭把兔子往她怀里一搁："兔子丢了，母后也不知道？"

顾佳期在外殿等了一天，没留神兔子跑到哪里去，只好接过来小声问："陛下可还好？"

裴昭道："不好，后山风冷，儿臣有些受寒，也没打到什么野味，好在把兔子找回来了，也是喜事一桩。母后爱热闹，今夜多叫些人来用膳好了。"

他今早走的时候还是拧着眉的。顾佳期狐疑地问："陛下怎么了？莫不是真劫了狱？"

裴昭展眉一笑："母后又说孩子话了。大理寺的郭大人办案，儿臣哪里好真的干涉？不过是城外狱中阴冷，儿臣想送些被褥给师傅罢了。"

见顾佳期沉吟着不敢问，他笑着摇摇头："母后担心什么？皇叔一早就有事回府了。"

这日是初一，弯弯一弦月亮挂在天上。到了月上中天的时候，宴席摆开，裴琅却进宫了。

顾佳期在后头坐着，虽然想问他这一日来来去去的，葫芦里是卖的什么药，却不好当面去问他。裴琅这夜却也稀奇，并未沾酒，跟人说笑一阵，他便起身离席。

顾佳期没在意，过了一阵，青瞬送来一碗红糖酒酿小圆子，疑惑道："御膳房说是娘娘要的。娘娘几时要过这个？"

顾佳期小时候最爱吃这个，当下蓦地明白过来。

这个节骨眼上，顾佳期一点也不想惹裴琅，但她一肚子疑问，总想扯住他问个清楚。一碗小圆子摆在面前，就像老虎爪子在心里轻轻挠似的难受，于是顾佳期三句两句找个由头离了席。

成宜宫后的暖阁里栽着一株株玉兰花，花长得比人还要高，正被热风熏得冒了花骨朵，月白的蓓蕾上点染着浅紫颜色，裴琅就负手站在那里。

月色很淡，灯影摇摇，他的背影又高又瘦，顾佳期不知为何，在那背影上看出了些风雪似的"孤独"。

她觉得自己这想法很怪，因为天底下的人中恐怕只有裴琅最不怕孤独。

这么安静的暖阁，他果然回手一招就把安静打碎了满地，很亲近地叫她："小太后，来了？站那么远做什么？过来。"

等她过去了，他低头看着她，又笑话道："往日不觉得，往这里头一站，才觉得太后还没花盆高。"

顾佳期任由他笑话，末了才开口："王爷把陛下逼得这样紧，有什么意思？"

裴琅摊手道："好玩。"

顾佳期道："王爷这些年兵权在手，权倾朝野，陛下又小，尚无子嗣，那个位子迟早是王爷的。既然唾手可得，又何必欺人太甚？"她顿了顿，"陛下就那么一个师傅。"

裴琅饶有兴味地听她说，却问道："这花什么时候开？"

第九章 重过阊门

顾佳期道："花匠说总还要大半个月——王爷，别打岔。我和陛下没有什么宏图，不过图个河清海晏，全身而退。王爷想要什么东西，想要什么人，自可以拿，可是……"

裴琅没让顾佳期说完，摸着花枝静静地注视着她，旋即轻轻抬起她的下巴，俯身吻住双唇。

他唇舌之间又是那种甘苦的木香。顾佳期头脑一空，残存的理智在心里撞了半天，她终于"呜呜"地推了他一下："做什么？我还没说……"

"别说。"他扣住她的后背，把人从腰后揽住。

他用了些力气，顾佳期觉得被箍得有点疼："你松开我，你发什么疯？"

裴琅死死地把人搂在怀中，声音沙哑低沉："大半个月？时间有些紧，你看过那什么花神的话本子没有？天子下令，叫花开得慢些，真有这事就好了。"

外面是推杯换盏的笑声，透过门缝钻进来，花香也透过门缝跑出去。

顾佳期轻轻喘着气，仍试图挣开他："你胡说八道些什么？放开，有人要进来的！"

裴琅反倒搂得更紧，仍在胡说："看见也好，到时候本王出高价保你回府，从此系在身边弹脑瓜崩玩……"

外头人声渐近，顾佳期有些紧张，小声说："你叫我出来就为了胡说八道？我的正事还没有说完……你……王爷！"

裴琅在她耳朵上狠狠咬了一口，恨恨道："没良心，就知道那小崽子。不过倒也是个法子，将来不管出什么事，你就跟那小崽子一处待着，就算国破，也能保命。"

顾佳期总算挣开他，真的有些不快："你胡说什么？"

她抬脚往外走，裴琅"啧"了一声，伸手来抓她，她闪身躲过，大步向前，门一推开，便愣在了当场。

门外是裴昭，裴琅就在她身后。成宜宫的暖阁狭小，两人独处时做了什么一目了然。顾佳期的衣襟还有些乱，耳朵红红的，唇上的胭脂也残了，她霎时觉得推在门上的手发烫。

殿外灯光摇曳，裴昭的表情也变幻不定。

顾佳期不知要如何交代，慢慢往出迈了一步，反手要掩上门，把裴琅挡在里面。

"母后。"裴昭轻轻叫了一声，注视着面前的人。

她有些狼狈，腰带松了，目光躲闪，可她这样子他看过无数回了。她没有办法，他从小就知道。

黑黢黢的宫中四处都是寂静，隐约传来低语和抽泣。

顾佳期莫名觉得这样的场景似曾相识。上一次是很多年前，她在顾家的祠堂里，族人跪了一地，她站在中间读着战报："潼关告急，裕河告急，军粮告罄，援军不足，将军重伤……"

祠堂里的烛火昏暗跃动，就如此时。

裴昭手里的纸页簌簌响着，少年立在庭中，慢慢告诉她："母后，北方打仗了。"

冬日干冷，北方边境外万物凋敝，蛮族饥寒交迫，越发穷凶极恶，一夜之间便打进了国防线。

驻守北方的是神策军，可以支援的也是神策军，如今最得力的武将全出于神策军。耆夜王掌神策军符，次日清早，天蒙蒙亮时便要启程北上。

顾佳期突然明白裴琅今夜是来做什么的。他的消息比裴昭快得多，想必在早间就已知道了，一日不见人影，也是在预备启程。

他是来道别的。

他们这样纠缠了七年，到了这个时候，他竟然会来跟她道别。

次日没有下雪，再次日也一样。顾佳期推开窗户的时候，往很远的地方看，触目都是朱红的宫墙。

现在不会有个人坐在外头的墙头上等她了。

裴昭说："母后，窗户关得小些，当心着凉。"

那天的事，裴昭见过，却像忘记了一样，为她留了面子，从来不提。顾佳期知道他聪明，看到那日情状，自然什么都明白。可是眼下战火蔓延，没人有心思琢磨那些。

她抽身回来，心不在焉地用完了饭，突然问他："陛下有没有读兵书？"

"有的。"

"要好好读。战场上的事瞬息万变，有时将在外，并非不受君命，是不得已而为之，陛下要懂。"

裴昭追问："母后是想起了顾将军？"

顾佳期勉强一笑。

◇
第
十
章
◇

似此星辰

北境关外的冷,她现在还记得,这阵寒风不过是九牛一毛罢了。
裴琅就在那样的地方,生死未卜。

第十章 似此星辰

朝中的大事全变得没那么紧急了，只有战报像雪片一样飞回长京。

战马递信到驿站，一程程向南，军驿呈给宫中。裴昭在朝上展开来看过，回书房商议，青瞬再去书房旁敲侧击，等传到顾佳期耳中已经是三五日前的消息。

战事日日吃紧，让人无端想起几年前蛮族入侵的那一次，边境百姓都惶惑起来。

但耆夜王比起当年解帝都之困的神将顾将军，有过之而无不及。

十二月初五，神策军用计将蛮族大军引入金部山山坳，前后连环，绞杀主力，生擒蛮族皇子，大获全胜。

消息传到成宜宫，顾佳期轻轻松了口气，终于有心情出去走走。

小宫女们议论着："王爷什么时候回来？"

"我听闻是八天后……到时候陛下要到城门去迎的。"

回京的日子比预想的晚了两日。

十二月十五日，皇帝与太后到城北华荣门亲迎神策军凯旋，城中百姓夹道欢迎，人声鼎沸。

顾佳期在城墙上站着，极目远望，只见一条长龙走向城下的裴昭。为首一人下马便跪，禀报了几句什么，裴昭默默听了许久，突然回头向她看来。

他的目光安静得没有一丝情绪，顾佳期心里一跳。

青瞬气喘吁吁地跑上来，小声道："娘娘，王爷……王爷没回来。"

耆夜王捆了蛮族皇子，凯旋收兵，可遇上了偷袭。那镇子上有道深河，桥梁被蛮族骑兵烧毁，神策军回援不及。耆夜王胸前中了一箭，被蛮族皇子拖下水去，就此与他们断了联系。

寒风一阵阵吹过城墙，顾佳期额上有几缕碎发被吹动，挡住了眼。

过了许久，她才胡乱拨了一下，露出略有些茫然的眼神，话声轻薄，几近求助："青瞬……我没有听懂。"

青瞬道："王爷福大命大，一定活着……大概还在北边。"

又过了半晌，顾佳期揉了揉眼睛，指着下头黑压压的兵士："主将未归，那他们回来做什么？"

耆夜王生死未卜，神策军为复君命，回旋长京。皇帝当夜便派出了一支精锐，命人突破重围，带回耆夜王，以慰军心。

这日十五，正是月圆。裴昭从书房出来，想了想："去趟成宜宫。"

邵兴平素来知道太后的起居："陛下，太后今日已经睡下了。"

裴昭道："朕去看看。"

宫里熏着安神助眠的香，顾佳期果然已经睡了。裴昭在榻边站着，低头看去，珠光氤氲，她小小的侧脸倔强而温柔。

他看了一会儿，转身要走。没想到顾佳期睡得不稳，光亮一晃就醒了过来。她立时坐起身，那盏小灯被风一掠，一下子灭了。她很警醒，冷声喝问："什么人？"

裴昭道："是儿臣，儿臣把母后惊醒了？"

顾佳期松了口气，揉揉眼睛："陛下怎么来了？……哀家去叫人来点灯。"

他们两个是一样的毛病，在黑夜里过得久了，如今连睡觉都要亮着灯。

裴昭连忙道："儿臣来点。"说着就把灯点着。

顾佳期迷迷糊糊的，裴昭便拿了茶给她："儿臣这便走了。"

他走到了门口，顾佳期又叫住了他："陛下。"

"母后吩咐。"

"派出去的那支精锐，可有万全把握？"

裴昭道："母后，这世上没有万全之事。"

顾佳期打了个哈欠，盘算着说道："倘若王爷回不来，外头便要传陛下的不是了。陛下可明白这个？"

事已至此，倘若裴琅真死在外头，自然叫人疑心是皇帝授意。

裴昭一笑："儿臣告退。"

顾佳期其实并没有睡着，只是翻来覆去，累极了，便打了个瞌睡，被裴昭这么一闹，反倒更加睡不着了。虽然冬夜极寒，她还是爬起来，光着脚走到窗前，把窗户推开一道缝。

寒风一下子透了进来。她被吹得一个激灵，下意识地拢住了衣领。

这样冷。

当年母亲是在军中生下的她，之后不过几年，母亲便去世了。她小的时候跟着父亲在北境待了许多年，回了长京才知道，原来天下还有这样的好地方，冬天也不太冷，夏天也不太热。

北境关外的冷，她现在还记得，这阵寒风不过是九牛一毛罢了。

裴琅就在那样的地方,生死未卜。

顾佳期前几年总是不想见到他,因为总是不知道怎么应付、怎么周旋,裴琅很凶,脾气又大,他不想顺着她的时候,总是很难伺候。

这些日子因为朱紫庾的事,她鬼使神差地多少有点冒进,裴琅最讨厌她把自己当回事,吃飞醋,顾佳期也很讨厌自己这样。

但他也许真的再也不会来见她了。

她在窗前站了许久,直到打更的声音又过了半天,才拖着身子窝回榻上。

那安神香熏极浓,困意渐渐涌上,顾佳期往锦被中缩了缩,闭上眼睛,恍恍惚惚想起,刚才窗外的月亮很圆,今天是十五。

才过去四个月。中秋的时候,他们在这里吵了一架,最后不记得有没有喝梨花酿。

顾佳期是喝着这样的烈酒长大的,那年回到长京,再喝什么都没味道,也是裴琅带她去喝酒。米酒铺子离将军府不远,闻起来又甜又香,她捧了那青瓷小酒瓮,一喝就笑了:"你这么大的一个王爷,拿糖水糊弄我?"

裴琅把糖水罐子拿开,回手敲她一个爆栗:"瞧不起谁呢?这后劲够放倒八个你。"

顾佳期不服,她昂首挺胸地去逛街,没走几步就现了原形,摇摇晃晃地停在米糕摊子前,比一根手指:"一个。"

摊主道:"好嘞——姑娘要什么馅儿的?玫瑰豆沙……"

顾佳期眼圈红红的,笑道:"韭菜。"

摊主疑惑:"啊?"

裴琅啼笑皆非,把她扯起来就走。顾佳期还在颠三倒四地捣乱:"我要吃米糕……"

裴琅塞了个韭菜包子给她，她安安静静地吃了起来，末了又被噎住了嗓子眼，裴琅又塞给她一杯茶。

　　顾佳期蹲在路边喝，裴琅叉着腰摇头："让人卖了还给人数钱的笨蛋。"

　　她抬头反驳道："胡说，你才是笨蛋。"

　　"哦？你不是？有什么本事，说来听听。"

　　顾佳期嘿嘿笑了："我会骑马、打架、认路、辨风。哦，我还会雕玉呢。"

　　"没听说过。你雕什么宝贝了？"

　　顾佳期红着脸颊，眼睛亮晶晶的，神神秘秘地朝他招招手。

　　裴琅弯下腰去，听她小声说："雕了一个可以挂在……哎呀，现在不能告诉你。"

　　裴琅"哦"了一声，顾佳期东倒西歪地站起来走了。

　　他在原处站了半天，突然明白过来，三两步追上去，一把拉住了她的辫子，她"啊"了一声，回手就打："松开！"

　　"臭流氓"笑歪了嘴，兴奋得眼睛都亮了，逼问她："给我雕的？拿来，快点。"

　　顾佳期捂住眼睛："你松开……弄疼我了！"

　　他还当顾佳期真哭了，连忙松开，没想到顾佳期是装的，这下她拔腿就跑，手脚并用三两下翻过院墙，对他做了个鬼脸。

　　那时候是深秋时节。裴琅连生辰都霸道得很，是正月初一，顾佳期也真耐得住性子，直到过完了腊月，过完了除夕，到了正月初一才给他那块玉。

　　大年节下，府里全是亲友，顾量宁拎着小孩子们四处拜年，顾佳期要出来一趟不容易，到了夜里才翻出院墙，在墙根下哆哆嗦嗦地等。

想来宫里的规矩比将军府大得多,裴琅大概是被绊住了,很久都没露面。直到月上中天,都快到子夜了,马蹄声才渐近。

顾佳期本来都快要睡着了,坐在墙角里,脑袋一下一下的,困得睁不开眼睛,一听马蹄声她就清醒了。她怕裴琅骂她满地乱坐,连忙要站起来,偏偏脚麻了,衣服又厚,难免笨手笨脚,愣是没能起来,坐在那儿挣扎。

裴琅坐在马上,居高临下地盯了一会儿坐在墙角里的小姑娘,见她冻得脸通红,嘴发紫,可怜巴巴地捏着脚踝不敢说话,却是一点怜香惜玉之心都没有,只知道伸出一只手来:"雕的东西呢?给我。"

顾佳期裹得像只粽子,在身上东摸摸西摸摸,又说:"你扭头。"

裴琅红了一下耳朵,扭过头去,她解了大棉袄去摸里面的衣服,愣是找不到,急得满头汗。

裴琅问:"到底有没有?没有我走了。"

顾佳期说:"有的,有的,你等一会儿。"

她翻墙回屋子里去找。表姐妹们在她房里打牌,十分热闹,都问她:"小佳期,你出去胡闹什么?长京不是塞外,想去打野兔子可是不成的。"

顾佳期急得火烧火燎,赔着笑找玉雕,最后也没找到,出了一身汗。她想来想去没办法,只好硬着头皮费力地再翻出墙去,气喘吁吁地说:"找不到了……我、我请你喝酒吧……"

裴琅没搭话,她这才看见,他手里捏着那块白玉雕,大概是她刚才就掉在地上了。

玉雕很粗糙,她雕坏了很多块才有一块勉强能用,上头是一个月亮、一座山和一坛酒,并两个字:"盈手。"

他捻着那块玉牌站着,夜里光线暗,看不清纹路,只看得清雕工拙劣。他一言不发，皱着眉头。

顾佳期一下子就脸红了，她在地上磨了磨脚尖，蚊子哼哼似的说："算了，你还给我吧，还是请你喝酒好些……哎，你怎么走了？"

裴琅翻身上马，一夹马肚子，头也不回地摆摆手："本王听话，这就还寝梦佳期了。"

当时顾佳期被逗笑了，再翻回墙里去，已经没了玩闹的心思。

顾量殷没有回长京过年，顾量宁正在打点御赐的东西，遣人给他送到襄平关。

顾佳期说："姑姑，我也想去。"

顾量宁道："说什么呢？不行。"

顾佳期说："爹爹去年也没有回来，我两年没见过爹爹了。"

顾量宁经不住她软磨硬泡，最后答应只许到襄平关，不许出关到北境，于是叫人看紧"皮猴子"，把她送了出去。

那些御赐的东西无甚稀奇，只是些金锞子、流苏坠，图个吉祥。但也是这些东西，后来成了顾量殷的一桩罪状——因为他们的车子被劫，东西四散，正是"大不敬"。

顾佳期跟山匪打了一架没能打过，还要纵马带人去追时被家人按住，只好在襄平关等顾量殷。

顾量殷三天后到了，扳过她的脸看了看，笑道："蛮族的姑娘在脸上刺青，你在这里也刺一道，就看不出来了。"

顾佳期破涕为笑，缠着顾量殷带她去吃东西。

顾量殷在襄平关陪她过年，顾佳期很高兴，正逢年节下，各部都有将士来拜会，顾佳期跟这些叔叔伯伯闹腾惯了，拿着肉干喝着酒吹牛。正巧又有人敲门，她蹦蹦跳跳地去开门。门一拉开，外面风雪裹着一高个青年，穿着黑甲，挎着长刀。

——竟然是裴琅。

裴琅也愣了，显然也不知道顾佳期在这里，一时没有说话，眼睛盯着她脸上的伤——厚厚的一片瘀青，从额角蔓延到眼下，看着很吓人。

顾佳期全没料到会在这个地方见到他，惊讶之大，非同小可，嘴里的肉干一下子掉了，她连忙弯腰去捡。

"小王爷怎么来了？"

"我没告诉你吗？王爷此次亲自押送军饷出关。"

"这事还用得着劳动王爷？"

"这就要怪顾将军了。王爷从小最仰慕顾将军，这不就是为了来瞻仰顾将军的英姿吗？对了，王爷，这'皮猴子'就是顾将军那个闺女。小佳期，还不见过王爷？"

裴琅弯腰捡起肉干来，盯着肉干上的一个小牙印憋笑。

顾佳期满脸绯红，行了个歪歪扭扭的礼："……小女见过王爷……"

裴琅小声笑了，随即走进里头去坐。顾佳期深呼吸一口，逃也似的溜走。

顾量殷给她开了客房，顾佳期头一次不用偷偷摸摸翻墙去见人——这回是裴琅趴在窗户外头见她，见面就又盯着她的脸："疼不疼？"

顾佳期赶紧摇头，又改成点头："好疼，都不敢告诉我爹爹。"

"怎么回事？"

顾佳期把当时情状说给他听："……我还打折了一个人的肋骨呢！"

她手舞足蹈的，裴琅避过她的拳头，又看她的手。她手上也是又红又肿，破了皮，裹着布带，涂着伤药。

他皱着眉伸出手,似乎想摸一下那星星点点的伤口,却终究只是给了她个脑瓜崩:"用你逗英雄了?今后出门带上陶湛。不许说不带!"

陶湛永远跟着裴琅,顾佳期那时候最烦陶湛,嫌他煞风景:"我不要他。"

裴琅才不理会,又摸出药丸来给她:"吃了好好睡觉。"

他说完就要走,顾佳期"哎"了一声,声音又娇又俏,像并不熟练的撒娇。

他只好回来:"做什么?"

顾佳期问:"你怎么来了?"

裴琅奇道:"你当我是为了来找你?得了吧,没有的事,是公务,就是这么巧。我都不知道你来这里的事,你姑姑告诉全长京你在家学女红呢,我都没好意思打扰你学习。"

顾佳期对女红一窍不通,当下红了红脸。

裴琅笑道:"行了,我头一天知道你不会女红吗?嚯,真冷,我回了。"

他跳下了一楼,顾佳期又喊:"回来!"

他这次头也不回:"直接说!"

顾佳期指着他腰间的玉佩,脸红得都结巴了:"那个……那个东西!收……收起来!"

裴琅哈哈大笑,竟真的收起来了,最后也没被顾量殷看见。

那次是裴琅跟她一起回长京。顾佳期当惯了"皮猴子",原本脸皮就很厚,但想到要把自己和裴琅的事告诉顾量殷就头大得厉害,直到临行都不让裴琅说实话。

裴琅看她都快哭了,也一直没说。

所以临行时顾量殷还把顾佳期拉到一边,小声叮嘱她:"男女有别,懂不懂?"

顾佳期看着一旁的裴琅,后者正在憋笑,她闷声答应:"……懂。"

顾量殷给她一把短匕:"虽然王爷是个正派人,虽然你长得很难看,但你好歹是个姑娘,总要存着小心。给,他敢动你,你就捅他,有事爹扛着。"

顾佳期哭笑不得,路上无聊,把匕首拿出来玩。

裴琅早就摸进她的车里来了,见状便笑:"你爹给你防身的?"

"你离远一点,我爹说了,你敢动我,我就捅你。"

裴琅一手扯过她的辫子:"捅一个看看,本王要你以身相偿。"

顾佳期张牙舞爪地伸匕首出去,裴琅哈哈大笑,真把脖子送过来。

那冰寒的刀刃碰到他的喉结,顾佳期没来由地一抖,心底有些油然的害怕。她蓦地变了脸,说话都结巴了:"别……你别这样。"

裴琅见她害怕,不以为意,把她往车壁上一推:"小小年纪,心眼像个马蜂窝。睡觉。"

顾佳期这几天野得疯了,确实很困,马车摇摇晃晃,不多一会儿她就睡着了,一直睡到天黑才睁开眼。

裴琅不在车里,可车还在走着。她很疑惑,叫道:"停车!"

马车不停,穿过林雾向前奔去。路漫长无比,好像一个梦。

顾佳期觉得不对,又觉得害怕,推开车门叫道:"夜阑!"

马车夫不在,护送的人也不在,四周都是阴沉沉的夜幕。

顾佳期心如擂鼓,她跳下车去,回头向后走,深一脚浅一脚,随后猛地站住了。

前面站着一个男人,背对着她,又高又瘦,提着把豁了无数口子的长刀。

那个"裴琅"身子晃了晃,突然向后倒去。

月光洒了一地,照得他脸上、身上的血红得近乎妖异。顾佳期想要尖叫,喉咙却像堵住了,只能慌乱地跪在地上:"你醒醒……你……"

那些血沫都冻成了冰。顾佳期看不清他的脸,上气不接下气地试图用掌心的温度融化那些血冰,却听"当啷"一声,半块玉佩砸到了地上。

顾佳期伸出手去,可是玉佩落在沼泽里,和着碎冰沉下去。她放声大哭:"你不要就还给我!还给我!你为什么——"

"娘娘?娘娘!"

青瞬一早听到里间动静不对,连忙来看,却只见顾佳期被梦魇住了,气都喘不上来,最后青瞬只好掐着她的人中把她弄醒。

顾佳期"啊"了一声,像是痛极了,失了魂似的坐起来。青瞬吓得面色如土,忙凑近关心:"娘娘怎么了?什么为什么?"

顾佳期满脸是汗,茫然地扫了一圈成宜宫,目光停在暖阁后头的玉兰花上。

那些玉兰花的花骨朵裂开了,却不曾舒展花瓣。

她哑声问:"……我不知道,他把那东西弄哪儿去了?"

青瞬见顾佳期的眼神直勾勾地,知道有些不对,说:"奴婢去弄些茶来,娘娘歇一歇,明日叫太医来看……娘娘?"

顾佳期突然翻身下床,随手扯了大氅披上,很利落地向门外走去。

青瞬跟在后面吓坏了,连声问:"娘娘去哪里?这大半夜,外头冷得很,有什么事,奴婢替您去办……"

出了角门便是一道长街,顾佳期头脑中一片昏蒙,被风吹得念头杂乱:他要是死了,尸首回不回得来?要葬在哪里?她总该给些东西随葬，可她没有什么东西好给他。那块白玉佩，她再也没见过，他放到哪里去了？若是扔了，她似乎不该再多此一举弄什么随葬……可她要怎么弄清楚这个？

顾佳期晚上没吃东西，腹中空空地闯到街上骑了一阵马，下马后就扶着墙角搜肠刮肚地吐了一场。

她吐得腰都直不起来，却有人扶了她一把："太后娘娘不该在外头，属下送娘娘回宫。"

竟然是陶湛。

顾佳期又咳了一会儿，喘着气问："你没走？"

"回禀太后，是。"

顾佳期心里突然刮了一阵火，劈头盖脸地骂他，也不知道自己怎么那么蛮横无理："你为什么不跟他去？倘若你在，也许他碰不上那样的事，也许他——"

陶湛一言不发，静静地听着。顾佳期说到这里，突然住了口，半晌才问："他叫你留在这儿守着我，是不是？"

陶湛没说话，她突然拔高了嗓门："是不是？"

她脸色苍白得很，可是眼里亮闪闪的，是眼泪。

陶湛顿了一下："不是。王爷命属下看着太后，是为免太后做出败坏王爷名节的事。娘娘，请。"

顾佳期没应，怕眼泪掉下来，低头哽咽了一下，拿手比了个小小的形状："我、我给过他一块玉佩……我雕的，大约是这么大，你见过……他放在哪儿了？他把那个扔了没有？"

她一抽一抽地哭着，眼圈通红。

陶湛过了很久才回答："什么玉佩？我不记得。"

这里离着夜王府已经不远，顾佳期一把甩开了他。她爆发出的力气很大，陶湛一时没防住，被她闯进门去。王府里侍卫很少，顾佳期径直冲进上次来过的卧房，陶湛在后面大喊："太后！"

顾佳期闩上了门，使劲擦了下眼睛，擦得眼眶生疼，然后就回身开始翻找起来。

桌上的茶杯还是上次用过的那一套，裴琅这个人不爱看书，摆着的书已经落了灰。她翻找了一遍，然后又找了多宝格、木箱子、床榻……

顾佳期找到最后，手上已全是灰，她胡乱擦了几下眼睛后，双眼又酸又痛。

"砰"的一声突然响起，陶湛破门而入，一看满室凌乱便皱了眉，拉起她来："别找了，没有。走，回去。"

顾佳期垂着头，眼泪像断了线的珠子一样往下掉，胸口剧烈地起伏，终于放声哭了出来。她咬着牙挣扎："你松手！我不回去……我不回去！他要我待在那里头，我一点都不喜欢！你叫他回来，我要他还给我！叫他——"

"王爷不欠娘娘什么！"

她比他的声音更大，眼泪"啪啪"砸在衣料上："……叫他把我的心还给我！"

顾佳期皮肤娇嫩，眼角都擦破了皮。陶湛冷眼看她哭了一会儿，直到她终于没力气了，才把手一松，任由她跌坐在地上，冷声道："我早就说王爷眼瞎。"

见顾佳期哭得背脊不断抽动，陶湛继续说："王爷当年尽可以在外头称帝，偏偏死都要回来——为了回长京平乱勤王，整支大军在山里困了半个月，他后心上的箭伤都沤烂了，倒真是去了半条命。"

顾佳期想起裴琅背上那道疤，心里狠狠地抽了一下，抽噎着抬起头。

陶湛偏偏冷笑了一下:"什么勤王?乱子一起,你是顾家余孽,不管谁登基,你都是第一个死,他就是要护着你。你撇下他进了宫,他气成那样,还是一点办法都没有,还是要护着你。……可依我看,你压根没想好好活着。半夜跑出来,叫人发现了,不是找死?"

顾佳期不知是哭是笑,讥诮地"哼"了一声:"我找什么,你不知道?若不是你们把我塞进那里头,我怎么至于要被你们算计?"

陶湛抱臂:"我们算计太后什么了?"

顾佳期咬着牙:"又是搅黄结党,又是捏死朱添漫,把朝上弄得乌烟瘴气……陛下难道是什么文曲星下凡,怎么招得你们这样顾忌?"

陶湛忽然深吸了一口气,冷笑道:"朝上本来就乌烟瘴气。"

顾佳期愣了一下:"你是什么意思?"

陶湛没有说话,顾佳期在沉默中呆立了半晌,突然神情一动,犹如被一束白光劈上天灵盖,一时间喉咙里像堵了什么东西,连话都说不出。她慢慢喘了口气:"朝中是不是……还有郑皇贵妃的人?"

那些人惯于借着天子的名头做自己的事情,一旦被他们扳倒了摄政王,就只余下皇帝被他们挟制。裴琅一口气将江底浪搅了个沸反盈天,看似是乱臣贼子铁腕摄政,实则在为裴昭清路。

一将功成万骨枯。顾佳期想过,倘若裴昭大业功成,她就算是那"万骨"中的一具,哪怕路远山高,闷头走下去就是。可她从没想过,会有一个人给她垫背。

看顾佳期愣着,陶湛理了理袖子:"左右他也死了,我不说死人的坏话,也犯不着替死人卖命。太后,好自为之,在下不奉陪了。"

第十章 似此星辰

他"砰"地关了门,真的走了。

顾佳期在黑魆魆的房间里坐了很久,她抱起一坛酒,慢慢出了府,绕过长街,在路口走错了很多次,总算找到了从前顾将军府的所在。

这地方的大门仍然封着。她没力气翻墙,找了梯子来爬了上去,抱着树枝滑下地。

天井里还摆着鱼缸,顾量宁就喜欢在这个地方训她,因为外人听不见。

顾量宁死时,顾佳期已经进了宫,很久之后她才知道此事。顾佳期不知道她的棺木那时停在哪里,但总觉得应该不是前面的花厅,应该是这里,因为顾量宁嫌闷,家人总该懂她的。

顾佳期在阶上坐下,胃里翻涌得难受,她抱着膝盖坐在一旁。

她还有这么一个家,可是人散了,门锁了。再有人欺负她,她找不到堂表姐去哭,也找不到兄长带她打架,没有顾量殷出馊主意,也没有顾量宁叉着腰点她的脊梁骨。

裴琅总是骗她"你是顾量殷的女儿",可倘若不是他,"顾量殷的女儿"也不是什么光彩的名头。她就算没淹死在太液池,也有别的死法。

现在连裴琅都没有了。

圆圆的月亮从头顶落到东边,风又凉又重,把她的四肢一寸寸冻僵。顾佳期到最后是真的动不了了,只能抱着小腿,把头埋进膝间,像只吓破了胆的鹌鹑。

不知过了多久,肩膀上稍微一沉,一张大氅裹了下来。

裴昭从后面抱住她的肩膀:"朕带你回家。"

没有旁人在,但这姿势很暧昧。

小皇帝从来没有透露过一言半语的喜欢,但在这样一个夜晚,他只用一个姿势,把所有的话都说尽了。

明明是很令人惊诧的事情,可顾佳期累极了,一点惊讶的力气都没有。她只是有些麻木地想,裴昭大概知道她半夜出宫去了哪里,也知道她又是为了什么躲在这里哭。

她只是很漠然地说:"那不是我家。"

裴昭抱得更紧了些,将下巴搁在她的肩窝,语气温存而笃定:"今后就是。"

顾佳期足足坐了两个时辰,腿脚都僵着,打不开也伸不直,人是无神的,不断掉着眼泪。

裴昭把手穿过她的膝弯,轻轻揽起她,小声地问:"不哭了,好不好?"

裴昭亲自抱她上车回宫,太医早在那里候着,一盏参茶灌下去,顾佳期总算动了动,推了药碗,哑声说:"辣,不要了。"

裴昭耐心地安慰她:"好,喝完这口就不要了。"

顾佳期又抿了一口,裴昭顺着她的意思将人全都带走,任她蜷在被子里发呆。

一直出了成宜宫他才站住脚,将手里的灯递给邵兴平:"如何?"

太医斟酌着用词,道:"太后娘娘是伤心过度,郁结在心里,风寒倒是小事,只是这心病拖得久了,恐怕……"

裴昭淡淡道:"朕知道缘故,说法子。"

太医忙道:"不过是多散散心,若有合得来的朋友,多说说话,出去走走……"

裴昭应了,只是这深宫里头高处不胜寒,不知道可以去哪儿走走,也不知道可以跟谁说话。还有,他从不知道顾佳期有什么朋友,他也没有。

太医还在絮絮叨叨地说着,裴昭拍了拍肩:"劳驾多看顾母后,朕明日再来。"

是夜,太医便留宿于成宜宫暖阁,以便随时看顾。次日,皇帝果然一下朝就来,陪侍到午间才走,夜间又来一趟,看着太后吃了药,这才起驾回宫。

搜寻耆夜王的精锐仍一无所获,太后足不出户,这场病一连拖了四五日,宫里渐渐起了流言蜚语,但很快便被压下去,只剩下小宫女们坐在阶上议论着皇帝的纯孝。

太医却渐渐悟出了门道——太后这不是足不出户,是出不去。

宫廷禁卫森严,一次能出去,再往后就是插翅难飞。

皇帝这夜再来,太医便不敢再多说,兀自诊脉下药。顾佳期不说话,裴昭也不说话,太医战战兢兢,告了退转身便走。

门在他身后关上,室内便有些暗。裴昭点了灯,听她在身后问:"他回来了吗?"

裴昭把成宜宫变成了一只铁桶,顾佳期并没有生气,也没什么话说,但她每天都会问这么一句。

裴昭照例答:"皇叔没有消息。"

顾佳期打了个小小的哈欠:"好,我要睡了。陛下不走?"

她的脸上透着苍白。眼下被禁闭在宫中,不用见人,她索性连深衣都不穿,只穿了件寻常袍子,腰带松松系着,越发显得瘦。

裴昭点点头:"走,明日再来看你。"

顾佳期一直是这样魂不守舍的样子,他也连带着心事重重,虽然舍不得走,却仍是到了门边,突然听她说:"这样很不像话,陛下打算关我到什么时候?"

裴昭想了想:"我怕你走。"

"孩子话,我走到哪里去?"

裴昭笑着回头看她:"我若是知道你要去哪里,还有什么可怕?"

顾佳期也笑了,又疲倦地揉揉眼睛:"这样不是办法,我毕竟是……"她顿了顿,"陛下不该有如此情愫。"

裴昭很坦然:"我若是知道如何控制,就不会让你问这句话了。"

顾佳期被他绕得没有办法,往榻上一躺,喃喃道:"你可是皇帝……要什么样的女人没有?我早就该听你皇叔的,给你找十个八个妃子放在宫里,这倒好了,骑虎难下。"

裴昭走回去蹲在榻边,隔着衣裳摇了摇她的手腕:"别说胡话,我不要十个八个妃子,一个都不要。"

顾佳期道:"你一个妃子都不要,天下人怎么说我?"

裴昭想了想:"那便要。只要你不走,十个也可以,八个也可以。"

顾佳期揉了揉额角,很发愁:"我又没有地方去。"

裴昭道:"那就正好,我也没有地方去。"

"我可是太后,你毕竟是皇帝。"

"嗯。"裴昭很安静地看着她,"我都知道,我没有想要怎样。"

两个人前言不搭后语地说着话,顾佳期渐渐困了,说着说着,眼睛合起来:"……他什么时候才回来?"

裴昭道:"快了,你好好睡一觉,很快。"

顾佳期喃喃道:"他……等他回来,你不能错怪他。"

那药里按照裴昭的吩咐,有些安神的东西,药力上来,每日到了这个时辰,她总要睡了。

裴昭不欲惊扰,小心地退了出去。

邵兴平在殿外等着,将一张从信鸽脚上解下来的纸条交给他,一面小声禀报:"北边来信,说是搜寻王爷人手不足,请求陛下调兵增援……"

裴昭草草看了,便递还给邵兴平:"不调。"

邵兴平道:"还说早先抽调的那批精锐不十分得用,时常于搜寻中——"

裴昭一眼扫过来,带着些冷意。

他就是要摄政王死在外头。

邵兴平下意识地住口,蓦地出了一身冷汗。

他木然地接着说:"若是如此,陛下可要担恶名……"

裴昭对此不置可否:"成王败寇。"

邵兴平仍觉得心尖发冷,他瞟了一眼成宜宫的殿门:"可太后……"

他一晃神,眼见裴昭竟然已经提步走了,连忙追了上去。

次日裴昭再来,已经入夜,顾佳期正在吃一小碗红豆粥:"陛下。"

她今天稍微用了一点胭脂,虽然穿着很寻常的月白色袍子,但就像诗文里写的花精一般,近乎夺目。

裴昭晃了晃神,在她对面坐下,自己交代道:"早间有事耽搁了。"

他还是那副平淡的样子,顾佳期笑了:"陛下不必跟我交代,更不必晨昏定省地前来。"

裴昭也是一笑:"你不问是什么事?"

他已经不再叫"母后"。

顾佳期装作并未察觉,顺着问道:"什么事?"

"今天是小年了。"裴昭叫人拿进点心来,"这是早间外头进贡的，说是很好，你尝一尝。"

顾佳期喜欢吃这些东西，甜蜜柔软，解忧忘愁。

她捏着云片糕吃，裴昭点了点自己的脸颊："你用了胭脂。"

顾佳期摸了摸脸："是不是太重了？我许久没有用过，拿捏不准。"

裴昭笑了："不重，很好看。"

顾佳期想起什么，突然眼前一亮，跳下椅子："稍等。"

不多时，顾佳期抱了一小坛酒回来，像是什么宝贝似的，介绍道："梨花酿。这可是好酒，我那年回长京时拿的，一直舍不得喝。今天陛下在，给陛下尝尝？"

这倒是意料之外，裴昭点点头。

顾佳期拿来了酒，又四处找酒盅。青瞬等人都不在，顾佳期不会做这些事，一对酒杯被砸了一只她也不理，只说"碎碎平安"，而后又拿余下那只倒了酒递给裴昭。

裴昭接过，却只是闻了闻，看着她期待的眼神，皱眉道："母后喜欢这样辣的酒？"

顾佳期倒不客气，全当没发觉他在怀疑酒里有东西，自己径直对着酒坛喝了一大口，辣得闭上眼睛。稍微过了几息的工夫，她才吐出一口气："辣是辣了些，可回甘极浓，真是梨花的香气，陛下不觉得？"

她脸庞上浮起一片薄红，越发衬得眼波潋滟。

裴昭不动声色地笑了笑，也举起杯子，跟她的酒坛口轻轻碰了碰："岁岁平安，岁岁如意。"

裴昭几杯酒下肚，倒不见什么异样，但顾佳期许久没喝酒，加上腹中空空，倒有些难受，不多时就趴在桌上不言语了。

裴昭叹了一声，想要叫人，走到了门口，却听"咣当"一声，是她自己踢倒椅子,摔到了地上,人还是没醒,趴在地上不动弹。

他哭笑不得,又不想假手于人,就返回去将她拦腰抱起来,轻轻放在榻上。顾佳期面色潮红,手紧紧攥着他的袖角不放,他没有办法,只能说:"松开,我去弄些解酒汤来。"

顾佳期合眼皱着眉,很不满似的,赌气般说:"我不要。"

她的声音又软又绵,咕咕哝哝的,像一截春水。

裴昭心旌一荡,不由得在榻边脚凳上坐了,顺着她的话头说:"好,那就不要。"

顾佳期"嗯"了一声,在被子里缩了缩,呢喃着问:"你冷不冷?"说着竟像是要把被子分一半给他似的。

裴昭吓了一跳,忙把她的手塞回被中:"我不冷,只有你才怕冷。"

顾佳期嘟囔道:"我也不冷,你把风挡了,我很暖和。"

她细长弯卷的睫毛密密地掩着眼底,被光影拉出一道长线,随后她甜蜜地沉入睡眠。

裴昭看了很久,蓦地想起他十岁御极时,年幼不更事,却总是气定神闲地扮作大势在握的模样。每日入夜,他按例往成宜宫来请安,那时顾佳期总是在宫门外等他,他说:"不必等朕。"

顾佳期弯下腰,小声对他说:"陛下,这里有一段路没有灯,哀家一个人不敢走,才等陛下同行。不过已经盼咐下去了,等有了灯,哀家便不再等了。"

只有她知道他怕黑。平帝弥留的几年中,郑皇贵妃掌权,他们各自被幽禁宫中,在黑暗里待得久了,有了一样的毛病。那些日子过去了,日久天长,这反倒成了个别有滋味的秘密。

他记得自己早就见过她一次。他那时还小,被嬷嬷领着去给平帝念书,一眼就扫到阶下跪着的人影。

那少女身量未足,四肢修长,露在外头的手腕像被水红袍袖一拂,白皙纤薄,十分好看。她行了大礼,随后慢慢抬起头来。

原来她的眼圈是红的,神情还有些茫然。她的面孔虽然苍白,却遮不住殊丽的姿容,眉宇之间带着长京仕女少有的英气,虽然稚嫩,可是一见难忘。

郑皇贵妃正推开门笑着出来:"殿下。"说着就来拍他的肩膀,"又高了不少。"

那女人手上的红蔻丹让人害怕。他皱眉偏头躲开,郑皇贵妃也不再理会他,冷脸看见了底下跪着的人,便问:"顾家的女儿?本宫倒忘了她的名字。"

宦官提点道:"是顾将军的独女,闺名是佳期,今日刚进宫来……"

佳期。他想:"不堪盈手赠,还寝梦佳期"的"佳期"。

平帝病中怕风,宦官在里头催,裴昭被牵了进去读过一段书。平帝睡了,他便出来。

外头跪着的人已经不见了,他下意识地知道郑皇贵妃会对她做什么——跟那些年轻的嫔妃一样,跟他自己一样,关在不见天日的地方,一天天变得苍白消瘦。

他挣开嬷嬷的手乱跑了一阵,不知道该叫什么,只大张着口喘了几口粗气,悄无声息地把那两个字嚼了下去。

"佳期。"

像他后来无数次把她的名字吞下肚一样,无数次咬牙看着她被恶人逼得脸色苍白一样,他想:她叫佳期。总有一日,我要她没人能碰、能伤、能逼,能随心处置,能刀俎相向。

裴昭早就不记得他是什么时候定下了这个念头。

第十章 似此星辰

这夜风紧,邵兴平知道裴昭为人君子,必然不会留宿,迟早要回,就跟门房烘了一阵火炉子。几杯黄汤下肚,却是困意席卷,头一歪便睡着了。待那小太监叫他起来,他猛然惊了一下:"几更了?"

小太监答:"邵总管,后半夜了。"

他忙去殿外等候,却发现里头一点声音都没有。他有些起疑心,宫中的门都是老东西,他照例想稍微推开门缝看一眼,却觉手下一重——那门硬生生推不开,是从里头闩住了!

邵兴平猛地变了脸色,一瞬之间冷汗如瀑,他用力推了几把,叫过侍卫,一剑斩了进去。这一下生生将门卸了一半下来,只听"叮"的一声脆响,原来方才闩门的是一支金簪,掉在地上,红蓝碧绿的宝石摔了个四分五裂。

他大步抢进去,只见后窗开着,帘帷被风吹得一下下荡起,榻边一个人将上身搭在枕上,背后盖着厚被。邵兴平走近了一看,受药力影响,那人正沉沉睡着,眉目舒展,正是皇帝裴昭。

而成宜宫的主人不知所踪。

那小太后似乎不怕人知道原委,东西都摆在原处。太医查验过,酒是干净的,可那酒杯才是关窍,里头涂了一层药,青釉似的,任谁都不能发觉。

金吾卫顷刻出动,火把透亮,照彻宫中所有角落。角门上的侍卫被金吾卫换了下来,那侍卫道:"那我们今夜下值了?赶巧还能回趟家。"

金吾卫挥了挥手,侍卫打着哈欠走出了宫门,各自上马。

其中一个个子矮些的侍卫,看旁人都上了马,才慢吞吞爬上去,也不多寒暄,将脸一捂,一马当先径直绕过宫城,向北奔去。

一人一骑在路上飞驰,径直穿过来不及关闭的北城门,又掠

217

过长亭、短亭、驿站……

夜半天冷，这匹马跑得粗气直喘，直到被一张套索猛地甩来勾住了头，这才长嘶一声，停了下来。

马上的人扯开面罩，呼出一口白气，怒目而视："谁要你追我？！"

这人有着尖尖小小的下巴，肤色极白，眼睛却大而亮，像个该摆在架子上赏玩的瓷娃娃，身上的衣裳本就宽大，如此一来，连肩膀都挂不住，颇显狼狈。

这"侍卫"正是顾佳期。

陶湛拨马追上来，也是气势汹汹："半夜跑出来，你真不想活了？这衣裳哪儿弄来的？跟我回去！"

顾佳期气喘吁吁地去解马脖子上的套索："我去找他。"

陶湛一皱眉头："你说什么？发什么疯——"

"我要去找他！"

顾佳期蓦地拔高了嗓门，陶湛一时顿了一顿。

顾佳期喘着气说："你到底知不知道？陛下他、他并非不知道郑皇贵妃党那些人的心思，可是王爷把他逼得过了，他是在借刀杀人。派出去的那些人不得力，王爷怎么回来？我……"

陶湛很不耐烦："用得着你说？关你什么事？……下来，我送你回去。"

顾佳期拍开他的手，他索性拿绳子往顾佳期手上一套。

顾佳期又挣扎，他借力一拉："王爷要我护着你，你就老实待着。外头再出什么事，总少不了你一口肉，你去送什么命？"

顾佳期急了，声音越发尖锐："你也知道是王爷要你护着我？现在王爷呢？松开！"

陶湛并不理会："少来，别瞎折腾了。我送你回去，就当不知道，明日……"

顾佳期冷不丁地说了一句："你送啊。"

陶湛一愣。

顾佳期手腕上已经被套索磨破了皮，她舔了一口，眼底漏出些带血色的野气来，却是冷冷一笑："王爷要你护着我，那好，我跟你说实话。我方才把皇帝药倒了，你送我回去试试。"

陶湛沉默了许久，终于把套索松开。

顾佳期一言不发，清叱一声，催马向北而去。

◇ 第十一章 ◇

朔雪乱花

外头风吹得凌乱,听起来像一阵阵雨丝敲上窗棂,叫人想起古人说"帘外雨潺潺",冬日里的塞北竟然也有春。

大约春意全在怀中。

出了襄平关，便是辽阔的风沙戈壁、黄土大山。风又寒又烈，在人脸上刮得一道道血痕。

顾佳期顾不得多想，一连奔波了三日，渡过襄河，碰到猎人打扮的牧民，她便四处打听左近的落水者。

边地素来有蛮人的耳目，她这样四处打探，张扬得很。陶湛皱着眉头："生怕蛮族不找上门来吗？"

顾佳期换了身小猎户的打扮，将长发束起，边用布条绑了，边回头笑道："你说对了。"

她这些日子思虑过重，加上旅途辛劳，瘦了许多，眼见得腰只剩细细一把，脸上的稚嫩都褪了不少，眼睛却越发明亮，竟有种铅华落尽之感。这衣裳粗糙，倒是衬得她身姿薄韧。为了掩人耳目，她在脸颊上胡乱涂了不少灰土，可那露出的一抹红晕却像是绯红的云。

陶湛别开目光，哼道："杀鸡取卵。"

按顾佳期的推测，裴琅多半是落在了蛮族人手中。若非如此，以他的本领，有一把刀就能杀回长京，也不可能被这些贩夫走卒看见。那日他受了伤，对方人多势众，真要他瞒天过海地逃出来，过于难为他了。

顾佳期就是要送上门去。陶湛知道事态紧急，一时也不多说什么,只是紧紧跟着。顾佳期本来就有心事,更觉得烦不胜烦,夜间住店,她靠在门上,抱了手臂:"陶侍卫,还要跟?"

陶湛这才意识到自己一路跟进了她下榻的房间,立时耳朵一烫,退后道:"……属下就在隔壁,娘娘有事……"

这个人要不就是冷恻恻的,要不就是阴阳怪气。顾佳期不欲理他,没等他说完,已经"砰"地合上了门。

顾佳期累极了,手脚也都冰冷,总觉得明天自己恐怕起不来床。伙计送上来姜汤,她仅仅看了几眼,虽然想喝了驱寒,但没敢入口,最后只裹了厚厚的两床被子,蜷在床角里睡了过去。

白日辛苦,夜里连梦都没有。顾佳期睡得昏天黑地,却被一桶冰水浇醒了。那水里混着冰碴,尖利地划过脸颊、脖颈,冻得她五脏六腑都刀刮似的疼痛起来。

顾佳期一个激灵,硬生生哆嗦着醒了过来。她脑海里划过一个念头,隐约带着模糊的狂喜:"蛮族人果然来了。"

眼前的斗室黑黢黢的,只有支火把挂在门上,隐约能看出是一间柴房,大概就是客店的楼下。七八个高大的蛮族军人或坐或立,居高临下地俯视着她。

陶湛倒在角落,满脸是血,生死不明。顾佳期咬了咬牙,发觉手脚都被绑着,却有点发软,鼻腔中也是辛辣的气息。

她心里明白过来。蛮族人动了手脚,烧了迷药,又将他们拉了出来。她吸进去的不多,大约是陶湛早先察觉,过来捂了她的口鼻,却被堵在了房中。

未等她一个念头转完,为首一人蹲下,抬起了她的下巴,皱了皱眉。

她的眉睫之上凝着冰珠,颜色浓深,显而易见是个女子。但她满脸是灰,光线又昏暗,根本看不出姿容。那人猜测这女子肤色极深,皮肤粗糙,不算是个美人。

那人冷哼一声,用生硬的中原话问:"耆夜王的人?世子在哪儿?交出来。"

原来他们找不到世子,还当她跟裘琅是沆瀣一气的两只蚂蚱。

陶湛似乎要醒过来,微微动了动。顾佳期哆嗦着,咬紧牙关,不让声音发颤:"……王爷在哪儿?你先交出来。"

那人扬了手,"啪"的一个耳光利落地甩下,随后扬鞭狠狠抽了下去。顾佳期发出"唔"的一声,咬死了后槽牙,才没叫出来。

躺在地上的陶湛毫无征兆地暴起,刚要冲过来,被蛮人一脚踹上小腹,几个人围过去对他一阵拳打脚踢。

顾佳期被打得摔到地上,纵使隔着厚衣裳,也被那一鞭抽得浑身火辣辣地疼,半晌才闷哼一声,脸上没了知觉。但她清楚嘴角大概是裂开了,疼得发紧。

那蛮族人不依不饶,箭步走上来又狠踹一脚,顾佳期只觉肋骨剧痛,不得不弯下腰去。那人将她提起,凶狠的眼睛盯着她:"王爷?没有,早死了。世子失踪,你们王爷陪葬。不交出来世子,你们陪葬,懂了吗?"

陶湛仍被堵在角落,木棒击打肉体的声音十分骇人。蛮族人继续说:"先弄死他,再弄死你,容易得很。"

顾佳期耳边听到声音渐渐停了,陶湛已经不再动弹。她却提唇慢慢笑了,咧开沾血的唇角:"好啊,既然如此,你就弄死我。"

火光突然间灭了,黑暗中,只有两双恶狠狠的眼睛相互盯着,听得到彼此的呼吸。

过了一阵,火把重新被点起来,蛮族人终于松开了她,冷笑道:"三日之后,带世子到这里来,一命换一命。"

顾佳期动了动手腕,跌跌撞撞走去看陶湛的伤势。那些人已经走了，连火把都没有留下。

陶湛大概折了几根肋骨，头上也流着血，一时醒不过来。顾佳期咬了咬牙，把银子掏出来塞进他手中，也不管他听不听得见，叮嘱道："我们等不了三天，不出一天，他们就能摸清我们的底牌。我要去一趟，你自己去看大夫，听见了吗？"

陶湛自然是没有听见。顾佳期扶着墙慢慢站起来，深呼了几口气，感觉四肢百骸的力气慢慢回来了，便给他写了张纸条，七拐八拐地用藏头露尾的乱句子写清楚，塞进陶湛手心，自己立刻出了门。

蛮族人最擅长四处扎营，关外幅员辽阔，孤零零的一座帐篷并不好找。顾佳期牵出马，就着月光在地上搜寻许久，总算找到了几枚小小的米粒。

蛮族人在这季节里都穿毛皮，厚重极了，连带着人也迟钝，被人碰一下都等闲难以发觉。方才趁着黑灯的工夫，顾佳期把一小袋米塞到了那人身上。顾佳期骑马跟了几千米，穿过一座镇子，那米粒铺得渐渐明白，果然找到了一条路。

这还是裴琅教她的办法。那年顾佳期来找顾量殷过年，恰逢他也到北境，年节下有蛮族人来犯，将军们为了抢战功，都一马当先地向前冲着四处搜寻。只有裴琅不着急，不但不急着走，还特意来敲她的窗户："顾佳期！"

长日无聊，顾佳期正在睡觉，困得很。她拉开窗，迷迷糊糊中语气带着不满："你想做什么？"

裴琅很快地说："想提亲。"

顾佳期一下子吓醒了，脸色煞白，扯了他的袖角："别！求你了，我爹要打断我的腿的。"

裴琅恶作剧得逞，一时间笑坏了，把一个布袋子丢给她："逗你玩。"

他说着就翻下楼去,顾佳期打开布袋子,见里头都是各色吃食玩具,本该高兴的,但却走了神。裴琅这时候才走,一定追不到蛮族人,顾量殷会不会小看他?

结果当夜顾量殷请客,先敬裴琅一杯:"后生可畏!小王爷,末将甘拜下风。"

顾佳期听人七嘴八舌,才知道裴琅早在放归的蛮族俘虏身上塞了个漏米的袋子,跟着一路走,轻轻松松端了贼人的老巢。

那时候裴琅就在人群中冲她挑眉一笑,样子猖狂极了。

顾佳期方才也是学裴琅的招数,塞了一只破袋子,眼下她捏着那几粒米,伏在马上追了半天,这才感到冷。她刚打了个哆嗦,便见前头山石转过处,现出一座极隐蔽的帐篷来。她立时心下一凛,知道这必是那帮人的驻地,裴琅多半就关在这里。

她的马快,那些人的身影就在前方。顾佳期心里紧张片刻,正要勒住马缰保持距离,忽听"轰"的一声巨响,前头火光冲天,那帐篷竟然烧了起来!

霎时间一阵人乱马嘶,几个蛮族人左右打量,前后搜寻,显然那火是有人故意为之。

顾佳期来不及多想,忙拨转马头向山石后走,却仍是被人看见了,一阵交错的马蹄声顿时席卷过来。

顾佳期心一横,索性拍马向着方才的镇子奔去,也不管身后的飞箭石索,她伏在马上,心跳如雷。马中了一箭,痛嘶一声,撒蹄狂奔,将将进了镇子,便向旁一倒。顾佳期随之摔下去,扶着路边人家的木门勉强站稳,顾不得肋骨在疼,头也不回地拐进小巷。

那些人紧随其后追来,顾佳期就像没头苍蝇,四处乱撞。镇子上的人家都关着门,她沿途拍门,无人应声,她正有些绝望,拍到一扇开着的门,她一闪便摔了进去。

室内是喧嚣的丝竹管弦声,伴着女子的娇笑、浓重的香粉气,连灯火都是雾蒙蒙的红。

顾佳期知道这是什么地方,但也顾不上了,爬起来低头向里走去。

她没来过烟花地,身后又有追兵,她紧张得手脚僵硬,有妓女轻摸她的手,问:"小猎户,走错地方了?"

顾佳期低头猛走,用余光观察着。她听过青楼的风俗,姑娘若是无客,便在门上挂一盏红灯;若是有客,便将灯熄掉。

偏偏这冬夜里青楼生意竟然极好,一连几间房都有客人,门闩着,里头传来暧昧声响。

顾佳期快步走过,总算在走廊尽头碰上一个姑娘,姑娘正推门出来,腰肢款摆地蹭过她,下楼去了。

顾佳期愣了一下,很快反应过来,推门便进。室内也是香气扑鼻,装饰花纹繁复,她胡乱找了半日,还没找到藏身的地方,就听得女子的娇笑越来越近:"天这样冷,奴家温酒来可好?"

她才下去片刻,竟然就已揽了客人,而且还要带回来温酒喝。

眼看人要进来,顾佳期急中生智,将衣箱盖子打开,把里头层层叠叠的行头抱出来往床下一塞,自己钻了进去,反手合上盖子。

她刚藏好,外头那扇门也合上了,脚步声沉闷,听着是两个人走了进来。

女子仍在笑,听得人骨头都酥了:"爷别乱动,奴怕痒。"

顾佳期松了口气,想来蛮族也不会追进来,她只需在这里等到天明,蛮族人自然就散了。只是不知道能不能混到天明……

那女人小声笑着问:"爷打哪儿来?"

顾佳期心里盘算着,心不在焉地攥住袖子,却觉得手中一紧,硬是扯不动,心里霎时慌了——那袖子有一个角夹在了箱盖外头!

外面的人似乎并未发现,那女子仍在娇笑着挑逗。顾佳期咬住了牙,慢慢把袖中匕首抽出,她已想好,倘若被发现,就拼个鱼死网破。

她正犹豫着,忽听一声轻响,眼前骤然大亮,箱盖竟然已经被掀了开去!

顾佳期毫不犹豫,冲着掀开箱盖的男人横手送出刀锋。她这一刀锐不可当,刀刃在那人腰上倏地划开一道血痕,紧接着没入皮肉。顾佳期双眼尚未适应光线,什么都没看清,只觉手腕一沉,被紧紧攥住了。

对方一言未发,可手上的温度熟悉至极。

顾佳期抬起头,在红蒙蒙的光中看清了对方的脸,骇然片刻,匕首"当啷"落地,带出一溜血花。

裴琅一身布衣,腰带松敞,讶然地看着她,一时间没敢认。

那女子绕到他身后,看见了衣箱中的顾佳期,霎时"呀"了一声:"哪儿来的小要饭的?起来,出去!"

顾佳期和裴琅都没动,在这里见面,属实是意料之外,眼下情形复杂,他们彼此都带着疑虑。

那女子已向门外走去,只听得外面有男人高声喊道:"我家老爷缉拿家奴,是个女人,个子不高,黑面皮,你们这里可有生人闯入?看见了就交出来,重重有赏!"

顾佳期心里咯噔一下,心知是蛮族人到了。

那女子愣了一瞬,再看看顾佳期便明白过来,尖叫出声:"有!在——"

裴琅拈了匕首,向后一掷,匕首柄"砰"地砸在她后脑,她两眼一翻,向前倒去。裴琅顺手将人捞在怀中,低头看顾佳期还没动弹，皱眉道："愣着做什么？出来，去把脸洗了。"

顾佳期手忙脚乱地从箱子里爬出来，胡乱找东西擦脸。

裴琅将那女子放进去，合上箱盖，回头找了张帕子打湿，用力擦掉顾佳期脸上的灰土，露出白皙肌肤，这才看见她颊上有一道红红的掌痕。

情势危急，他们谁都没说话，裴琅皱皱眉，飞快地将顾佳期湿透的衣裳扒下来。那衣裳厚重，内外都已结了冰碴，凉得扎手。顾佳期早就冻得没了知觉，见裴琅弯着腰时动作顿住，跟着低头看去，才看见自己身上是一道道红色的鞭痕，肋骨那里更是高高肿着，看起来委实有些吓人。

裴琅缓慢地碰了碰那片肿胀，顾佳期极轻地哆嗦了一下："我不疼。外头有人要进来了。"

外间的尖叫声一阵阵传进来，裴琅攥住了拳头。

门窗缝隙里已传来蛮族人检看房间的动静，大约来者甚众，连地板都在晃动。

脚步声越来越近，眼见就要查到这间，外头有人小跑着哀求："查不得啊！这有客人呢！"

蛮人哪里在意这些，一脚将这人踹下楼去。

那人摔得口吐白沫，楼底下传来一片尖叫。蛮族人不管不顾，兀自向前搜去，踢开又一扇门。

眼看前头只剩下最后一间房，他们几乎势在必得，为首一人也不敲门，径直推开，瞬间却愣住了。

榻上凌乱无人，地毯也被揪乱了，里头那女子坐在衣箱上，手脚和双膝都被红绳绑着，正被一个黑衣男人抬着下巴亲吻。虽然她身子被男子挡住大半，只露出半截肩膀和小腿，但也看得出她肌肤上覆着无数深浅不一的鞭痕；有的交错重叠，以至于稍微破皮充了血，更显得娇嫩欲滴，肤白胜雪。

场面虽然香艳，门外几个人却顾不上欣赏，他们对视一眼，俱有些担忧——那泼辣的野丫头竟然在他们眼皮底下不翼而飞了。

蛮人气势汹汹地冲回了楼下，裴琅也就松了手，稍微退后分开。顾佳期被吻得呼吸乱了，仰头望着他。

二人对视一阵，顾佳期还没开口，裴琅已经回身一脚踹上了门，返回来捏起她脸上的肉，咬牙切齿地质问："顾佳期，你吃了豹子胆不成？谁叫你跑来的？"

顾佳期的胳膊腿脚早麻了，龇牙咧嘴地没吭声，坐在那儿挨骂。

裴琅还没骂完："你如今的本事是要通天了？这是你该来的地方？干脆把小命交代在这儿才顺心，是不是？"

他提起这茬儿，顾佳期倒想起这箱子里是什么了——她不该来这种地方，难道他该来？

她心里也憋了火，一时也狠狠地盯着他。

两人怒目而视半晌，顾佳期当裴琅狼心狗肺，裴琅则当她理亏。他干脆懒得理她了，侧耳听了一阵，听得那些人拨马走了，便将她合身拎起来往榻上一放，也不解开那几道红绳，没头没脸地拿被子蒙了她，自己推开窗便轻巧地跳了出去。

顾佳期在黑洞洞的被子里睁着眼睛，想骂又不敢骂，满脑子都是眼下的窘境——裴琅人不在，箱子里的女人不知何时就会醒来，那门并没有锁，也不知道陶湛会不会进来，还有就是她没有衣裳穿……

好生混蛋。

她这番踏破铁鞋无觅处，歪打正着地找到了活的裴琅，还没来得及高兴，已经先动了气。顾佳期又难受，又紧张，又愤怒，先在心里将此人骂了个狗血喷头。

　　裴琅确是有意收拾顾佳期,不过那些人方才借势欺人,堵在门口,他一口恶气不出,简直要被憋死。他翻出窗外,扣上斗笠,在夜色中踩着屋脊,循着马蹄声且行且停,等到了郊外,他大大咧咧地叫了一声:"喂。"

　　那些人正围坐在树下点火,闻声抬头,只见一个高大青年正坐在树杈上,袍角被夜风吹起,斗笠也被吹得一动,他则信手压了下斗笠檐。

　　这几个人并不负责审讯裴琅,并没认出此人就是营帐大火的始作俑者。但这人满身邪气,他们当下本能地忌惮起来,手按上刀柄,十分戒备:"下来。"

　　裴琅晃着长腿,浑似没听见般,只吹开一缕碎发,笑着问:"你们找人?有赏?"

　　几人互看一眼:"你见过她?长什么样?"

　　裴琅伸手比画:"长得嘛,她长得不怎么好看,脸跟煤球似的,个子也属实矮了点,跑两步路慢吞吞的,好像没吃过饭。是不是你们要找的?"

　　蛮人对上了号:"她挨了一脚,想必是跑不快,下来,带路。"

　　裴琅盯着他笑笑,跳下树杈,拍去手心灰尘:"是吗?她挨了谁一脚?"

　　他笑得令人胆寒。

　　蛮人后退一步,牵住马缰绳便要上马,裴琅比他动作更快,扬手将他扯下马来,重重掼在地上,一拳头砸下去。蛮人始料未及,大叫出声:"愣着干什么?!"

　　话音未落,血溅了他一脸,他又惊又怖,抬头看去,同伴轰然倒在面前,双眼中镖,满脸鲜血,竟是被暗器一击毙命。

第十一章 朔雪乱花

他大叫起来,陶湛下马走来,仔细地叠起手巾塞进他嘴里,冷冷在旁看裴琅收拾他。

裴琅干这种活最费事,最后陶湛仰头看看月亮,才提醒一句:"王爷,时辰不早了。"

裴琅这才站起来"嗯"了一声:"你来处理尸首,本王回去一趟。"

陶湛颔首,递上缰绳:"王爷下手当心。"

裴琅今晚怒气上头,收拾完这个,还有一个顾佳期等着,他骑马径直回城里青楼去。

顾佳期还被裹在被子里,他将被子一扯,竖眉道:"胆子比脑袋还大,还好意思哭?!"

顾佳期怒骂:"你才哭!给我解开!"

她怒目而视,裴琅抱臂站着,挑了挑眉:"绑着好长记性,那就这么绑着得了。别哭了,我不吃你这一套。"

他说话很讨厌,顾佳期也在气头上,一时不肯示弱,但忍不住好奇:"你刚才去哪儿了?"

裴琅道:"你不是本事大?怎么不追来看看?"

他骂完几句,仍未解气,不想理她,只将床边那些花花绿绿的衣裳拖出来翻拣,半天没有合意的,倒翻出一张崭新的床帏,就这么将她一裹,抱在怀里出了门。

顾佳期累极了,不知道他是怎么逃出来的,虽然猜得到他是放了一把火烧了营帐,又趁乱逃到青楼瞒天过海,但不知道他有什么打算,也没力气多说,只觉得裴琅走得很慢。或许是顾忌她一动就疼,又或许是他自己腰上的伤也不好受。

她被带到一间房内,裴琅把她放到了榻上,这才将绳子解了。顾佳期小声说:"陶湛还没跟来吗?"

裴琅还没骂够,板着脸教训她:"陶湛是什么本事,用得着你操心?"

他指桑骂槐,说完就走,顾佳期睁眼打量,猜测这大约是一间废弃的驿馆。

果然,过了不多一会儿,便有一个怯生生的小女孩走进来,抱着药箱,替她处理那些伤。

顾佳期方才紧张得忘了疼,这时被小心侍弄,才觉得疼得钻心,只能咬牙硬忍。小女孩见她发着抖,便捏了捏她肋下的骨头:"这里的骨头有些疼吧?看样子有些裂了,好在没有解开乱动,不然就真要断了。"

她拿了细布,将顾佳期肋下裹紧。顾佳期疼得把头抵在枕头里,汗如雨下。过了不知多久,那小女孩走了,又过一阵,陶湛走进来放下几件簇新衣物,又把一碗药递给她:"当心得风寒。"

顾佳期只裹着被子,于是他看也不看她,好像她是根碍眼的刺,看一眼都戳眼睛。

他说完就走。顾佳期也想喝药,可是陶湛这个人没眼力,那药碗放得很远,她又困又累,腾不出力气拿,只好呆呆地看了一会儿,迷迷糊糊地倒下进了梦乡。

梦里是个春天,雪还没化,她在雪原上跑马,知道自己好像是要去找一个人,路途虽远,可也马上就要到了,所以满心欢喜。

她跑啊跑,突然摔下了马,滚进雪地里,她不疼也不生气,就躺在雪上看太阳,歇够了就上马接着跑。"春风得意马蹄疾"就是这样了,也不知道怎么会那么开心。

顾佳期从来都没这么开心过。

几场梦做完,顾佳期出了一身汗,到不得不醒的时候,才恋恋不舍地睁开眼睛。

第十一章 朔雪乱花

室内是点着灯的,不过很暗,裴琅就靠在床头,一个人喝着闷酒,低头看她醒了,问道:"疼?"

顾佳期其实不太疼,摇了摇头,没想到一摇头就牵动伤口,"嘶"了一声。

裴琅又剜了她一眼。

肋骨那里的伤连着侧面,顾佳期一动不敢动,裴琅生来没安好心,笑嘻嘻地说:"说句好听的,没准我一高兴就帮你翻个面。"

顾佳期气得闭上了眼,但的确疼得厉害,她的耐心比不过裴琅。过了一会儿,她小声说:"我错了。"

"还有呢?"

还有什么?顾佳期气道:"不帮就不帮!没有了!"

裴琅气定神闲,继续喝酒,打算坏人当到底。

顾佳期闭上眼睛,按着肋骨轻咳一声,带得内里一阵尖锐刺痛。她缓了一阵,说:"……我错了。"

"错哪儿了?"

"想你。"

她十分直白,裴琅有一阵没有反应过来,看着她,就像没听懂似的。

过了一会儿,顾佳期拽了一下他的袖子,小声道:"裴琅,我疼,你高兴了没有?"

她这样撒娇,没几个人受得了。裴琅也躺下,伸手到她肋下和腰侧,小心翼翼地将她拨转到自己怀里侧卧,怕她躺不稳,直接让她向后靠着自己的胸口。

他动作虽轻,顾佳期却疼得脸色发白,攥着他的手腕不放,指甲都恨不得楔进去。

裴琅又笑话她:"做什么,要杀亲夫?"

235

顾佳期蜷着身子，背对着他，半晌不答。

裴琅这才察觉说错了话，又惹她想起往事，揉了揉她的后脑勺，这才看见她耳朵通红，像是只烫熟的虾。

纵使他脸皮厚，也一时不知说什么。顾佳期很久都不出声，呼吸轻缓，他几乎怀疑她已经睡着了，却听她突然说："那你是不是？"

斗室之中是轻密如雨的心跳，分不清哪一声是谁的。

裴琅摸着酒壶口："是又如何，不是又如何？"

她轻声说："倘若你是，我不舍得。"

外头风吹得凌乱，听起来像一阵阵雨丝敲上窗棂，叫人想起古人说"帘外雨潺潺"，冬日里的塞北竟然也有春。

大约春意全在怀中。

裴琅把酒壶放开，环抱着她的肩膀，下巴在她柔软的发顶蹭了蹭："……太后娘娘，微臣谢恩。"

顾佳期轻轻笑了，笑着笑着，又咳嗽两声，疼得掐着拳头，指甲陷进肉里。裴琅握了她的手，叫她掐着自己，下巴在她头顶磕了一下，骂道："你本事大了，连药都不吃？陶湛好心熬了半日，你喝都不喝一口，果然还是得了风寒，枉费人家一片好心。"

顾佳期只好骂陶湛："你人家什么人家？他放得那么远，谁够得着？他怎么不放到楼底下去？"

裴琅失笑，一勾手端了药来，舀了一勺："凉了，凑合喝吧，张嘴。"

顾佳期说："你就这样伺候我？都不去热一热？"

"连陶湛的醋你都吃，也别讲究了，快喝。"

顾佳期只好张口。那药里不知放了多少糖，比苦药还难喝，裴琅偏偏不让她闭嘴，一口一口喂完，总算功德圆满，躺下去重又把人搂在怀里,这次是面对面点了点她的脸颊:"瘦了,相思成疾?"

"我这样好看。"

裴琅嗤笑:"猴子似的,好看个鬼,小皇帝不给你饭吃?"

顾佳期不想提裴昭,困意席卷,再开口已是细声细气的,话音粘糯:"我觉得这药没有用,一定是陶湛故意作弄我。"

"告状没完了,怎么没用?"

顾佳期弓着背咳嗽,一手捂着震荡发疼的肋骨,额头抵着他的肩窝一下下地抖:"你就护着他吧。你不在,他成天对我大吼大叫。这药没用,我明日一定把病气过给你,叫你也知道厉害。"

裴琅笑起来:"现在就过给我,亲一个?"

裴琅低头吻她的嘴唇,顾佳期身上滚烫,果然是病了。她的嘴唇干燥得破了皮,里面充斥着药香和她唇齿间特有的气味,像玉兰花的香气,也像落到舌尖的雪一样甘甜。

睡意袭来,顾佳期迷迷糊糊打个哈欠,突然听裴琅问:"听说你要我还你东西?什么东西来着?"

顾佳期瞬间醒了。什么东西来着?她跟陶湛怎么说的来着?

她要裴琅把她的心还回来。不忍卒听,好生肉麻。

顾佳期咬牙翻个身,权当自己聋了。

裴琅也不逼她,在她身边跷起二郎腿,看着手中东西:"这东西替我挡了那世子一刀,险些落得个粉身碎骨,虽然修好了,但到底是我的救命恩人。给你摸摸倒行,但还给你,那是万万不能的。"

顾佳期觉察过来,睁开眼睛。

灯下是一张笑盈盈的英挺面孔,他手中的红线连着一枚玉佩,白玉透亮白润,正中间一道狰狞的裂痕被补得完好如初。

◇ 第十二章 ◇ | 云胡不喜

"顾佳期,你知不知道后怕?"
"怕的,可我想,那样的话,死也是死在找你的路上……那也算得上无憾。"

·第十二章　云胡不喜·

顾佳期在颠簸的马背上醒来,看见的是荒野戈壁,她迷迷糊糊地问道:"这是怎么了?先去把蛮族人的世子还回去啊?"

一旁的陶湛竟然破天荒地瞪了裴琅一眼,没有答话。

裴琅笑问道:"疼不疼?"

她被裹得很厚,倒觉得还可以忍受:"还好。这是去哪里?"

裴琅笑道:"回禀太后,不好意思,逃命。"

整个边境张开罗网寻找的世子,实则早被裴琅一刀砍了。其时他身上有伤,未能分出精力殓尸首,只往河里一丢了事,等到被蛮族人绑了去,便咬死硬撑,谎称"世子在我手里"——这自然瞒不了多久,蛮族人没头苍蝇似的找了一段日子,昨夜终于在下游找到了世子的尸体。

顾佳期这辈子见过不要脸的,见过不要命的,没见过裴琅这样两个都不要的,竟然真把敌国的世子抹了脖子,还瞒天过海到现在,他是生怕命送不出去,还是生怕仗打不起来?

顾佳期也忍了一阵,终于忍无可忍:"你有病,我不跟你骑一匹马。陶湛,接我过去。"

陶湛倒认同这一论断,毫不犹豫伸出手,抱顾佳期到自己的马上。

裴琅吼道:"有别的办法吗?打仗不就是你死我活?难道我死

了也好过有病？……不许乱摸！"

陶湛看了看手里——顾佳期身上少说裹了三张厚被，他都不知道摸的是哪里。

顾佳期吼了回去："他摸得着吗？"

陶湛道："都别吵了，前头两万五千米外是襄平关，入关再做计较。"

裴琅抽他一鞭："你凭什么替我决定？你是王爷？"

顾佳期又吼了一声："反正你不配！"

其实襄平关不近，加上路上尽是戈壁，他们在飞沙走石里马不停蹄地赶路，也难一日赶到，入夜，也只到了三关河驻军的大营。

将领认得裴琅，一时涕泗横流，抓着死而复生的王爷不舍得放。

顾佳期奔波了一天，嘴上说着不疼，脸色已经发白，被陶湛送到营帐安置。

裴琅良心发现，亲自送了药来，进门就笑："哟，陶侍卫也在？"

陶湛脾气不小，当他是空气。

裴琅转而逗顾佳期："饿不饿，烤兔子给你吃？两条兔子腿都给你，不生气了行不行？"

顾佳期知道不是他的错，毕竟战场上就是你死我活，落到那种境地，不是裴琅死，就是世子死；世子死了，蛮族人定然借故开战，裴琅死了，裴昭也不会善罢甘休。何况两国僵持了上百年，总有一场硬仗要打，迟早有人要点这个火。

这事势必牵连甚广，没几个月怕是拿不下来。顾佳期又想到回京之后，跟裴昭又是一桩烂账，于是没好气，抢过药碗喝了就睡。

她思虑虽重，可营帐里是童年最熟悉的气味，她莫名觉得安心。加了很多糖的药喝多了，倒也觉得不那么难喝。想着想着，她就沉沉地睡着了。

陶湛见她睡熟了，便走出帐外："王爷有事吩咐？"

裴琅套了匹快马，把缰绳给他："最迟后天就开战，这地方要乱，你带她进关内。这次也就这一件事了。"

"上次属下办砸了？"

"算是。"

陶湛沉默了一阵，接过缰绳。

不远处，那将领正等着裴琅，裴琅大步走去，只稍微回了回头，看了一眼帐中昏黄的灯火。

顾佳期次日被陶湛抱上了马，她肋骨处的伤肿了起来，旅途奔忙中有些发炎。她病恹恹的，并没有多问。

陶湛本以为她又要大发脾气，早就准备着，没想到顾佳期只问了一声"去哪儿"，听说是去襄平关，便伏在马上不说话了，他反倒有些惊讶。

顾佳期闷闷地指了指自己的伤处，道："我又帮不上忙，在这里空拖后腿。"

陶湛虽然知道她是顾量殷的女儿，幼承庭训，不是等闲之辈。但在他的印象里，她总在闹脾气，见到她如今这遇事不急不乱的样子，他惊讶极了，一向古井无波的脸上都有了些异色。

顾佳期睁开眼瞪了他一眼："你嘀咕什么？"

陶湛道："末将本以为太后不愿意。"

顾佳期叹气："哦，反正你总是瞧不起我。"

陶湛想了想："今后不会了。"

坡上颠簸，顾佳期不再说话，把脸埋进马鬃里，攥着缰绳强忍着疼痛。陶湛摸出一粒药递给她，顾佳期问："这是什么？"

陶湛说："蒙汗药。"

顾佳期狐疑，定定地看了他半晌，怀疑陶湛要把自己扔了喂狼。

陶湛看穿她的心思，神色淡然："吃不吃在你，总之睡一觉就到襄平关内了。"

顾佳期又琢磨了一阵——她实在累得很，因为裴琅不让她随便吃药，她夜里总是疼得反复醒来。她年纪还轻，倒不怕累倒，只是眼下裴琅在前头备战，正是用人的时候，她在关外派不上用场，整天趴在床上嗑瓜子也无伤大雅，可在关内就未必了。

她接过去咽下，靠在被子里昏沉地睡着。陶湛把那个蚕茧似的大被子圈在怀里，放马狂奔，又是半日一夜，等到清晨空中下起雪来，前面已然城郭在望，襄平关到了。

他轻手轻脚地抱着顾佳期下马。

她还睡着，长眉轻蹙。陶湛不愿意吵醒她，进了驿馆也不撒手，一路上楼将她安置在榻上，拧热毛巾擦了她的头脸，又探探脉息。

一旁的小二问道："这位小姐怎么了？二位是……"

陶湛说："是我家的小姐，没怎么。她有些伤寒，吃了药，天亮醒来就好。此间无事，你下去吧。"说着抛出一块碎银给他。

陶湛在顾佳期榻边铺了被褥，胡乱将就了一宿，等到天亮，果然被顾佳期吵醒。

她休息得好，面色稍微红润，撑着腰挪到了榻边，陶湛问："做什么？"

顾佳期见他醒了，往回一坐，笑嘻嘻地指指肚子："一天一夜没吃东西，你不饿吗？王爷怎么放心让你照顾我？还是说，你照顾王爷时不这样？"

第十二章 云胡不喜

陶湛也觉得好笑，因为顾佳期有时候说话的神气很像裴琅，或者说裴琅有时候发火的神态也像顾佳期，这两个人一直是有点相像的。

他爬起来出去买了早点，在摊子前就开始犯嘀咕，怕顾佳期又跑了。包子一到手，他撒腿狂奔回驿馆，果然见榻上空着，不由得心里一凉，喊道："太……顾小姐！"

顾佳期从床后探了个头出来，绯红着脸，结巴了一下："你……"

陶湛松了口气，没等她说话便走过去："你去那儿做什么？——"

顾佳期急了，连忙说道："……你别过来！"

床后隐约露出一截雪白玲珑的小腿，陶湛明白过来——她在换衣服，方才不好意思说，特意把他支出去，没承想他这么快就回来了。

陶湛一张冷脸红了个透，忙扭头就走，"砰"地合上了门。

小二端来洗漱的水，推门便要进，被他凶巴巴地接过去："走开！"

小二走了，陶湛又等了半天，敲了敲门，重新进去。顾佳期坐在桌边，一边洗脸一边嘀咕："我要告诉王爷。"

"告诉王爷什么？"

顾佳期"哼"了一声，就不告诉他，心想：裴琅要是知道了，会不会揍陶湛？

他喜欢陶湛比喜欢喝酒还多，大概是不会的。

如此又过了三天，他们就在驿馆中停留，因为说不准皇帝是不是在找她，所以虽然襄平关将领有很多是顾将军旧部，他们也并没有去拜谒。何况拜谒也不会有什么用，襄平关是兵家重地，这些兵马万万不会动。

245

到了第四日，顾佳期肋骨上的伤被大夫诊治几次，总算消了肿，不大疼了。

陶湛陪她走出医馆，见街上人心惶惶，拉住人一问，北边果然传来了开战的消息。

顾佳期虽然一早便料想到会如此，仍是心里一沉——蛮族人来势汹汹，前方驻军不足，以少胜多并不是兵家常事，可用的战术不过是绕着圈将蛮族人往山里带，占据地势，用小聪明守住边境罢了。兵没有，军饷也缺，士气从来低沉，自然谈不上什么反击。

就像这几十年间的胜败参差，这个国家拖泥带水，连滚带爬，从未筹谋过野心勃勃地进攻，不过是从一道奇计拖到另一场险胜罢了。

她捂着毛袭走了半条街，慢慢停下脚步。

陶湛见她不走了，以为她伤口还疼："今天走多了，我背你回去。"

顾佳期摇摇头，抿住微红的嘴唇，注视着城墙上方的天际。

陶湛见她出神，也陪她一起看着，不发一言。

天空中时不时掠过麻雀低飞的影子，北风吹过，肃杀如昨。

陶湛看得出神，顾佳期却突然转过头，目光灼灼地看向他，声音兴致勃勃："我们去找那些镇守的将军，借来他们的兵，去打场大胜仗，好不好？"

陶湛不假思索地回答："兵怎么能随便借？你当自己是顾将军再世？"

他说着转过头，突然愣住了。

身旁那人容颜分明稚嫩，偏偏神情有时却像古井般笃定。陶湛莫名觉得，她所有的愿望都应该实现。

第十二章 云胡不喜

北境前线,裴琅已带兵在雪山中拖延了七日。

清点粮草辎重,已是弹尽粮绝,而蛮族人仍在步步紧逼,不紧不慢,像猫捉耗子,玩弄够了,等着一掌拍死——而他们毫无还手之力。

第八日晨间,军队休整到一半,忽听铺天盖地的战鼓声——蛮人来攻。

这次攻击阵仗极大,裴琅命属下领兵驱前,自己押后守尾,不多时,斥候气喘吁吁地来报:"蛮族来袭!上……上了四万兵马……"

裴琅眸色一深。他们兵力不过五千,早前探得蛮族人兵力也不过一万,四万则是大战的规模。蛮族人疯了,倾举国之力出来围他们?

他皱起眉头:"慢点说。"

斥候粗喘几口气:"说是……说是我们宣战了!"

裴琅当即破口大骂:"前头的都给本王滚回来!谁下的战书?!"

他纵马狂奔,前头的人挨个被他抽了一顿,个个不明就里。裴琅无暇他顾,带兵狂奔,深入雪山腹地,绕下一座戈壁,忽听身后"轰"的一声——雪崩。

那处山坳正是最易雪崩的地方,他们刚逃出,身后便遇到雪崩,不知埋了多少蛮族人,可谓天时地利人和全砸到了头上。

紧接着,又传出了震天的喊杀声,属下全都攥紧了刀:"王爷!是他们追来了?我们前头可是死路……"

裴琅像是想到了什么,脸色一黑,拨马跑了两步,勒马停在冰雪尖上,合眼凝神细听。

属下们也都静了下来,听得马蹄声隐约接近,砍杀对战声不停,震天的喊声里竟然有一多半是中原话!

看来是有人给蛮族下了战书,利用裴琅这边的人马为饵料,引得蛮族军队倾巢而出,他们又如神鬼一般用兵包围,彻底断了那四万蛮族的后路!

属下激动道:"援军!"

裴琅咬了咬牙,低声道:"……援军个鬼,找死。"

这日两军酣战到夜幕降临才罢兵,两方都有伤亡,但蛮族人死伤尤其惨重。中原士兵士气高涨,收兵时仍唱着歌。裴琅全身黑甲上都蒙了一层血结的冰,战士们喝了酒,往他身上扑:"王爷!今日痛快——"

裴琅皱着眉将人从自己身上扒下来,一个个踹开,没好气道:"滚,援军主帐安在哪儿?"

掀开主帐,里面是一片明光。陶湛也浑身浴血,在水盆里洗手,忙挺直了腰:"王爷。"

裴琅没理他,一眼就看见了坐在正中间的顾佳期。

她穿着素白色的深衣,虽不像太后服制那样繁复华丽,却也是里外素裹,细腰箍着,长发束起,坐得笔直,乍一看不像个姑娘,倒像个军师。

那半路出家的"军师"正笑盈盈地注视着他——当然笑得有几分讨好——可他恨不得把人扯过来狠揍一顿,她竟然还有脸笑!

陶湛看他盯着顾佳期不动,像盯着颗差点丢了的宝贝珠子似的,简直挪不开眼,只好咳了一声:"王爷,我们今早到的。"

裴琅回神看了一圈,发觉自己猜得不错,其余人都是襄平关将领,不少人是顾量殷旧部,难怪能被她煽动,她胆子比顾量殷还大!

·第十二章　云胡不喜·

裴琅不想还好，一想便又想揍人，恨得牙痒痒，瞪了顾佳期一眼，抬脚就踹陶湛："弄酒去！"

将领中有不少都见过裴琅，知道此人是个常胜将军，素来趾高气扬，往日里他们常被寒碜得抬不起头，这次替他解围，是得了太后首肯才敢正大光明地违抗圣旨，虽然眼下依旧存着要掉脑袋的疑虑，但这为耆夜王解围的大胜仗实在扬眉吐气，当下便和他推杯换盏起来。

李将军问道："佳……太后娘娘不喝？"

桌上的是上好的梨花酿，顾佳期馋了半天，感激地冲李将军一笑，正要接过，裴琅一把将酒杯夺过去，仰颈干了："李将军没人劝了吗？太后娘娘金枝玉叶，岂能喝此等烈酒？"

众人其实也嫌顾佳期在场他们都得端着，纷纷附和，李将军想起一筐荤段子，也嫌顾佳期碍事，当即笑道："那佳期你……不是，那太后娘娘你回去歇着吧！"

顾佳期如今也不好意思耍赖，只好起身离开。裴琅头也不抬，边倒酒边踹陶湛一脚："看着她。"

外面都是喝醉了的将士，陶湛这次不用他说，自己跟上："回去睡觉吧，先把药喝了。"

顾佳期愤愤不平："你像个老妈子。"

陶湛还嘴说："没有我这样厉害的老妈子。"

顾佳期回嘴："也没有你这样黑的老妈子。"

她跟着赶路数日，早就累了，到了住所，心神一松，睡得香甜，一觉到了天亮。

她早就习惯了没有青瞬伺候的生活，自己爬起来洗漱，又去外面找早点吃。

他们驻军的地方离镇子近，早上就有人挑了担子来卖馄饨，

249

她要了一碗,坐下来慢慢吃。

有人在她身边一坐,大马金刀地跷了腿:"我也来一碗。哎,顾小姐你让一让,过去点。"

顾佳期此番自作主张带兵出关,是提着脑袋做的,兵马一动,裴昭即日就会知道。到时候裴昭会如何处置她,她却没敢想。

裴昭不好惹,裴琅也一样。她知道裴琅一定生气,早已想了几十种应对办法,偏偏没想到他来心平气和、形同陌路这一招,当即不晓得说什么,默默往一旁让了让。

裴琅问:"顾小姐,不请本王吃笼包子?"

顾佳期说:"我跟你不熟。"

两人肩并肩吃完一碗馄饨,裴琅甩下一锭碎银,付了两碗馄饨的钱,上马走了。

顾佳期也慢吞吞地往回走,路边有个老人摆摊子卖碧玉,她停住脚,心想:……要不我再给他雕一块?

镇上人口杂乱,裴琅终究还是有些担心,并没有真的离开。眼下他在前面的茶摊子边等了半天,见她踌躇半日,竟然真的去袖中摸钱,要买那老骗子的石头,气得拨马上前,垂手横腰一揽,将她扯上了马。没等她反应过来,他就劈头盖脸冲着那后脑勺拍了好几下,憋着力气,发不出火:"什么当都上,笨死了!"

顾佳期捂着头躲:"只有你说我笨,蛮族人不就上了我的当吗?"

裴琅被她气得笑了:"他们倘若不上当呢?"

顾佳期咬了嘴唇,半晌憋出一句:"可终于还是赢了。"

裴琅知道她不是在说这一场仗。

中原与蛮族僵持上百年,战局反复拖延,此刻赢了一场,并不算定局。而朝中风起云涌,从前受奸人算计的是顾量殷,如今轮到裴琅了。

在朝中总是那些人更占上风，要战局顺利、军饷充足，便要对那些人俯首帖耳，否则就被踩到泥里，仿似一道绕不开的结。

顾佳期拉了拉他的袖子，小声重复道："我想，总要有个了结。这次我们赢了，以后，一切就好了。"

赢这一次，之后一鼓作气乘胜追击，总有一天要赢得蛮族人无力回天，到那时候，不论她会是如何，总有人回头来整顿山河。

这才是顾量殷的女儿。

裴琅把她搂紧了。她坐在他前面，发顶被他的下巴蹭着，姿势虽然宠溺，他的话声却仍是带着点恨恨的语气："一点儿也不省心。"

青天白日之下，顾佳期被他咬了耳朵，热气涌进耳郭，她痒得浑身一哆嗦，反手推他："大白天的，你做什么？"

裴琅掐着她的腰不放："解气。"

"你生什么气？"

"我担心，你摸摸这个。"裴琅拉她的手到肩上，"昨日呢，我担心你担心得走神，叫人砍了一刀，你赔不赔？"

顾佳期倒不知道他受了伤，一时很担忧："伤得重不重？还疼不疼？上药了没有？那你昨日还喝什么酒？还有……还有那次我捅你的……"

她越说越心虚，说话间马已到军营门外，裴琅把她拎起来放下马，自己一夹马肚子走了，看那样子，确实在记仇。

顾佳期打了胜仗，本来很高兴，但被裴琅一通东扯西扯，早扯得没了兴致，她魂飞天外地回了帐子，在外头拉住要走的陶湛："王爷用药了没有？"

陶湛很奇怪："王爷怎么了？为什么用药？"

顾佳期明白过来:"骗子。"

陶湛颔首:"又上当了。"

战鼓猛然响起,眼见得又要开战。陶湛变了脸色,将她往帐中一塞:"别出来。"

顾佳期急了:"他身上有伤!你跟着些!"

陶湛这次得了裴琅的命令,将帐门一锁,命几个侍卫看护,自己上马走了。

这一仗又接连打了两天一夜,到了次日午夜,仍是砍杀声不断。

顾佳期在帐中摆弄沙盘,估摸胜算,侍卫时不时进来送吃食,隔着门,她能看到外面人来人往,尽是被抬着的伤兵。

顾量殷也受过几回伤,不过那时顾佳期不懂事,顾量殷总捂着她的眼睛,不让她看见。后来顾量殷死了,她常梦到战场,她一具具翻开堆得像山一样的尸首,全是陌生面孔,总是找不到顾量殷。

刀剑无眼,伤骨无数,人命不过一捧沙土,轻轻一碰就会消散无踪。

顾佳期心神不宁,到了三更,总算迷迷糊糊地窝在桌前睡着了。

外面铺天盖地的嘈杂不知何时停了下来,顾佳期想睁开眼,却困倦得仍沉在那个梦里。

她在黑黢黢的林中提着裙子奔逃,前面的裴琅被她一推,猛地倒了下去。

低头看去,他浑身是血,顾佳期这几日无数次梦到这个场景,她心里一紧,连呼吸都变得困难,只能怔怔地站在那里。

等到有风吹进来,火苗簌地灭了,她觉得自己身子一轻,被人拦腰抱了起来。那双手摩挲着她的背脊帮她顺气,随即把她放到了榻上。

她在睡梦中醒过来,察觉腰上那双手正要离开,她睁眼抓住了他:"你回来了!"

她方才咕哝的其实是一声"夜阑",心知裴琅一定要取笑她,却顾不得脸红,只死死抓住他,生怕是梦。

裴琅觉得顾佳期这样好玩极了,见她愣愣的,于是伸手下了力气在她脸上一捏,捏得她一下子喊疼,张牙舞爪地拍开他的手,他这才乐不可支,弯腰打量她又白又漂亮的脸。

打量够了,他亲亲她的脖子:"怎么,知道我是人是鬼了?"

顾佳期气得直踢他:"人不人,鬼不鬼,你是混蛋!给我点灯!"

裴琅道:"省省灯油,咱俩老夫老妻了,黑着也能过一夜,有我在,怕什么?"

顾佳期气得把他推开:"给我看看你的伤!"

"早好了。"

"给我看看!"

顾佳期生起气来很难缠,见他不动,心里积攒的狐疑越来越重,她摸索着下地,因为胡思乱想,越想越急,像只热锅上的蚂蚁:"是不是伤得很厉害?前几天的伤你也没有用药,是不是还有新伤?我帮你……算了,我去叫大夫好了。"

裴琅叹了口气,怕她再担忧,一刻都不舍得放手,把她搂在怀里。他在黑暗中摸索着找到火折子点了灯,这才发觉顾佳期眼圈红着,居然真的有点要哭的样子,看得人无端心软。

顾佳期手忙脚乱地解他的盔甲,打定主意要把他扒了看看,他倒有点蒙了,说:"有王妃在家里等着,竟然是这等好滋味。"

顾佳期瞪他一眼，裴琅接着笑道："早知道多娶几个备着。"

顾佳期气得捶了他一拳。这下真砸到了伤处，裴琅没出声，狠狠一咬牙，额角青筋都爆了起来。

顾佳期慌了："是不是碰疼你了？"

她解开了他的黑甲，看见里头被血浸透的中衣，也不知道怎么回事，眼泪一下子滚下来了，不管不顾地吼他："怎么这么多血？"

裴琅无奈道："小姐，你醒一醒，活人流这么多血早就死八回了，这都是别人的，别大惊小怪。你近来怎么神道道的？"

那些血果然大多数是别人的，不过他肩上也有两道狰狞的刀伤，血还在往外渗，他像是刚下马就来看她了。顾佳期挣开他，拿了药箱来帮他处理，一边擦伤口一边擦眼睛："你为什么不好好用药？为什么不先去找大夫？为什么让人家砍了？为什么非要往前冲？还有上次，为什么骗我？"

裴琅目瞪口呆，万万没想到那洒脱的小姑娘能婆婆妈妈到这种地步，他被哭得实在没有办法，只好把顾佳期的腰紧紧抱住，头蹭在她身上，耐着性子哄她："好了，不哭了，都是小伤，上次那是逗你玩的，你怎么气成这样？想我想的？小佳期，不哭了，行不行？"

顾佳期小时候虽然也在军中，但那时没心没肺，死都不怕，这两天对着侍卫们，还是老成稳重，可被裴琅这么一激，这阵子积攒的恐惧和担忧全被他几句话勾了出来，积水成渊的委屈霎时决了堤，她也不看伤了，气得往床上一扑，把头埋在被子里，烦恼得头都痛了："下次我也要上战场！"

裴琅很有耐心地慢慢哄她："为什么？要跟我同年同月同日死？"

顾佳期捂在被子里，带着哭腔："那也不是不行。我这几天……

很后悔，后悔让你生气……"

裴琅啼笑皆非，揉着她的后脑勺："好，下次带你上战场，你既然已经让我生气了，索性跟我一块去吧。"

顾佳期又想踹他，又没敢动他，一股脑儿爬起来指着他："闭嘴，你去死！"

裴琅还不肯闭嘴："顾小姐，你讲不讲道理？我生气是为了谁？你跟着那帮人鬼混，你当他们是叔伯长辈，可是都多少年过去了，如今知人知面不知心，那里头但凡有一个郑党，你还有命没有？顾佳期，你知不知道后怕？"

顾佳期认真地想了想："怕的，可我想，那样的话，死也是死在找你的路上……那也算得上无憾。"

顾佳期说完，也就沉默下去，裴琅也沉默了半晌。他们吵架的时候热闹，如今不吵架，把心肝剖出来放在眼前了，两人反倒面面相觑，都有些无话可说。

裴琅望着她，神情就像那年中秋看见她从院墙上翻进来找他一样，又平静又喜悦，又有许多难以置信。他轻声问道："那么喜欢我？"

被裴琅这么一望，顾佳期打了个结巴："鬼……鬼才喜欢你……我就是后悔……"她头都热了，脑海中乱七八糟的，"当年的事，若我说我不后悔，你还生不生气？"

裴琅慢慢道："我知道你不后悔，可我觉得值得。"

顾佳期静默了许久，直到裴琅拍了拍她的脑袋。

顾佳期陡然鼻子一酸，往他怀里钻去："可是我后悔，后悔吃馄饨的时候没有给你买包子，还后悔没有再刻一块石头给你当护身符，也后悔你走的时候我没有给你弄一件好护甲……"

裴琅没办法，只好说："好了，佳期。"

顾佳期突然坐直了,抬头又深深地看着他,好像是确认清楚他还是从前那个人,她忽然展颜一笑,抱住他的脖子吻了上来。

这晚顾佳期是迷迷糊糊睡着的,半夜又做了那个噩梦,她惊醒过来,探手抓了一把。

身边没有人。

床铺衣衫都整整齐齐,仿似方才那长篇累牍的衷肠都是黄粱一梦。

她昏昏沉沉地爬起身,快要下床时看到地上堆着裴琅的铠甲,这才坐回榻上。

她抱着膝盖等了许久,裴琅终于回来了。见她抱着膝盖坐在榻上,小小的一团,好像个小白影子飘在那里,他被吓了一跳:"你半夜闹什么鬼?"

顾佳期抿了抿嘴:"你去哪里了?"

裴琅指指肩上:"军医来叫我,碰巧我怕死,还是去了一遭。"

顾佳期点点头,放了心,困得把头埋在膝间。裴琅躺回去,顾佳期也躺下,一翻身抱住他的腰,闷闷不乐,但不放手。

他有些莫名其妙:"我就出去一会儿,你怎么跟亡了国似的?"

顾佳期很小声地说:"夜阑。"

"嗯。"

"我想要小孩子。"

裴琅道:"不行,到时候你理小东西还是理我?"

"我本来也不理你的。"

"你看看,这还了得?"

"那我以后会理你的。"

"你说的话我一句也不信。"

"那我自己养,小东西不认你当爹就好了。"

"你敢。"

本来顾佳期仍是太后,这种事是绝不可能的,但两人话赶话说到了这里,就像是已经要筹划着养个小孩子了,心情有些轻松,就像寻常人家的夫妻一样畅所欲言。

当下顾佳期心满意足,转身盖被子睡觉,只听见裴琅道:"好。"

那时太医说了那些话,顾佳期虽然不说,心里却是难过的,他一直知道。

顾佳期也道:"好。"

想了想,她又说:"你要睡觉了,明天还要打仗。"

这一场仗打得声势浩大,过了一月有余方才到了尾声。

最后的那一场战事拖了足足三日,战报不断从前头传来,老将们有的已经受伤退了下来,在主帐中推演前方情况:"恐怕对方要从东路撤退。"

"东路也有我们的兵马,要围不难。"

"只怕他们鱼死网破,到时难保他们不……"老将终究没说下去。

顾佳期心中并非没有把握,只是在前头的毕竟是裴琅,这又是最后一场顶关键的战事,她多少有些急躁。

她耐不住性子,找个由头退了出去,心不在焉地牵了匹马,对那传信的小兵说:"哀家随你一起去。"

小兵吓了一跳,但传信之事本来就是分段行事,他要去的那一站是东路末尾,其实离战场还远,并无危险,他只好与顾佳期同行。

顾佳期骑行比他还快,他只能边喊着"太后"边追上去,忽见顾佳期停了马,正色问道:"前头那是什么声音?"

战鼓隆隆，喊杀震天，马蹄敲击地面的声音自远而近席卷，及至近了，方才看得清，来的竟是数十骑兵！

小兵暗道一声"不好"，大叫："娘娘快走！"说着便拨马上前挡住顾佳期，声音发颤，"他们怎么到这里来的？这……"

顾佳期竟然难以置信地笑了："赢了。"

若不是在前线溃败，蛮人一定不会抽出小队精锐护送头领偷偷逃走。

为首的蛮人本就是鱼死网破的架势，当下不欲缠斗，掷出一支长矛，直取小兵眉心。顾佳期狠推他一把，他从马上摔下去，堪堪避开那长矛的攻击。顾佳期闪避不及，她想要矮身躲开，可失了平衡，在马背上一滑。危急间，却听"铮"的一声，长矛被一把长刀猛力砸开。

身后马背一沉，陶湛不知从哪儿冒了出来，他从自己马背上跳过来坐在她背后，一把将顾佳期扶正了，喝道："你还等什么！"

霎时一片尖锐的利箭破空声，那一小队鱼死网破的骑兵被射了个严严实实。

泼天的高喝声从远处战场上传来，将士们都听见了，小兵怔了半天，突然明白过来，大吼起来："赢了？"

"从此蛮族人再不能勒住咱们的脖子了，咱们赢了！"

顾佳期搭了个凉棚，遥望远处那队骑兵，头领死了，摔下马来。

小时候顾量殷也这么绑了一次敌军首领，后来首领割了看守士兵的脖子跑了。顾佳期也不知道自己怎么突然想起这件旧事。

陶湛冲顾佳期笑了一下："连年鏖战，到此刻此地，终于大获全胜，从此是几十年的太平，顾将军若在，也要为娘娘叫一声好。"

他从马背上跳下去："事出紧急，属下方才冒犯了。"

顾佳期怔怔半晌，忽然咬牙一拍马鞭，利箭似的蹿了出去。

第十二章　云胡不喜

满营都是战旗飘飘,将士们奔走相庆,顾佳期穿过人潮,很快就寸步难行。没人给她让路,士卒们都各自抱头痛哭,多年征战,终于换得了短暂的太平,几代人将不再面临内外交困的局面,再也没有乱党能利用外侮陷害忠臣,从此河清海晏在望,不消几年便将迎来新天新地。

顾佳期下了马,可满眼都是人,无奈的她抓了个小兵问着:"王爷在哪儿?"

那小兵愣愣的,好像她问的问题很滑稽似的。身后有人无奈地说道:"笨蛋,我不就在这儿嘛。"

那小兵的神情活像见了鬼,知道太后和摄政王不睦,却没想到这么不睦,竟然当面出言不逊。

裴琅却不在乎,将沾满污血的大刀往小兵怀里一扔,弯腰将顾佳期揽上了马,打个呼哨,纵马便走。

这已不知是第几回了,顾佳期恨恨斥道:"土匪!"

裴琅不答,纵马越出人潮,径直向前奔去。苍莽的雪林刮过身侧,顾佳期抓紧了他的手臂,勉强坐稳:"去哪里?"

裴琅道:"去买酒。"

如此大事,是应该好好喝些酒庆贺。顾佳期笑起来,老实地在他臂弯里坐好。

镇子上也十分热闹,百姓都在庆贺战争的胜利,顾佳期和裴琅下了马,走在街上,几乎要被人群淹没。裴琅伸过手来,她便拉住他的手指,裴琅五指一合,便将她的手攥在了手心。

时日太久,顾佳期几乎不记得有没有跟他这样牵过手了,这样边走边想,竟然有些像许多年前。那时她很小,虽然胆子大,但见裴琅的时候总是又快活又紧张。

她心不在焉，裴琅也走得慢，两个人都有些小心翼翼地，仿佛稍微快一些都会惊扰了什么东西似的。

两人就这么慢吞吞地走到酒坊，意料之外的事发生了。

裴琅道："糟了。"

顾佳期也道："怎会如此？"

酒坊主道："二位客官，没有办法，边关大喜的日子，莫说梨花酿，就是杂酒也一杯没剩了。"

裴琅不肯罢休："你再找找。"

顾佳期道："水总有吧？"

二人喝了个水饱，既然来了，也只好逛一逛。

镇上集市什么都有，他们吃了面，喝了茶。裴琅尝了点顾佳期小时候爱喝的糖水，顾佳期看了一阵子说书的，说书人吹着夜王英勇善战，招来许多姑娘都爱慕他。顾佳期看笑了，裴琅耳朵红了，拉着她就走，顾佳期跟在后面问："有这事吗？"

裴琅道："怎么没有？本王府里有四十八个小妾，个个漂亮，你一定喜欢。"

他惹完顾佳期，等着顾佳期踹他，回头看看，顾佳期原来又看到别的好玩的东西了，正蹲在首饰摊边看。

这几日在军中万事从简，她连首饰都少戴了，白皙的脖颈间空空的。路边这些首饰算不上名贵，可倒都像是年轻小姑娘戴的，样式颇为精致。

他跟着顾佳期蹲下去挑，拿一条蓝链子比了比："这个好看。"

那链子上坠着海蓝色的小石头，光色恍如曾在成宜宫见过的那只耳坠。

顾佳期霎时变了脸，起来就走。裴琅丈二和尚摸不着头脑，起身把她抓回来："不行，不喜欢也不能甩脸子，今日必须挑一根才能走！"

顾佳期气得甩他的手："凭什么？"

裴琅笑得站不直，俯身过去在她耳边说："就当是给小坏蛋的见面礼。"

"什么小坏蛋？除了你还有谁是坏蛋？"

顾佳期蒙蒙地看他一眼，裴琅提醒她："昨晚你要的。"

光天化日聊这个，顾佳期指着他"你"了半日，终究也没有"你"出来，连脸颊都涨红了，觉得此人简直恬不知耻。

裴琅继续笑："我是坏蛋，你说谁是小坏蛋？"

顾佳期又羞又气，胡乱扯了一根胭脂红的坠子："行，就要这个。"

他说话算话，果然把手一松，顾佳期起身就走。

裴琅哈哈大笑，追上来跟着她，顾佳期甩开他，裴琅索性把她抱起来往肩上一扛，原路回去找马。

顾佳期不吭声了，反正丢人也丢透了，她不再挣扎。

裴琅走了一阵，突然问："你刚才生气了？为什么？"

顾佳期恨得咬牙："你还敢说？那蓝坠子，是不是跟你给朱紫庚的一样？"

裴琅想了想："一样吗？"

"你还装！那东西她喜欢极了，一定是——"

裴琅一头雾水，骂道："那是陶湛挑的，我怎么知道？谁管她喜欢什么？你少冤枉好人。"

顾佳期又不管不顾地捶他："人都死了，你还出言不逊！放尊重些！"

裴琅一连被捶了好几拳，也不动气，只伸出手捏了捏她的脸："祸害遗千年，她可死不了。"

顾佳期愣了愣,突然想起那时青瞬说过,朱紫庾恐怕不是朱添漫的亲女儿。

果然,裴琅想了想,不知如何措辞才显得不那么残酷,最终仍是直说了:"朱添漫捡她,就是为了这一着棋。于她而言……用一个耳朵金蝉脱壳,换余生自在,何乐而不为呢?"

在这里听到长京的故事,顾佳期只觉得十分遥远,如隔经年。

顾佳期趴在他背上想了许久,终于忍不住轻声说:"回去再看看吧,首饰摊子。"

裴琅道:"做什么,你又想要蓝的了?"

顾佳期不大好意思:"我都想要……"

"……不许贪心!"

裴琅懒得往回走,心知她一定会挑个没完。顾佳期来了劲儿,在他喉结上又摸又挠又吹,裴琅大为无奈,只好扛着她又走回去,一口气买了好几条。

顾佳期还是存了些小孩子心性,即便在宫里见惯了好东西,可多年没用过这些活泼的颜色了,一时喜欢极了,睡前才依依不舍地摘下来,塞在枕头底下。

仗虽然打完了,可前线仍有许多事需要处置,裴琅一时分不出身来,一连几天行色匆匆。

长京没有来消息,但顾佳期知道裴昭定然不会放开手。

该来的总会来。

◇
第
十
三
章
◇
| **三五年时**

哪怕是裴琅的母妃、他麾下万千的兵士,也没有资格逼裴琅舍下这烈火烹油的光景,何况一旦撒手,便是前路茫茫。
何况只是一个顾佳期。

第十三章 三五年时

三日后,圣旨降下,耆夜王战胜有功,论功行赏;皇帝御驾行将北上,亲自到襄平关来受降。

这是百年难遇的大喜事,皇帝要来,自然无可厚非。不过顾佳期心里装着事,知道那少年雄心壮志,所为的定然不只是受降而已——就算裴琅肯弯腰表忠心,他也不会信。

其实莫说裴昭,连顾佳期也不会信。

天下哪有人没有凌云之志?连顾佳期都动过心,何况是裴琅。

只是朝斗一起,苦的一是生民,二是朝臣。至于最终的输家,更是粉身碎骨都难辞身后恶名。

顾佳期想,裴昭若要赶尽杀绝,也并非明君所为。把祸乱的根子压断,比什么计策都来得实在。

她一边辗转反侧想事情,一边数着裴昭北上要花几天。算来算去,大约不过七日。

这么一算,简直就在眼前了。

顾佳期一股脑儿坐起来,想想还是该叫陶湛把自己看着一点,万一裴昭提前几天来,恐怕她立刻就要被关起来。

她推门叫外面的侍卫:"去请陶侍卫来。"

那侍卫看了她一眼,没什么表情,轻咳一声:"太后娘娘,自重。"

那侍卫是生面孔，腰间戴着禁军玉佩。顾佳期一眼就明白，这是裴昭已经到了。

不愧是她教出来的皇帝。

顾佳期知道如今再做什么都没有用，自己插翅难飞，就算飞出去也难探得裴琅的音讯。

她把门一关，重新回去睡觉。

次日天亮，那侍卫送进食盒来，顾佳期头都不回："拿走。"

侍卫千依百顺，果然拿走了。直到夜间，顾佳期仍是水米不进，自然早已饿过了劲，只是有些累，蜷在榻上昏昏沉沉地翻闲书。裴琅怕她无聊，弄了很多闲书放在这里，她一直没心思看，这时候倒派上了用场。

有人走进来，在她床沿边坐下，隔着被子，并不碰她，轻唤了一声："佳期。"

清明、温和，是裴昭的声音。

顾佳期心中一叹。这个少年是她看着长大的，哪怕不是儿子，她至少也把他当作晚辈，或者是友人，可是偏偏是他。

她慢慢坐起来，就着烛光打量一晌："陛下瘦了。"

裴昭"嗯"了一声，手中端着粥碗，吹凉了一勺细粥。他神色很淡然，向来如此从容。

他慢慢吹着那粥，说："因为你没有音讯，我很担心。知道你在这里，我本来也会来看你，你不该拿自己赌气。饿不饿？"

顾佳期无言，接了粥慢慢吃。

裴昭也是半晌没有说话，静静地看她吃东西，好像这是世上顶要紧的事。

顾佳期吃了半碗，便放下了，拿捏措辞，不知道该怎么开口。

裴昭像是看出了她的心思，哪怕她没有问，他也回答说："朕不杀他，你放心。"

顾佳期道："叫皇叔。"

裴昭竟然微微笑了一下："好。朕不杀皇叔，你放心。"

顾佳期撑着下巴看他，发觉他眉目又长开了些，可这样在灯下小声说话，又像极了从前在成宜宫的时候。那时裴昭每到夜里总要来请安，把这一天做过的事都向她报备一遍，顾佳期静静地听，就像现在这样。

顾佳期揉了揉眼睛："本来要杀的，怎么又不杀了？"

裴昭目不转睛地看着她，并不否认曾起过杀心："本来该杀，确实该杀。如今不杀，是因为你想让他活着。"

顾佳期点了点头，裴昭突然一笑："母后赞同的是哪一句？"

顾佳期笑道："本来该杀，这个不错。"

"还有呢？"

顾佳期慢慢敛了笑意："陛下是什么打算？送他去封地，还是一辈子禁足王府？"

耆夜王的封地在什么地方，顾佳期早已不记得了。可倘若她下半生出不得皇宫半步，裴琅在哪里，对她而言其实无关紧要；对裴琅而言也是一样，志向不能伸展，在哪里都是一败涂地。

可没有任何一个明君会任由这样的心腹大患招摇过市。

裴昭若有所思，看着她的神情总是很轻，像初春时节看玉兰花一样："只要你不走，你说了算。跟我回去，我不会逼你做你不愿意的事情，回宫之后，我仍旧叫你'母后'。你要我娶谁，我听你的。只要你不走。"

顾佳期心中焦躁，下地走了几圈。裴昭知道她的心思，看她皱着眉咬着指头走来走去，也不说话。

裴昭起身，走到门口，才想起什么似的，回头说道："皇叔没事，在前头喝酒。七日之后，皇叔与朕一同受降。母后，你看，你想错了，倘若你想，朕连贤名都可以给他，连江山都可以给他。"

那少年眼里写着"我只要你"。

顾佳期愣在当场。他勾起唇角笑了一下："早些休息。我就在隔壁。"

月上中天，裴昭看过几册奏报，稍微动了动手腕。一旁的邵兴平低着头，极恭敬的样子，他起初并未在意，再看一眼，便觉察出他神色不对，问道："怎么了？"

邵兴平不言语，他便继续看下去。过了约莫两刻钟，他突然站起来推门出去——门外满庭月光，一个瘦瘦的人影跪在庭下，正是顾佳期。

顾佳期极淡静的神情被稀薄月光映得隐隐生辉，五官如珠玉宝石，莹亮温润。裴昭一向不懂女色，也不记得她竟有这样漂亮，竟然冷冷生艳。

邵兴平慌里慌张地追出来，裴昭剜了他一眼，纵然知道邵兴平是护自己的短，仍是有些闷气，弯腰伸手给顾佳期："跪了多久？这样冷的天，快起来。"

少年的手修长温软，顾佳期恍若未闻，低头道："陛下少年英才，前途无限，是民之福祉，是我毕生杰作。"

裴昭心头一凉，只觉得不祥。

却听顾佳期继续说："我入宫时是十四岁……大约是，记不清了。"她话音有些不稳，强自遮掩过去，"这么些年过去，我该是……陛下，你看，我都不记得自己多少岁了。近日我总在想，若人之一生是书籍一册，那陛下已写成了扉页，只待宏图大展。可我呢？"

第十三章 三五年时

裴昭没有收回手，僵立在原地。

顾佳期慢慢抬起脸来，略显苍白的面容上带着笑，是他熟悉的那种飘飘摇摇无根草一样的笑意。他总觉得顾佳期这样笑很好看，现在才知道那是她不快活。

她说："可我的那一本，仍旧未曾落笔。"

裴昭笑着摇摇头："朕不过是在乎你罢了。或许皇叔先来，朕后到，可朕的情愫难道伤天害理？这有什么错？"

顾佳期觉得心下酸楚。裴昭固然是没有什么错的，他甚至一退再退，可偏偏不该是她。

顾佳期揉了揉眼睛："陛下……"

裴昭打断道："你要出宫去，那之后呢？这七年，你要如何抹掉？"

顾佳期呆了一呆。

裴昭没再说下去，顾佳期也不接话，邵兴平只觉这二人话赶话说得不大投机，生怕裴昭再说下去就会难听，可是即便裴昭不说，也是谁都知道的问题——"你是太后，太后难不成还能出嫁？""就算你敢嫁，难道他敢娶？""你敢冒天下之大不韪，他敢不敢？"

哪怕是裴琅的母妃、他麾下万千的兵士，也没有资格逼裴琅舍下这烈火烹油的光景，何况一旦撒手，便是前路茫茫。

何况只是一个顾佳期。

连邵兴平都在心中轻叹了一声，看着顾佳期的神情，终究不忍——她冒着这样的天气，在外头跪了大半夜，而裴琅在前头喝酒周旋，一如往常。这些天琴瑟相谐，大约不过是幻梦一场罢了。

顾佳期睫毛轻颤，咬了咬牙："……车到山前必有路。"

裴昭咬牙看了她半晌，突然问道："你当真不后悔？"

顾佳期点点头。

裴昭没再看她，转头吩咐邵兴平："送母后回去，安排行辕，受降后便回长京。"

这话没头没脑的，接在"你当真不后悔"后头，简直不知是何意。

邵兴平还在愣神，裴昭已经向房中走去，顾佳期一急，想要追上去，但是跪得久了，膝盖早没了知觉，方一站起来，针刺一样疼，她一个踉跄，叫道："陛下！"

裴昭没站住脚，犹自向前，忽然，他抬头望向屋檐。

屋舍陈旧，瓦片上原本挂着大片脆弱的藤蔓枯枝，此刻缺了一块。

在他和顾佳期说话的时候，有人来过这里。

裴昭蓦然回头："来人！"

未等话音落地，一个黑影骤然掠向顾佳期，一脚踹开她身边的侍卫。

顾佳期始料未及，下意识将来人向后一推，肘弯直击他胸腹，逼他放开自己，那人却不躲不避，挨了这一下，劈手亮出匕首，细长刀柄在她后颈处砸下，顾佳期一声都没吭，霎时合眼软了下去。

邵兴平慌得叫了一声："娘娘！"

侍卫们呼喝着蜂拥而上，裴昭大步走下台阶，猛地站住，却只见庭中寂寂，地上残存着几片枯枝，哪里还有顾佳期的影子？

裴昭脸色惨白，邵兴平喊起来："太后被掳去了！你们还不快——"

一个侍卫抢进门来，高声道："启奏陛下！耆夜王——"话未说完，便看着皇帝的脸色住了口。

裴昭定定地注视着顾佳期跪过的那一小块青砖，慢慢问道："说下去。"

那侍卫小声应道:"半刻之前,耆夜王挂印走了。"

顾佳期后脑勺处钝钝地疼着,渐渐隐约有了些知觉,仿佛是被人扛在肩上,大约仍在外头,因为夜风寒凉,一丝丝往脸上吹。

那人大概肩膀吃不上力,过了一阵便将她放下,劈头盖脸拿毛氅盖上,随即是噼噼啪啪的火花微弱的迸溅声。

鼻端的气味熟悉至极,混着某种清越的木香。顾佳期慢慢睁开眼,旋即是一阵天旋地转的晕眩,她狠狠地咳了几声,那人大步走来,将她推倒放平,顺了顺气,皱眉道:"娇气。"

果然是裴琅——他在皇帝眼皮子底下劫人!

顾佳期咳得岔了气,一面推他一面打量——这是一座山洞,洞外便是茫茫白雪,夜色万里无边。

这一惊非同小可,顾佳期猛地坐起来,一把推开裴琅:"这是哪里?你放开——"

她方才被裴琅劈了一刀柄,他情急之下未能控住力道,打得着实不轻,她后颈上整片皮肤都淤紫起来,力气也不足。

裴琅被她推了一把,但也不好让她迎着风吹,只得死皮赖脸地圈住她:"放开做什么?还想回去跟你那宝贝小崽子诉衷肠吗?"

顾佳期恍然明白过来,愣了半晌,突然去他怀中摸索。

裴琅笑着推她:"这荒郊野外的,顾小姐这样好兴致?"

顾佳期急了:"你说实话!你是不是挂了印?"

裴琅厚着脸皮把人圈在怀里:"印挂了,官也辞了,不然凭你一张笨嘴,说到猴年马月,那小皇帝也未必肯放人……别动!"

顾佳期在他怀里拳打脚踢,裴琅反正皮糙肉厚,由她乱打。她没几下就败下阵来,也不挣扎了。

裴琅笑着气她:"你急什么?我有的是钱,何况劫都劫了,你有本事就打死我，打不死就跟我混个几十年，到老了选个山清水秀的地儿挖坑一埋……哟，这么快就不打了？同意了？"

顾佳期捂着膝盖，小声说："……我腿疼。"

裴琅摸摸她的膝盖，似乎都肿了，再摸摸她的手，也是冰凉，他不由得骂了一声："你跪了多久？像根冰棍子。脑子被陶湛踢了吗？"

顾佳期坐在石头上哈了口气，裴琅揉了揉她小小的膝盖，见她疼得一抖，只好缓了缓声气："行了，算我是泄私愤才砸你，你砸回来好了。"

顾佳期说："你泄什么私愤？"

裴琅"哼"了一声。他方才蹲在屋顶上，把她那惊惶的样子看了个底儿掉，现在都记得她垂着眼睛叫"陛下"的样子。

她鲜少那样乖巧，对他更是压根没有乖巧过。

裴琅恨恨地弹了她一个脑瓜崩："因为你笨死了！大半夜去跪他做什么？跪我求我早点去打劫倒还快些！"

顾佳期气咻咻地瞪着他，他也没好气，也瞪着顾佳期。不知为何，等到洞外一块雪掉下来，蓦地打破寂静，两人突然同时笑了。

顾佳期揉了揉后颈，嗫嚅道："我只是觉得，倘若你同我的……我的心一样，那我再也不愿意让你一个人用命去拼，哪怕只有一步，我也要迈出去这一步才行……可我还以为你不会来了。"

裴琅"嗤"了一声："你倒是敢想，我倘若不来呢？"

顾佳期一分犹豫都没有，摇头道："那也没什么后悔的。你不来，我便去找你。"

这次他们没有约定过什么，可是心向身往，万山无阻。

她话音绵软而笃定，裴琅觉得心尖一麻，酥痒的小爪子挠着心肝，从头顶一路滑到脚底，像火花似的明亮柔和。

他愣了半晌,又自言自语似的骂了一句:"好好的一个人,都被你废了。"他松开顾佳期,"我若是不愿意走呢?"

顾佳期一下子抱住他的腰,把脸埋在他腰间,既没有哭,也没有骂,只是静静地呼吸着,鼻端全是他身上那种让人心安的嚣张气息。

她闷声闷气地说:"那我就打劫。反正你劫我,也没有问过我愿不愿意,那我就当你愿意。我先烧了你的王府,再砸了你的印,再——"

裴琅失笑,揉揉腰间那个小小圆圆的后脑勺:"行了行了,不劳你大驾,我自己砸了,算是心有灵犀。"

这晚裴琅把篝火烧得热热的,他睡在皮袄上,顾佳期睡在他身上。她膝盖本就麻了,这么睡了一夜,更是腰也闪了,次日腿都抬不起来,被裴琅背下山去。裴琅的背是非同寻常的背,走一段,他就歇一会儿,把她放在山石上,劈头盖脸地亲一顿。

顾佳期愤愤地擦脸:"色狼,去死。"

裴琅道:"行,我去死,这个好办,你回宫去,叫那皇帝来捉我,我立刻去死。"

顾佳期悄无声息地一笑:"他不会。"

"你替他说话?"

顾佳期仰头看他,神情极淡静:"嗯。你敢不敢赌?"

裴琅满不在乎,又塞一块糖到她口中,将她背起来继续走:"我怕什么?赌。"

顾佳期在他背上打了个小小的哈欠:"倘若我赌赢了,今后去哪里,你都要听我的。"

裴琅捏她的小腿解气:"那崽子狼子野心,没有你赢的道理。"

市集上有来往巡逻的士兵,他知道是追兵,压低斗篷,穿行

273

而过。几个人在张榜贴告示,他瞟了一眼便路过,走出一截路,突然站住脚,原路走回去。

那告示外已围了许多人,他们七嘴八舌地议论:"太后与耆夜王为贼人所杀?嘁,仗不是打完了吗?怎么还是出了事?"

"唉,真是好手段……谁料得到他们还会反扑?前线本就疲惫,难免粗疏大意,难怪耆夜王和太后未能逃过……"

"只是这两人怎么会死在一起?"

"哪里在一起?一个在南山,一个在北泽……"

那小皇帝连安排死讯都要他们南辕北辙,可谓司马昭之心。

裴琅背着顾佳期继续听了几句,一言未发,走出了人群,方才冷哼一声:"顾佳期!"

顾佳期早忍不住,"噗"地一笑:"哥哥赌输了,要怎么样?"

裴琅昨日也没听懂裴昭说的"你当真不后悔"是指什么,眼下被这荒唐告示一撞,霎时心中一片雪亮——这假母子俩打得一手好哑谜,那时裴昭就打算放顾佳期走,为了她快活,裴昭当真连那耆夜王的位子都肯留下。

眼下他不请自来挂了印,裴昭恐怕乐得清闲,说书人将二人的死讯添油加醋地一传,指不定是如何艳色,反倒烘托得那小皇帝既清白又正直。

……总之,他这印算是白挂了。

裴琅手一松,将顾佳期搁在地上,起身就走。

顾佳期在后头笑得上气不接下气,又急得跳脚:"怎么,金蝉脱壳有什么大不了,只准你一个人玩吗?裴……你再走,我要生气了!"

他埋头向前走——倒并非有多少悔意,不过是被她骗得心酸肝软,太失颜面。他气冲冲走了半条街,停在那卖首饰的摊子前,丢了一块银子,将一堆链子拿了满手,又气冲冲地走回去,往她手里一塞,冷脸道:"还气不气?"

顾佳期就坡下驴,讨好地一笑:"你不气了?那我也不气。那和好吗,夜阑哥哥?"

没几个男人禁得住心上人这样叫"哥哥",何况她脖子上还留着个小小的红牙印。

裴琅转身把她背起来,往城外走去。

顾佳期小声絮叨:"我没有特意要骗你的。我也不知道陛下会答应,倘若陛下不答应,你再来劫我,那也是一样的……不要生气了,陛下是我看着长大的,我又不是你,怎么会把他教成坏孩子……"

两人走出了城门,换了马,在驿站留了书,叫陶湛来会合。

顾佳期想了想:"我还想要一个人。"

裴琅无奈,添了一笔"去接青瞬"。

顾佳期像扭股儿糖似的抱着他的腰不撒手,立刻踮脚在他下颔上亲了一口:"哥哥冰雪聪明。"

裴琅把她扒拉开:"妹妹才是。"

两人上马,裴琅照旧坐在她身后,抖动缰绳,催马向前。

前方两条大道,顾佳期道:"你赌输了,就听我的,我们向东走。春天来了,东边花开得早,我早就想去看那个……"

裴琅握住两人的马缰绳停下。

前方官道上站着一个人,佝偻着腰,抱着一匣子东西,远远跪下。顾佳期认出那是邵兴平。

邵兴平快步上前,将那匣子递来,眼圈也红着:"不论是去哪里,都是路上用得着的东西……请顾小姐收着,是陛下的心意……"

顾佳期犹豫了一下，裴琅伸手接了过去，笑道："哟，陛下给他娘的嫁妆？"

依照裴昭本意，大概未必没有要向裴琅示威的意思，他毕竟少年心性，多多少少有些不甘，想告诉他"是我把她送给你"，偏偏裴琅惯于气人，四两拨千斤地把人贬成个小孩子。

顾佳期横他一眼。

邵兴平又道："陛下虽不方便来送，却十分挂念，于是托奴才带半句话给顾小姐。'倘有一分不如意'，只此半句。陛下说，顾小姐一定懂。"

裴琅大剌剌地笑道："那顾小姐懂不懂？"

她道："我懂。"

倘有一分不如意，他身边永远为她留着千百万分的如意。但为那一分，他肯将那千百万分拱手相让。

顾佳期回头，极目望去，视野中是苍茫青黑的城关墙。魆黑高大的砖石垒起威严关隘，那之上似乎有一个白衣人影，向着此处遥遥一拜。

她像裴昭曾经望着她时那样，在这里跟他道别。

顾佳期眼眶一烫："走吧。"

裴琅催动马缰，遥遥向城关上比了个手势，清叱一声，纵马而去。

翻过一座山坳，他猛地勒住马："花开了。"

野玉兰静静地开了满山满谷，枝丫舒展，自在欲飞。

裴琅在她脸上大剌剌一抹，安慰道："别哭了，好像我是人贩子，弄得你们亲离子散。"

顾佳期破涕为笑，指着树梢："我要那个。"

裴琅翻身下马,在枝头摘下开得最好的一朵,簪到她鬓边。顾佳期轻摸了摸花瓣,指尖都是静谧香气。

裴琅翻身上马,弯身在她颊边一吻,轻声道:"听话,不哭了,你很好看。"

顾佳期沙着嗓子:"当然。"

裴琅失笑,一振马鞭。马蹄哒哒而起,驰入浩荡红尘。

—正文完—

◇番外◇

八声甘州

我心悦你,不负相思。

・番外 八声甘州・

上元节夜里,城中四处张灯结彩,顾将军府平日虽然冷淡,但毕竟是大年节下,亲友都带着小孩来看烟花猜灯谜,府里格外热闹。

人一多就乱,一乱有心之人便有机会。

顾佳期在门边踌躇半晌,等到有人出门,她把灰扑扑的破帽子一戴,跟在送菜车后头,出了顾府门。

她倒不是有什么大逆不道的事要做,只不过是要寄一封信。

从元月初一到十五,她断断续续地给裴琅写了七封信。

第一封是在正月初一写的。

那天裴琅原本说要叫她去府上吃饺子,她提着酒去了,但走到街上,方才听说,驻守塞北彭城的李将军突发恶疾,皇帝昨夜得到消息,下旨让耆夜王去守城,他只好连夜北上,去替李将军守城。

顾佳期是认识李将军的,听到消息,还当真有些担心,不知道李将军突发了什么恶疾。

到了耆夜王府,守门的交给她一页纸,是裴琅临走留给她的手书。她展开来看,上半截是龙飞凤舞的四个字:

拉肚子，烦。

看起来是着急上火时写的。

她再展开下半截看，字迹明显工整了不少。看样子是万事俱备，整装待发了，裴琅按下脾气，给她留了句话，也只有一句：

倘若有信，送到彭城。

她认识裴琅近两年了，裴琅从前常要轮班值守，后来封了王，又常常出去带兵，而顾佳期被管得严，两人常常碰不到面，于是，两人常常写信。

信件内容不甚丰富，往往是佳期写：

兴安楼酒好。辣。

裴琅回：

善。初六日落，兴安楼喝酒。

或者裴琅写：

下月初二回长京，烤肉？

顾佳期写

出不去。初五可。羊肉？

总而言之,两人仿佛话多且密的"酒肉朋友"。

是以,顾佳期今年初一写给裴琅的信,也只有一句废话:

彭城有红豆汤。

她把这封信留给耆夜王府的人,请他们代为转寄,自己回了顾府。

当夜,顾佳期辗转难眠。

彭城有红豆汤,红豆汤,红豆……红豆生南国……此物最相思……

裴琅总不会以为她意有所指,在说相思吧?

顾佳期一个脑袋两个大,爬起来写第二封:

只是说红豆汤。并无其他意思。

第二封寄出去了,隔了两天,顾佳期又睡不着了。

那封信写得,似乎也有些欲盖弥彰……彭城有枣泥馅饼、羊肉饺子、鸭油酥饼……她干吗非得提红豆汤?

她写了第三封:

不必多想。只是说彭城红豆汤口味绵密,胜过长京。

随后第四封:

罢了,当我不曾提过红豆汤。

第五封：

绝对别无他意。

第六封：

勿联想酸腐诗词。

…………

如此反复解释，到了元月十四，顾佳期已经快疯了。

上元节，她又写了第七封信，这次她提着狼毫，写得十分用力，力透纸背：

为何不答？！

她溜出顾府，拿着信直奔耆夜王府，守门的士兵接过信件，如常答道："今日送出。"

顾佳期狐疑地望着他："当真今日送出？"

"自然。"士兵十分笃定，"王爷吩咐过的，顾小姐的信，当日傍晚前，都要送上驿马。前几日的信，都早已上路了。"

看来，裴琅那厮至少已经收到了三四封信，但他不作答。

顾佳期踢着石子回府。

天色黑透了，月升西天，族人们在窗边饮酒赏月，小孩子们在院子里放花炮玩雪，等一会儿的烟花。顾佳期独自路过月下的假山石边，笼着袖子走，叹一口气，再叹一口，白气一团团地升起又落下。

她这么想着,后脑勺一痒,有人从后面拽拽她的小辫子:"小孩总叹气,容易不长个。"

"你才不长个。"顾佳期脱口而出,说完才察觉异样,回头一看,本该在彭城的裴琅,此刻正在她身后。

裴琅还穿着军中的便服,看样子是偷跑出来的。顾佳期急了,把他往石头后面一推:"你不在彭城,跑回长京干什么?"

裴琅在山石后面站定,比了个噤声的手势,嬉皮笑脸的,顾佳期更来气了,恨不得踹他:"你有几个脑袋够砍的?"

裴琅施施然举起手里的食盒:"不是说好请你吃饺子吗?我带了二十八个彭城羊肉饺子,刚偷用你家炉灶热了热。"

佳期立刻收回脚:"……那一会儿再说,吃凉饺子容易拉肚子。"

眼下是严冬腊月,外面四处寒风凛冽,顾佳期在外面跑了半天,早就冻得打哆嗦了,拽着裴琅,快步回自己的屋子。

彭城的羊肉饺子又鲜又润,羊肉里含着滚烫的汤汁,一咬破皮,满口温暖芬芳。

顾佳期埋头吃了五六个,才发现裴琅一直没动筷子。不但没动筷子,他坐都没坐,笔直地站在一旁。

佳期这才看见,小厅里桌边一共就三个凳子,她坐了一个,另一个放着她明日要穿的衣裙,还有一个放着她乱扔的绒袜。

裴琅没动她的衣服,也没看那两个凳子,他盯着她筷子上的饺子,像整个屋子里没别的地方能看似的。

当了这么久的"酒肉朋友",他从没进过她的屋子。眼下两人都有些局促。

顾佳期默默地把绒袜收起来:"……你坐。"

裴琅没坐，就像那凳子上有蛇似的，看都没看，只看着盒里的饺子："……不坐了。我回彭城了，有事写信。不对，过几天再写吧。"

"过几天？为什么过几天？"顾佳期想起自己寄出的那七封信。

"彭城下雪，路桥断了，驿站塌了，信丢了不少。你写信给我了？"

"没有！"佳期答得不假思索，同时又松了口气。那些丢人的信，看来是埋在雪里了。

"哦。"裴琅道。

屋外传来烟花鸣放时轰轰的动静，屋子里静悄悄的，全是气味，熏衣裳的焚香、茶水的清香、饺子的香气，还有不可名状的，是他隐约闻到过许多次的顾佳期的气味。

裴琅怕再待下去自己就要僵住了，很快地一点头，转身就走了。

顾佳期独自慢慢吃饺子。

她向来觉得自己胆大，但认识裴琅近两年了，想说的话却始终不敢宣之于口。她给裴琅写过的那些信，每句话都避重就轻：吃饭吗？喝酒吗？我送的剑好用吗……

倘若被人看到，只会以为写信之人是裴琅的狐朋狗友。

顾佳期觉得自己尿，那七封信尤其尿。

可是，裴琅站在她屋子里那局促的模样，让顾佳期几乎怀疑，他是不是真把她当"酒肉朋友"？

她摊开信纸，叼着笔思索，打算郑重地问一问，他究竟是怎样看待顾佳期的。

这么一想就想到了二月。

天气转暖了,路桥修好了,信件通了,她的信尚未写好。

顾佳期却收到了一封信。

裴琅难得写端肃的小楷,头一次郑重询问:

我心悦佳期,心悦日久,今次相别,无上相思。盼佳期似我,佳期是否似我?

平帝四十三年,元月底,耆夜王扎营塞北彭城。

春日还未抵达北地,裴琅站在不化冻的河边,极目望去,四野苍茫。

去岁年末,顾老将军自刎,北疆大败,连让六城。

战局焦灼了一冬,一直到前些日子,原本生死未卜的耆夜王厉鬼般浮出雪面,拼死带一小队精兵突袭了敌军粮草,在缠紧的包围线上生生撕开了一道口子,形势才出现一丝生机。

情势依旧险峻,可是,主帅死里逃生,毕竟是值得庆贺的好事。

待到裴琅能行走时,已经是二月二了。军中不由分说地开了简单的宴席,庆贺他小取捷报,也庆贺他大难不死。不过,这场宴席看起来更像是将士们自己需要喝点烈酒,犒劳一个靠厮杀度过的冬天。

将士们荒腔走板地唱小曲,给舞姬跳舞打拍子,裴琅远远地倚在战马腿边,自斟自饮。

陶湛看着他喝到第三杯,便按住酒壶:"腿。"

李将军喝得脸通红,脑子也不清晰,路过时听到这话,弯腰看裴琅的腿:"王爷不是伤在腰上吗?怎么腿也折了?这看着可比刀伤厉害啊,怎么弄的?"

裴琅没搭理他,低头吃饺子。

陶湛低头倒醋:"您忘了。"

李将军听了,酒也醒了,沉默片刻,抬步走了。

死守边线没要裴琅的命,最重的那道伤是他回来之后弄的。

依稀记得是上元节后的几天,将士们正吃饭,长京来了一封信,裴琅拆开来读,面色十分平静,但手一抖,信就掉在地上,他按住腰间伤口,弯腰去捡,胳膊又碰倒了桌上的饭菜,菜汤弄脏了书信,裴琅照旧平静,蹲下去用袖子仔仔细细地擦,擦完了,就半跪在地上重新看,几乎像是不认识字,他一个字一个字地看,良久依然像是没看懂。

李将军跟着弯腰,就看见了那封信上顾家小女儿被敕封贵妃的消息。

原本要嫁给裴琅的顾佳期,在上元夜里进了宫。

他一时间不知该说什么好,裴琅却终于把书信看完了,折起来扔进火盆:"你们吃,我回去睡了。"

大家面面相觑,听见裴琅出门的声音,他踏着雪走了几步,发出"咯吱咯吱"的响声,之后他慢慢停住了。外面静了片刻,随即响起一声马嘶,马蹄哒哒飞快地跑远了。

李将军和陶湛一直到傍晚才追上裴琅,他疯了似的纵马往长京方向跑了不知多远,最后是马蹄一脚踏在虚浮的雪上,连人带马滚下山坡,腿撞在坚石上,站不起来,可是他也没趴下,李将军追上他的时候,这年轻人单膝跪在雪原上,拄着长剑,望着乱雪断崖,一脸茫然。

李将军远远看见雪地上都是零零星星的血迹,猜裴琅是坠马时弄丢了东西,于是拖着伤腿四处找。李将军心急如焚,跳下马看他的伤:"摔都摔了,乱动什么?你找什么东西,不能等我们来了再找?"

裴琅垂着头,轻声自言自语。

他道:"信找不着了。"

其实那年顾佳期给裴琅的七封信,后来他都收到了,信原本积压在驿站,几个月后有人清理,找出了这七封信,就给他送来了。

那时候顾佳期已经答复过他的相思信了,这七封信写在那之前,字里行间渗透着纠结,实在好笑。不过多提无益,要是让她知道自己看了她的笑话,难免要挨揍。

于是他暗自把那七封信昧下了,连带着她答复他的那一封,都放在贴身的衣袋里,裹了小牛皮,又用蜡油封着,即便是跟着他火烧水淹,也没毁伤过分毫。

可大约有些东西就如同水上花舟,越想接近,越是漂远。

他想去找顾佳期,顾佳期的那八封信就被他丢得干干净净,一封没留。

腿伤养了月余,裴琅人也懒了,将士们喝酒取乐,笑话他站不起来,他毫无脾气,李将军戳他脊梁骨,他也懒得搭理,端着空酒杯听舞姬跳舞唱曲子。调子婉转动听,可是场上乱糟糟的,他听不清词,钩钩手指叫她:"听不清,过来唱。"

舞姬靠近了,他听清词了,她唱的是"无物结同心"。

他听着听着,展眉微微笑了。

无物结同心,烟花不堪剪。这词万分应景,他现在一封信都没有了,过往种种,如梦中泡影。

舞姬看他笑,以为他对自己别有兴趣,眨着棕色的大眼睛望他:"要进帐子里去吗?我陪你啊。"

她的声气贴得很近,擦在裴琅的鼻尖上,头发有诱人的玫瑰味,和顾佳期不一样。

顾佳期闻起来矮矮的。

他在她的脑门上一推,顺手往她钱袋子里塞了块银子。

"我懒。你找别人去吧。"

这人生得如此风流,却如此难亲近,舞姬觉得无趣,叹口气喝酒去了。

裴琅放下酒杯,又翻了翻衣袋。

薄薄的,当真什么都没有。

陶湛道:"丢了就罢了,不必回头。"

可是他闭上眼都是顾佳期的第八封信。

她写:

我心悦你,不负相思。

—全文完—